新編

オー・ヘンリー傑作集

「宝石店主の浮気事件」他十八編

清水武雄 監訳

Takeo Shimizu

松柏社

まえがき

十九世紀アメリカ文学の世界には、たとえばホーソーン（Nathaniel Hawthorne, 1804-64）の描く主人公たちのように、禁忌の未知領域に向かって情念を燃やした者が、また、ポー（Edgar Allan Poe, 1809-49）の描く主人公たちのように、条理を駆使して不条理を解消しようとしたり、不条理によって条理を解体されたりした者が、また、メルヴィル（Herman Melville, 1819-91）の描く主人公たちのように、人間存在を確保すべく敵に向かって体当たりしたり、敵から徹底的に身を引いたり、敵を最後には受け入れたりした者がいた。これら「未知領域」にせよ、「不条理」にせよ、「敵」にせよ、そこに通底するものは、当事者の心を捉えて離さない「謎」の存在であろう。

オー・ヘンリー（O. Henry, 1862-1910）の文学世界でも、「謎」に絡まれる主人公が目白押しであるが、この作家の場合、全知の立場から読者に対して謎を放ち続け、そうしながら最後の一瞬まで自らが楽しんだ後で漸く種明かしをするといった、いわば手品師の性癖と似たところがあるように思われる。ともあれ、十九世紀末から二十世紀初頭にかけてニューヨークやテキサスを舞台にして名も無き庶民の悲喜こもごもを綴ったこの短編作家は、人情の機微を穿つのに長けており、これからも彼の物語は時空を超えて読み継がれることであろう。

従来、我が国でもオー・ヘンリー作品には多数の出版社が訳書を刊行し、そうした既刊本の中には優れた訳出や原作者・作品の詳しい紹介も見られたが、どうしたことか収録作品については重複傾向が明らかであった。確かに、十年少々という、比較的に短い作家生活の中で矢継ぎ早に三百編近くを物したことから、その作品群も玉石混淆の誹りを免れなかったであろうし、また、訳出に際しては当時の世相や庶民レベルでのちょっとした話題・出来事などに関する知識も調べる必要があること、それから特に彼一流の言葉遊びなどを等価な日本語に訳出する力量も問われたりすることなどから、どうしても訳書刊行に当たっては屋上屋を架すような偏りが生じてしまったのであろう。

私たちは、我が国におけるこの作家の狭い固定的なイメージを少しでも払拭するためにも、敢えて収録作品の大半に本邦初訳のものを取り揃えたが、オー・ヘンリーという作家の我が国での翻訳史上に新たな一頁を開けたと自負している。

清水　武雄

目次

宝石店主の浮気事件

清水　武雄　訳

ヒューストン市の住民登録簿でトーマス・キーリングの名前を探しても見つかるまい。記載されていても不思議はなかったのだが、それはあくまでもキーリング氏が一ヵ月かそこら以前に商売をたたんで他所へ行ってしまわなかったらの話だ。キーリング氏は、それより少し前にヒューストンにやって来て小さな探偵事務所を開いた。住民相手のその仕事の内容は、どちらかと言うと地味な部類に入るものだった。ピンカートン探偵社と張り合ってやろうといった野心などさらさらなく、リスクの少ない方面で仕事をしたいと思ったのだ。

もし事業主が使用人の素行調査を、また、ご婦人がいささか度の過ぎた浮気夫の行動監視を依頼しようとしたら、その仕事の請負人はキーリング氏をおいて他にいなかった。氏は口数も少なく、何事も筋道を立てて考える用意周到な男だった。ガボリオ（*フランスの推理小説家）やコナン・ドイル（*イギリスの推理小説家）を読んでいたし、いつの日か自分も一目置かれる探偵になりたいと思っていた。東部の大きな探偵事務所にいた頃は顎で使われる身であったが、昇進もままならなかったので、いっそのこと西部で、と意を決したのだった。西部には、まだこの方面の仕事に携わる人間が手薄だったからだ。

それまでの数年間で九百ドルもの蓄えがあったが、キーリング氏はこれを共通の知人の紹介状で面会したヒューストンの実業家の金庫に預けた。目立たぬ通りに面した狭苦しい二階の事務所を借り受け、探偵事務所の看板を掲げた氏は、ドイルのシャーロック・ホームズ物を読み耽りながら客の来るのを待っていた。

事務所を開いて三日後、事務所と言っても氏一人きりだったが、一人の依頼人から相談に乗ってほしいとの電話がかかって来た。

やって来たのは若いご婦人で、年の頃二十五、六歳かと思われた。ほっそりとした、どちらかというと長身の方で、身なりはきちんとしていた。薄手のベールをかぶっていたが、キーリング氏から椅子をすすめられて着席した時、そのベールを黒のストロー・ハットの後方に跳ね上げた。けれん味のない上品な顔が現れた。ただ、あえて言えば、その灰色の目には、何やら周囲を窺うような、また、態度には、どことなくそわそわしたところがないではなかった。

＊　＊　＊

「今日、こうしてお伺い致しましたのもね」と依頼人が甘い声で切り出したが、その声には少し悲哀を帯びたコントラルト（＊女声の最も低い音域）の響きがあった。「実は、こちらの事務所が、他と比べて、この界隈では馴染みも薄そうだったし、それに、自分の抱えているプライベートな問題を知り合いの所へ持ち込むなんて、私、とても堪えられなかったからですの。そこで、おすがりしたい用件ですが、夫の動きを探って頂けないでしょうか。こんなこと打ち明けてしまうなんて何とも情けない限りですが、夫の愛情がもう私には向いていないような気がしてならないのです。私と結婚する前、あの人は下宿していた一家の親戚の娘に夢中になっておりました。私たち結婚して五年になります。その間、とても幸せな毎日でした。しかし、最近になって、その娘がヒューストンに引っ越してきましてね、どうも夫が盛んに秋波を送っているような気がしてなりませんの。そんな訳で、夫の動きを出来るだけ詳しく探り出して、この私に報告してほしいのです。私、一日おきに、決められた時間に伺わせて頂きますから、何か掴めましたら教えてもらえませんでしょうか。私、ミセス・R…と申します。夫は、この界隈では知られております。×××通りに小さな宝石店を構えております。たっぷりと報酬は払わせて頂きますわ。取りあえず、ここに手付金として二十ドル用意させて頂きました」

婦人が二十ドル紙幣を手渡すと、キーリング氏は無造作に受け取った。こんな依頼事など、この業界ではごくごく朝飯前の事とでも言わんばかりだった。

ご依頼には誠心誠意当たらせて頂きます、と伝えてから、氏は、明後日の午後四時に再度お越し願いたい、最初の報告をお伝えいたしますから、と言い添えた。

翌日、キーリング氏は初動調査に入った。例の宝石店を探し当てると、氏は、懐中時計のガラス蓋が外れそうなので修理のお願いに来たと見せかけて店内に入った。店主のR…は、見たところ三十五歳位で、大変穏やかな物腰の上に、何事にも真面目に取り組みそうな趣があった。店の面積そのものは狭かったが、並べられた商品は垢抜けしており、ダイヤモンドや宝石付き装身具や時計の品数も豊富だった。さらに探りを入れると、このR…氏の人柄は実にあっぱれと言うほかなく、酒など一滴も口にせず、ただひたすら仕事台に向かっているということが判明した。

その日、キーリング氏は宝石店の近くで数時間ほどぶらぶらして過ごしたが、その苦労もついに報われる時が来た。一瞬、人目を引くようなドレスに黒髪黒目の若い女が店の中へと入って行ったのだ。キーリング氏は何気ないそぶりで入口に近づき、店内の様子を窺った。すると若い女は堂々と奥の方へ歩いて行き、カウンターに身を持たせかけて、親しげにR…氏に話しかけた。相手が椅子から立ち上がると、二人は小声で数分ほど話し込んだ。最後に店主から何枚かのコインが手渡された。この時、確かにキーリング氏の耳にはチャリンという音が聞こえた。女は店の外に出ると、そそくさと通りを去って行った。

＊　＊　＊

キーリング氏の依頼人が事務所に姿を見せた時刻は、二人が申し合わせたとおりの時間だった。依頼人は、はたして例の疑惑の証拠となるような手がかりが掴めたかどうか、一刻も早く知りたい様子だった。探偵が目撃したままを伝えた。

宝石店に入って行った若い女の特徴に話が及んだ時、「その女に間違いありませんわ」と婦人が言った。「いけ図々しい女ですこと！　それに、チャールズが、その女にお金を渡しているだなんて。まさかこんなことになっていようとは」

婦人は震える手でハンカチを目に押し当てた。

「奥さん、ちょっと伺いますが」と探偵が言った。「この件について、どうなさりたいのですか？　どの辺まで調査を進めたら宜しいでしょうかね」

「私としては、ぜひとも夫の浮気現場をこの目で確かめたいのです。それから何人か証人も必要ですわ。離婚訴訟で主導権を握っておきたいんですもの。こんな生活なんて、もううたくさんだわ」

そう言って、彼女は探偵に十ドル紙幣を手渡した。

その翌々日、調査結果を聞きに彼女がキーリング事務所を訪ねた時、探偵は次のように言った。

「今日の午後、ちょっとした口実を作って店に立ち寄ってみたんですよ。すると、すでに例の若い女が来ておりましたが、ほどなくして店を出て行きました。その帰り際にでしたが、女が『ねえチャーリー、そうおっしゃるのなら、今夜は二人ですてきなお夕飯を頂くことにしましょう。お食事が済んだらお店に戻って、また、おしゃべりすればいいわ、あなたの方はダイヤのブローチの仕上げをなさりながらね。二人っきりの水入らずで』なんて言っていましたよ。ですから、奥さん、お宅のご主人と浮気相手との密会現場をその目でご覧になり、ご自身で状況判断して頂くためには、どうやら今夜が絶好の機会だと思いますがね」

「あの人もあの人だわ」目をギラつかせながら婦人が叫んだ。「昼食に戻って来た時、あの人ときたら、いま大事な仕事に取りかかっているから今夜は遅くならないと帰れないなんて言っていましたわ。それが、こんな風に私のいない所でこそこそと好き勝手なことしているって訳なのね！」

「こうしてはどうですか」と探偵が切り出した。「奥さんは店の中に隠れて二人のやり取りに聞き耳を立てる、そして、もう十分だと思った時に証人に声をかけて、みんなの見ている前でご主人と対峙するというのは」

「実に名案ですわ」と婦人が言った。「そういえば、お店の前の通りが巡回区域になっていて我が家とも懇意にして下さっている警察官が一人おりますわ。あちこち見回って、お店の近くに来られるのが日没後になるはず。ですから、この警察官に会って一部始終を伝えて頂き、そして私がここぞと判断した時には、お二人に証人としてお出まし願いたいのですけど」

「承知しました」と探偵が言った。「では、私から話をして協力方をお願いしてみますので、奥さんの方は日没の少し前にこの事務所にお越し下さい。罠に嵌める段取りをととのえておく必要がありますから」

＊　＊　＊

探偵は警察官を探し出し、事の次第を説明した。

「そいつは変だな」と公安秩序の護衛官が言った。「R…が浮気者だったとは初耳だ。まあしかし、人間の本性なんてそう簡単に見破れるもんじゃないからな。で、奥さんの方は今夜にでも夫の現場を押さえたいって訳だ。ええと、奥さんとしては店の中に身を潜めて二人のやり取りを聞きたいってことだったね。そうか、それなら店の裏側にR…が石炭や空箱類をしまっておく小部屋が隣接している。もちろん、境のドアには錠が掛かっているが、あんたが錠を開けて奥さんを店の中へ入れてやれば、どこかに身を隠すことができる。本官としては、こういったゴタゴタには巻き込まれたくはないんだがね、奥さんには同情の余地もある。なにしろ子供の頃からの顔見知りなもんで、彼女の願いとあれば手助けしない訳にもいくまい」

その日も夕闇が迫った頃、例の依頼人が急ぎ足で事務所にやって来た。黒の地味な服に黒っぽいラウンド・ハット、そして顔にはベールが掛かっていた。

「いくらチャーリーでも、これなら私だとは気づかないはずよ」

キーリング氏と婦人が事務所を出て、宝石店の向こう側の通りをぶらついていると、八時頃に、あの今か今かと待ちあぐねていた若い女が店の中へ入って行った。すると間もなく女はR…氏と外に現れ、腕を組むと、そのまま二人は急ぎ足で立ち去った。おそらくレストランへ向かったのだろう。

探偵に婦人の腕がぶるぶる震えるのが伝わった。

「いい気なものね。この私が何も知らずに夫の帰りを待っているとでも思っているんだわ。自分の方は、ずる賢い下心ありありのあんなあばずれ女と飲み歩いているくせに。ああ、よくも私を裏切ってくれたわね」

キーリング氏は婦人と共に通路を通り抜け、店の裏庭に行った。例の小部屋の入り口には錠が掛かっていなかったので、難なく二人は入ることができた。

「お店の中のことですけどね」とミセス・R…が言った。「実は夫の仕事台の近くに大きなテーブルがあって、テーブル掛けが床まで垂れておりますの。ですから、そのテーブルの下に潜り込んでいれば、細大漏らさず耳に入ってきますわ」

キーリング氏はポケットから合鍵の大きな束を取り出し、暫く試してから宝石店に入るドアの合鍵を見つけた。ドアを開けると、ガス燈が細く絞られて周辺を淡く照らし出していた。

店の中に一歩踏み込んだ婦人が言った。

「このドアには中から差し錠をはめておきますから、あなたの方は夫とあの女のあとをつけて下さいな。あの二人がまだ食事中かどうか確かめ、もしそのようでしたら、二人が席を立つ頃合いを見計らってここに引き返し、このドアを三回叩いて知らせて下さいな。戻って来た二人の会話を十分に聞き届けた後、例の差し錠をはずしますから、みんなで、あの後ろめたい二人に立ち向かうことにしましょう。その際、私の身を護って頂く必要があるかも知れませんし、何をされるか分かりませんものね」

＊　＊　＊

探偵はそっと外に出ると宝石店主と女のあとを追った。すると、間もなく、二人が街はずれのレストランの中へ入り、個室をとって食事の注文をするのが目に止まった。

探偵は、あたりをぶらつきながら時間の過ぎるのを待った。やがて二人が外に出てきたので、大急ぎで店に引き返し、例の裏手の部屋に入るとドアを三度叩いた。

ほどなくして宝石店主が女を連れて店に戻って来た。ドアのすき間からこぼれる光が前よりもまばゆく探偵の目に飛び込んだ。男と女が親しそうにひっきりなしに会話を続けていたが、探偵には二人の声が聞こえはしたものの何のことだか分からなかった。こっそりと再び表通りに回り、ウィンドウ越しに見やると、R…氏は仕事台に向かってせっせと仕事に励んでおり、黒髪の女が寄り添うように坐って何やら話をしていた。

「もう少しだけ、いい思いをさせてやるか」キーリング氏は、そう思うと、通りをぶらぶらと歩いて行った。

例の警察官が角のところに立っていた。

探偵が声を掛け、今、ミセス・R…が店の中に隠れていること、また、作戦も順調に行っていることを告げた。

「そろそろ戻った方がよさそうだ」とキーリング氏が言った。「奥さんが打って出た時、すぐに跳び出す必要があるからね」

警察官もついて来て、窓から中の様子を窺った。

「どうやら、よりを戻したみたいだな。で、もう一人の女というのは、どこにいるんだね」

「え、何だって？　ほら、あそこで隣りに坐っているじゃありませんか」

「私が言っているのは、R…が食事に連れ出した女の方だよ」

「ですから、あそこに……」と探偵が言った。

「どうやら君は勘違いしているようだ。君は、R…の隣りにいるあのご婦人が誰だか知っているのかね」

「一緒に食事に出て行った女ですよ」

「あれはね、R…の奥さんだ。私とは十五年来の付き合いでね」

「じゃあ、誰なんだ……」探偵は絶句した。「ちくしょう、じゃあ、誰なんだ、テーブルの下に隠れているのは」

キーリング氏が店のドアを蹴りはじめた。

R…氏が近づいて来てドアを開けた。警察官と探偵が中へ入った。

「あのテーブルの下を調べるんだ、早く」探偵が怒鳴った。警察官がテーブル掛けを引っ張り上げ、テーブルの下から黒のドレス、黒のベール、女物の黒の鬘《かつら》を引きずり出した。

「では、こちらのご婦人が、お、奥様なのですか」キーリング氏が興奮して黒い目の若い女を指差しながら言った。女は驚きのあまり二人の方をじっと見つめるばかりだった。

「そのとおりですけど」宝石店主が言った。「ところで、当店のテーブルの下を覗き込んだり、当店のドアを蹴りつけたりなさって、いったい全体、何のつもりなのか詳しく説明して頂きましょうか」

「片っぽしから陳列ケースの中を調べるんだ」警察官が言った。彼にも、ようやく事の重大さが分かりかけてきたのだった。

＊　＊　＊

ダイヤの指輪や時計の被害総額は八百ドルにも達したが、探偵は、翌日、全額を弁償した。

その晩、宝石店主には詳細な説明がなされた。そして、その一時間後、キーリング氏は事務所の机に向かって、せっせと何冊かの詐欺師総覧アルバムをめくっていた。

ついに目当ての一冊が見つかり、ページをめくる手を止めると、彼は頭を掻きむしった。顔をきれいに剃った上品な目鼻立ちの若い男の写真の下に、実は次のような説明が記されていたのだった。

〔ジェイムズ・H・ミグルズ、またの名を舌先三寸のサイモン、またの名をシダレヤモメ（＊原文 Weeping Widow は、weeping willow「シダレヤナギ」のモジリ）、またの名をカモ落としのケート、またの名をコソ泥ジミー。相手選ばぬ信用詐欺師にして侵入盗。通常、女装して事に当たる。言葉巧み、要警戒。カンザス・シティ、オシュコシュ（＊Wisconsin 州東部、Winnebago 湖畔の都市）、ニューオーリンズ、ミルウォーキーで指名手配中〕

こうしたことがあって、トーマス・キーリング氏はヒューストンでの探偵稼業を断念したのだった。

トービンの手相

清水　武雄　訳

トービンと僕は、いつのことだったか、二人でコニー・アイランド（*ニューヨーク市のロングアイランド南岸にある海岸保養地・遊園地）まで遊びに行ったことがあった。二人合わせて四ドルの持ち金があったし、また、トービンにはどうしても気晴らしが必要だったからだ。実は、トービンにはスライゴ郡（*アイルランド）にケイティ・マホーナという彼女がいて、僕たちが遊びに行く三ヶ月前、自分で貯めた二百ドルと、それからトービンの奴が相続したシャノー湿地のあの豚一頭つきのオンボロ田舎家を売っ払った百ドルを持って、アメリカに向かったまま行方不明になってしまったんだ。もうすぐ会えるわね、こっちを出発したから、っていう手紙が奴のところに届いたきり、ぷっつりとケイティ・マホーナの消息が途絶えてしまったってわけだ。あっちこっちの新聞にトービンは広告を出したし、警察だってリンゴ売りの露店だとか賭博場なんかで働いていないかどうか探してはくれたけど、結局、このアイルランド娘のことは何一つ分からずじまいだった。

そんなわけで、コニー・アイランドへ僕とトービンは行ったんだけど、せめてウォーター・シュートでターンしたり、ポップコーンの匂いでも嗅いでもらえば奴の気も晴れるんじゃないかって思ったからだ。だけど、トービンときたら、もともと偏屈なところがあったし、その上、悲痛落胆っていうのがすっかり体に染みついてしまっていたんだな。絶叫バルーンを見上げては怒って歯ぎしりするし、映画を見せれば悪態はつくし、それから、酒を飲ませりゃ「パンチとジュディ」（＊鉤鼻のごろつきパンチと、いつもがみがみ言っている妻ジュディが演じるドタバタ指人形劇）に向かって毒づき、近づいて来た鉄板写真屋には殴りかかる始末。

そんなわけで、もっとおとなしい見世物の並んでいる板敷き道の入り込んだ所へ奴を引っ張って行くと、間口一間、奥行一間半のちっちゃな小屋の所で、トービンの奴、ぴたっと足を止めたのさ、さっきよりは人間らしい顔つきになってね。

「ここだったら、俺の気分も紛れるかもな。黙って坐ればぴたりと当たるナイル川の占い師に手相を見てもらって、俺の運命がどうなっているか教えてもらうんだ」

もともとトービンには神のお告げだとか自然界の奇怪現象を信じてしまうところがあったんだ。黒猫だとかラッキー・ナンバーだとか新聞の天気予報なんかのことを滅多やたらと信じ込んでしまう癖がね。

僕たちは怪しげなその鶏小屋の中へと入っていった。すると、人間の左右の手が描かれた赤い布が何とも謎めいた感じで取り付けてあってね。それぞれの手に書き込まれた何本もの線ときたら、まるで鉄道の操車場だったな。ドアの上の方に、「エジプトの手相占い師　マダム・ゾゾ」と書いた看板が飾ってあってね。小屋の中には、太った女が袖なしの赤いドレスなんか着て坐っているんだ。そのドレスには、あっちこっちに鉤付き棒だの昆虫なんかの刺繍がしてあったな。

トービンが十セント渡して、片方の手を差し出すとね。占い師は、出されたその手、どう見たって荷馬車馬の蹄としか見えないトービンのその手を取り上げてさ、小砂利が蹄叉に詰まった程度の事で来たのか、それとも蹄鉄が合わないために身動きが取れないといったような事で来たのか、しげしげと調べ出したんだ。

「あのね、お客さん」とマダム・ゾゾが口を開く。「ここにある運命線ですが、忌憚《きたん》のない話……」

「なに、きたない足だと？」トービンが口を挟む。「そりゃあ、確かに、みっともねえさ。けどな、こうして握ってもらっているのは、俺の手のひらなんだからな」

「ええと、運命線によりますとね」マダムが言う。「あなたは、これまでの人生で順風満帆な時期というものに巡り合っておりません。それからですね、このヴィーナスの丘（＊親指の付け根の部分）、まさか石を踏んづけてできた跡ではありませんよね。ともかくこのヴィーナスの丘には、もっか恋愛中と出ております。あなたは、これまでずっとその恋人のために苦労のしどおしでしたね」

「ケイティ・マホーナのことを言ってるみたいだぜ」トービンが、横にいる僕の耳元でささやく。

「これからも」と占い師。「まだまだ艱難辛苦《かんなんしんく》の茨の道が続くと出ております、その忘れ得ぬ人のことでね。名称線をたどっていくと、その人の名前はKという字とMという字で始まっております」

「おい！　今の聞いたか？」とトービンが僕に声をかける。

「用心なさって下さいよ」と占い師がさらに言葉を続ける。「色黒の男と色白の女には。災難をもたらしますからね。近いうちに、あなたは水上の旅をしますが、その際、金銭上の損失をすることになるでしょう。ええと、ここに一本の線がありますが、これは幸運をもたらす線です。いずれ、あなたの前に一人の男性が現れ、幸運をもたらしてくれるでしょう。鼻の歪んだ男ですから、会えばすぐに分かります」

「名前は分かるかい？」とトービンが尋ねる。「挨拶する際、知ってた方が便利ってもんだからな。わざわざ俺のために幸運をドサッと届けてくれるんだ」

「名前は、ですね」と言いかけた占い師が思案顔になる。「名称線に綴りは出ておりませんが、長い名前で0という文字がまじっているはずです。それ以上は分かりかねます。それでは、今日はここまで。入り口をふさがないで下さいな」

栈橋に向かう途中、「驚いたな、何もかも知ってるんだからな」とトービン。

ゲートをすり抜ける時、黒人男の突き出した葉巻がトービンの耳に当たり、災難発生。

トービンが相手の首に一発かますと、そばにいた女が悲鳴を上げる。で、僕は落ち着き払って、警察なんかが駆けつける前にその小男を向こうの方へと引きずり出してしまう。トービンって奴は、いつも調子がおかしくなってしまうんだよ、いい気持ちになっている時はね。

　コニー・アイランドを後にした船上で、つい先ほどの男が「何か御用がありましたら、いつでも声をかけて下さい。この男前の給仕がすぐに伺います」なんて叫んでいる。で、トービンの奴、さっきは悪かったなって声を掛けたい気持ちと、あのフワフワッて泡立つやつに息を吹きかけてみたいって気持が重なって、ポケットの中を手探りしてはみたんだけど、肝心かなめなものがなくなっていてさ、不首尾に終わってしまったんだ。あの騒動の際中に小銭をくすねた野郎がいたってことだ。そんなわけで、僕たちは飲むものも飲まずにデッキの腰掛に坐って、ラテン系の奴らがバイオリンなんか弾いてるのをただじっと聞いてるしかなかったってわけさ。取りたてて言うことがあるとしたら、トービンの奴、僕たちが遊園地へと向かった時以上にガックリと来ちゃって、自分の度重なる不運にますます気が滅入っちゃやったってことかな。

　ふと見ると、船べりに沿った座席に一人の若い女が、それこそ真っ赤な自動車にお似合いのドレスに新品のミアシャム・パイプ（＊海泡石製の白っぽい高級パイプ）色の髪をした女が坐っていてね。

その側を通りかかったトービンが思わず足を蹴っちまってさ、つい酔っ払ってやらかしちまった時、ご婦人に挨拶するみたいに恭しく帽子に手をやって詫びようとしたんだけど、帽子が落っこちてしまい、それを風が船の外へと吹き飛ばしてしまったんだ。

トービンが戻ってきて腰掛に坐ってくれたけど、僕はだんだん奴から目が離せなくなってきた。この男の災難が頻繁になってきたからさ。こんな具合に不運に追い詰められると、奴のことだから、あたりを見回し、一番上等の服を着込んだ男に蹴りを入れ、船の操縦桿を奪いかねなかったんだ。

と、この時、トービンがギュッと僕の腕を掴んで興奮した口調で話しかけてきやがるのさ。「おい、ジョーン。俺たちがさ、今、何をやってるか分かるか？　船旅ってやつじゃあねえのかい？」

「おいおい」と僕。「頭を冷やすんだ。この船、あと十分もしたら着いちまうんだからな」

「あれが目に入らねえか」とトービン。「ベンチに坐ってる色白の女がよ。それから、忘れちゃあいねえよな、俺の耳に火傷させやがった黒人野郎のことをよ。それから、俺が持ってた金、どこへ消えちまったんだ……確か一ドル六十五セントあったよな」

これを聞いた時、僕は、トービンが、男なら誰でもそうするはずだけど、自分の身に降りかかった災難をこんな風に数え立てるのは、何とか自分を取りつくろいたいだけだって思ったもんだから、そんなこと別にどうって事ないじゃないかって宥《なだ》めようとしたのさ。

「いいか、おまえって奴はな」とトービン。「予知能力だとか霊感者の奇跡ってもんに耳を貸そうとしないから駄目なんだよ。あの占い師が俺の手相を見て何て言ったか覚えてるか？　言ったとおりのことが、こうしておまえの見ている前で現に起こっているんだぜ。確か、『用心した方がいいですよ、色黒の男と色白の女には。災難をもたらしますからね』って言ってたはずだ。あの黒人野郎のこと、まさか忘れちゃいねえだろうな。俺の方も一発お返ししといたけどな。それから、あそこにいるブロンドの姉ちゃん以上に色白の女がいるんだったら、指でも差して教えてくれよ。俺の帽子を海の中へ吹き飛ばしてくれたあの姉ちゃん以上にな。それから、射的場を後にした時、ちゃあんとチョッキの中にしまっといたあの一ドル六十五セント、どこへ消えちまったのさ」

こうしたトービンの口ぶりから、予言の技っていうのも捨てたもんじゃないなと思いたくもなったけど、やっぱり、こういった出来事は手相占いの予言なんか聞かなくっても、コニー・アイランドなら起こったって不思議はないんじゃないかって僕は思ったんだ。

そうこうするうち、トービンの奴、腰を上げてデッキを歩き出したんだ。血走ったたちっこい目を皿のようにして船客たちを観察しながらね。で、何でそんなことをするのかって僕は聞いてみたよ。トービンってね、何を考えてるのかさっぱり見当がつかないんだな、行動に出るまではね。

「決まってるじゃねえか」とトービン。「俺の手相に約束された救いの答を何とかしてひねり出そうってわけだ。どこにいるのか探しているんだよ、幸運をもたらしてくれる鉤鼻の男をな。俺たちに光明が差すかどうか、全部そのことにかかってるんだからな。ところで、ジョーン、どうしようもねえ暴れん坊でさ、特に鼻筋のピーンと通った連中に今までお目にかかったことってあるかい?」

午後九時三〇分発の船だったので、僕たちは陸に上がると、そのまままっすぐ二十二丁目を通って住宅地区へと向かってしまったもんだから、トービンの頭に帽子は戻ってこなかったさ。

するとやがて、曲がり角のガス燈の下にポツンと一人、上り坂になった道路の向こうの月を眺めてる者がいたんだ。長身の男で、服装はまとも、口に葉巻をくわえている。鼻筋はと見ると、蛇がくねったみたいに捻じ曲がっている。トービンも同時に目撃したらしく、奴の荒い鼻息ときたら、まるで鞍をはずされた馬みたいだったな。奴がまっすぐ近づいて行ったもんだから、僕もついて行ったさ。

「こんばんは」トービンが男に声をかける。男は葉巻を手に持ちかえて、愛想よく挨拶を返す。

「お名前、伺わせてもらっていいですかね」トービンが尋ねる。「ただ、字数が多いかどうか知りたいんですよ。事によったら、あんたと知り合いになっておく必要があるかもしれないんでね」

「私の名前はですね」と男が丁重に応じる。「フリーデンハウスマン。……マクシマス・G・フリーデンハウスマンです」

「長さは申し分ないな。で、綴りのどっかに0という文字はありませんかね」

「いいえ」

「何とかして0で綴るってことは無理でしょうかね」不安になったトービンが尋ねる。

「どうしても外国語の綴りが気にくわないというのでしたら、最後から二番目の音節のaをoに代えてしまっても構いません。それで気が済むのでしたらね」例の鼻の男が応じる。

「それで十分。こっちはジョーン・マローン、俺はダニエル・トービンって言います」

「とても光栄です」男がお辞儀をする。「で、つかぬ事を伺いますが、こんな路上で綴り方の競技とも思えませんので、よろしかったら詳しくご事情をお聞かせ願えませんでしょうか？」

「実はね」とトービンが説明を始める。「エジプト人の手相占い師に俺のこの手を見てもらったんだけど、その時、言われた二つのお告げってのがあってね、それがあんたに当てはまったもんで、この人に間違いない、俺たちの不運を挽回して幸運をもたらしてくれるのはこの人だってことになったんですよ。なにしろ、黒人からは偉い目に遭わされるわ、船に乗ったら乗ったで足を組んでたブロンド女のために災難に巻き込まれるわ、その上、持ち金一ドル六十五セントまで盗られちまうわで、今までのところ、どれもこれもみんな占い師の言ったとおりになってるんでね」

男が葉巻を吹かすのを止め、僕の方に顔を向けて尋ねる。

「今の説明で何か修正を施すような部分がありましたか？　それとも、おたくも御一人さんでしたかな？　ついつい、お付き添いの方とお見受けしてしまったもんですから」

「修正すべき部分なんてありません、何も」と僕。「ただ、一つ加えておくことがあるとすれば、蹄鉄のどれもこれもが同じ形をしているように、ここにいる連れの手相に出た幸運の人っていうのがね、あなたに全部そっくり当てはまるってことでしょうか。もし、人違いだったなんてことになれば、多分、もう一本、別の線がダニーの手に交差していたんでしょうかね、僕には分かりませんけど」

「なんだ、揃いも揃って」例の鼻の男が通りを見やりながら、どこかに警察官でもいないかといった感じで言う。「ご一緒できて本当によかったです。さて、私はこれで失敬させて頂かねば」

　そう言うと、男は葉巻を口にくわえて、足早に通りの向こう側へと立ち去る。けど、トービンの方も男の脇を離れまいと後を追い、僕もトービンの脇を離れまいと後を追う。

「いったい何事ですか！　ついてくるなんて」男が反対側の歩道で足を止め、かぶっていた帽子を後ろにずらす。「私、言いませんでしたか」男が声高に続ける。「お目にかかれて光栄でしたって。もういい加減にして下さいよ。家に帰るところなんですから」

「とっとと帰ればいいさ」相手の袖に寄りすがりながらトービンが言い返す。「俺の方は、おまえさんが朝になって顔を出すまでは、玄関前に坐って待たせてもらうからな。何しろ、おまえさんに頼るしかないんだ。あの黒人野郎とブロンド女と一ドル六十五セント紛失の呪縛から救い出してもらうにはな」

「そんなのは根も葉もない妄想ですよ」と男。そして、同じ気違いでも少しは話が通じるとでも思ったのか、僕の方を向いて言う。「この人を家に帰らせてもらえませんかね？」

「ちょっといいですか」と僕が応じる。「ダニエル・トービンは、昔っから頭はまともな方でしてね。そりゃあ今は少し普通じゃないかも知れませんよ、酒が入っていますからね。こうして人様に迷惑をかけるようなことはあっても、飲んで正体をなくしてしまうような、そんな男じゃありません。ただ、さっきからこの男がしたがっていることはですね、信じてきた迷信と自分が受けた災難との筋道っていうのを突き止めたいだけなんですよ。今から説明しますけどね」そう言って、僕は女占い師のことだとか、幸運をもたらす人物として当人に白羽の矢が当たった経緯について事実そのままを伝える。「そんなわけで、これでもう終わりにしますけど、分かってもらえませんかね、この騒動での僕の立場ってものを。僕は友人トービンの味方、少なくとも僕は勝手にそう思い込んでいるんです。金持ちに味方するのは簡単ですよ、得をしますからね。貧乏人に味方するのだって辛い話じゃありません、感謝されて結構いい気分が味わえるし、借家の前で右手に石炭バケツそして左手に孤児といった格好で写真をとってもらえたりしますからね。しかしですね、生まれつきの阿呆に真の友情を示すなんてことは、とても生半可な気持ちじゃできませんよ。で、今、僕のしているのがそれなんですよ。いいですか、これはあくまでも僕の意見なんですが、自分のこの手相、これは、つるはしの柄を握ってできた皺なもんで、こんな手の線から運勢など読み取れるわけがないじゃありませんか。そういえば、あなたがニューヨーク市きっての鉤鼻の持ち主だったにせよ、この世の易者という易者がですよ、それこそ牛から乳を搾り出すみたいに、あなたが幸運をもたらしてくれるその人だなんて搾り出せるもんでしょうかね。まあしかし、ダニーの手相から、あなたがぴったしその人だってことになったもんですから、僕としてはですね、ダニーがあなたに働きかけ、ついに一滴も出ない相手だったと納得するまでは力になってやろうと思ってるんですよ」

話を聞き終わると男が大笑いしてね。角の所にもたれかかって笑うこと笑うこと。ようやくその笑いも収まると、僕とトービンの背中をポンポンと叩いてから、それぞれの手を取ってね。

「誤解しておりました。まさか、こんな愉快きわまりない話がひょいと角を曲がって私のところに転がり込んで来ようとはね。もう少しで役立たずになってしまうところでしたよ。実は、このすぐ先の所にね、並みの物差しでは収まらぬ連中を楽しませてくれる、こぢんまりした飲み屋がありましてね。どうです、今から行って一杯やりませんか、型にはまった人間たちの無益性でも肴にしながらね」

そう言うと、男はすぐに僕とトービンを酒場の奥まった部屋へと案内し、飲み物を注文してテーブルに代金を置いたんだ。僕とトービンを見るその目ときたら、まるで弟たちを眺めてるって感じ。葉巻までふるまってくれるんだからね。

「申し遅れましたが」と運命の男が言う。「私の稼業は、世間で言う物書きというやつでしてね。夜ともなれば、こうして巷を徘徊し、平々凡々の庶民の中に特異な考えの持ち主はいないか、見上げる天のどこに宇宙の真理が潜んでいるのか探しているのです。お二人が近づいて来られた時は、上り坂になっているあの道路と夜を明るく照らし出していたあの天球との接合について考えごとをしておりました。あの天翔ける動きこそ、まさしく詩そのもの、芸術そのものです。もともとが緩慢で干上がった天体、機械的にしか動けぬ月のはずなんですけどね。しかし、そんなことは自分の胸に収めておけばいいこと、文筆稼業の世界ってそんな甘いものではありませんからね。せめてもの願いとしては、この世で発見した条理にそぐわぬ事どもについて私なりに説明を施した本を一冊書き上げてしまいたいということでしょうか」

「俺のこと本に書くつもりだな」とトービンが嫌な顔をして言う。「聞くけど、俺のことも書く気なのかい？」

「いいえ」と男。「紙数に制限がありますのでね。その気はありません、現時点では。ともかく今の私としては、こうしたせっかくの出会いを堪能したいということです。まだまだ印刷出版にまつわる諸々の制約を破るほど機が熟しているとも思えませんので。私一人きりの時にでも、じっくりと至福の盃を傾けるしかありません。でも、今は、こうしてご一緒して下さっているお二人に御礼を申し上げます。本当に有り難い気持ちで一杯なのですから」

「いいか、おまえさんの話なんか聞いてるとな、胸がむかついてくるんだよ」トービンが鼻の下の髭をプッと吹き、テーブルをドーンと叩いて言い返す。「ひん曲がったその鼻からな、せっかく幸運が約束されたってのによ、なんだ、その木に熟したのは大風呂敷のわりに中が空っぽの果物ってわけかよ。本がどうのこうのとごちゃごちゃ言いやがって、壁の割れ目を風が吹きぬけるみてえだってんだ。こんなことになるなんて、まったく、俺の手相も嘘八百だったたって気にもなっちまうさ。ピタリと当たってなかったらな、黒人野郎のことやブロンド女のことや……」

「お静かに！」と長身の男。「人相学なんぞで人生を踏みはずしてもいいって仰りたいのですか？　私のこの鼻ですが、これはこれで精一杯の働きをしてくれております。さあ、もう一度、グラスに酒をつぎませんか、並みの尺度に収まらぬ人間たちが口の中を十分に湿らせておかないと、すぐに干からびた殺伐な気分になっていけませんからね」

そんなわけで、文筆業のその人はね、僕に言わせりゃ、きちんと約束を果たしているんだよね。だって、全部の代金を、それがしかも上機嫌にだよ、払ってくれてるんだからさ。僕とトービンの方は予言が的中して虎の子がスッテンテンだったたからな。けど、トービンの奴ときたら腹の虫が治まらず、黙々と飲んでいるんだ。目を血走らせてね。

やがて、僕らは店を後にした。もう十一時になっていたからね。で、歩道に出た時、男がね、自分は今から家に帰るけど、よかったら途中までご一緒しませんかって僕とトービンを誘うんだ。僕らが二ブロックほど歩いて一本の脇道のところまで来ると、ずらりと煉瓦造りの家が並んでいてね、どれにもこれにも鉄のフェンスが張り巡らされ、玄関口までの階段も高いのさ。その中の一軒の手前まで来ると、男は足を止めて二階の窓を見上げる、けど、部屋の灯かりは消えている。

「ここが私のあばら家です。どうやら女房はとっくに床に就いてしまったみたいですが。そんなわけで、この私で構わなければ、おもてなしの真似事でもさせて下さい。ベースメント・ルーム（＊都市部の普通の住宅では路面よりも低く、道路からは専用の階段で降りられる。採光のための窓が路面からやや下にあり、台所、食堂、貯蔵室などに使用されることが多い）が食堂になっていますので、そんな所で宜しければ軽いつまみもありますから、ぜひどうぞ。冷えてしまったとは言え、まずまずの鴨肉とチーズとビールの一、二本ならあるはずです。どうぞ遠慮などなさらず、中へ入って食べていって下さい。ご恩返しをしたいのです。お二人には、楽しい時間を過ごさせて頂きましたからね」

僕とトービンの食欲と良心は、そうした申し出に逆らうことができなかった。そりゃあ、ちょっとばかし飲ましてもらったり、ランチの冷えた残り物を恵んでもらったりしたくらいで、はたしてそれが手相に約束された幸運の正体だったのかっていう疑心暗鬼がダニーの迷信世界にグサッと突き刺さってはいたさ。

「この階段を降りていって下さい」と鉤鼻の男。「私の方は、あそこを上がった先の玄関を通ってから下の食堂の内鍵を開けることにしましょう。最近、新顔の若い女中を雇いましてね。お帰りになる前にコーヒーをお出しするようにと申し付けておきましょう。なかなか美味しいコーヒーをいれてくれるんですよ、着いてまだ三ヶ月の新米にしてはね。いや、立ち話している場合ではありません、さあ、中へどうぞ。後ほどコーヒーを運ばせます、ケイティ・マホーナに」

復活の日

岡島　誠一郎　訳

復活祭の絵を描くとなると、画家といえども手にした筆を噛み、眉をひそめるはずだ。というのも、この祝祭に関連した絵には、正統的なモチーフが全部で四つしかないからだ。まずは、春をもたらす異教の女神イースターだ。この場合、画家は空想力を無制限に発揮することができる。豊かな髪を持ち、足指が十本揃った美しき乙女でありさえすれば、要件が満たされるのだから。あのトリルビー（＊一八九四年に出版された同名の小説の女主人公。ジョージ・デュモーリエ作）が「何から何まで」とか何とかと呼んだ格好（＊全裸）で、有名モデルのクラリス・セイント・ヴァヴァサワー嬢が絵のポーズを取ってくれよう。

二つ目——ユリの花に縁取られた、愁いに沈む上目遣いの女。これは雑誌の表紙みたいではあるが、安心して採用してよかろう。

三つ目——五番街の復活祭パレードに登場するミス・マンハッタン。

四つ目——グランド通り線の馬車の中で、新しい赤い羽根を古びた麦藁帽子に挿して幸せそうにはにかむマギー・マーフィー。

当然のことながら、ウサギをモチーフに用いるのは論外だ。イースターエッグも無用——高等批評（＊聖書の起源や解釈の証拠などを研究する学問）の熱い攻撃で、とても歯が立たない固茹で卵になってしまったからだ。

画題の数に限りがあるのは、我が国のあらゆる祝祭日の中で、復活祭がもっとも曖昧で移ろいやすい性格を持っている証拠だ。今でこそすべての宗教に馴染んでいるが、それは元来、異教徒が作り出したものなのだ。さらに時代を遡って最初の春にまで戻れば、エデンの園のイヴが無花果《イチジク》の木から新緑の葉を気高く選んでいる光景に辿り着くことだろう。

さて、ここで批判的かつ学術的な前口上を述べた目的は、復活祭が日付でもなく季節でもなく祭りでもなく休日でもなく、あるいは祝い事でもないという定理を発表することにある。それが何であるのかを知りたければ、ダニー・マクリーの後をついて行くが良い。

イースター・サンデーが、当然の話だけれど暦の上で土曜と月曜の間に挟まれた日の早朝に、白々と幕を開けた。太陽は五時二十四分に昇り、ダニーも十時三十分になってようやく起き上がった。彼は台所へ行き、流しで顔を洗った。母親がベーコンを焼いていた。母親は、丸い石鹸を器用に扱う息子の無表情な、つるりとした賢そうな顔を見ながら、二十二年前、ダニーの父親が二、三塁間の痛烈な打球を難なく捕るのを初めて目にしたときのことを思い出した。当時、ハーレムの空き地であったその場所は、今ではラ・パロマ共同住宅になっている。その安アパートの居間の開いた窓の際に座って、当のダニーの父親はパイプを吹かしており、乱れた白髪まじりの髪が、そよ風に揺れていた。視力の方は、二年前、暴発したダイナマイトの爆風によって思いがけず奪われてしまっていたが、相変わらずパイプは手放せずにいた。目の不自由な者で喫煙を好む者は甚だ少ない。紫煙を目で追うことができないからだ。そもそも、新聞の見出しの躍り具合を自分の目で味わえなければ、他人に夕刊の記事などを読んでもらったところで、どこが面白かろう。

「今日は復活祭よ」と母親のマクリー夫人が言った。

「卵焼きを緊急発進《スクランブル》で頼むよ」とダニーは言った。

朝食後、彼は晴れ着を着込んだ。それはカナル通りにある輸入商のところで荷馬車の御者をしている彼が、安息日の朝に着ることになっていたもので、フロックコートに縞のズボン、エナメル革の靴、チョッキに垂らした金ぴかの鎖、ウィングカラーとつばの反り返った山高帽、そして（十四番街の交差点とトニーの果物屋台の間にある）ショーンスタインの店で、土曜の夜間特売で買った蝶ネクタイという出で立ちであった。

「今日もやはり出かけちまうのかい、ダニー？」老いた父が不満そうに言った。「何かの祝日だってぇ話だからな。仕方ないな、春めいた陽気なんだから。風の感触で分かるんだよ」

「出かけちゃいけないのかよ？」ダニーはひどく不機嫌そうな低い声で問い詰めた。「家にいろってことか？　俺は馬と同じってわけかい。俺が受け持つ馬たちには週に一日の休みがあるからな。ここの家賃と、今おやじが食った朝飯代を稼いでいるのは誰なんだい？　聞かせてくれよ！」

「わかったよ、ダニー」と父親は言った。「文句を言っているわけじゃないんだ。俺だってこの両目が見えていた頃は、日曜の外出が何よりの楽しみだったからな。芝とニシキギの匂いが風に乗ってここまでやって来るよ。俺はタバコがありゃいいんだ。いい天気なんだから骨休めに行っておいで。ただな、お前の母さんが字を読めたらなぁって思うことがあるんだ。そうすりゃ、あのヒポポタマス（＊カバ）の話が最後まで聞けるからな――だけど、まあ、いいさ」

「ねえ、ヒポポタマスがどうのこうのって、おやじがバカなことを言ってるけど？」ダニーは台所を通り抜けながら母親に尋ねた。「ときどき動物園にでも連れて行ってるのかい？何か理由でもあって？」

「連れて行ったりなんかしてないよ」と母親が答えた。「ああして一日中窓のそばに座っているんだから。盲目の貧乏人にできる、ささやかな娯楽なんだね。ああいう人はいつも取り留めのないことを考えているんじゃないかねぇ。日によると**グリース**のことをのべつ幕なしに一時間近くも話し続けるんだから。私はね、そんな時はフライパンの中で豚脂《ラード》が焦げているのかと思って見に行くんだよ。でもそんなことはありゃしない。そんなことを話しているんじゃないってあの人は言い張るんだけどね。ダニー、日曜も祝日も何もかも、目の見えない人にとってはうんざりなんだよ。目がちゃんと見えていた頃には、誰よりも楽しくて、頼もしい人だったのにね。さあ、いい天気じゃないの。楽しんでおいで。もうすぐ昼になっちまうわよ。コールド・サパー（＊ハムやチーズなど調理を必要としない食事）は六時だからね」

「ヒポポタマスの話を何か聞いてないかい？」アパート一階の出入り口を通り抜けながら、ダニーは管理人のマイクに尋ねた。

「ないね」とマイクはシャツの両袖を捲《まく》り上げながら言った。「この二日ばかりで、やれ生き物だの天災だの違法行為だのって、色々な厄介ごとで苦情を受けたけど、そういう話だけは聞いてなかったなぁ。大家に言ってくれよ。さもなきゃ、出て行けばいいさ。もしその気があるならね。部屋にカバが出たっていうのか？　違う？　じゃあ、何なんだい？」

「話の出どころは、うちのおやじだったんだけど」とダニー。「どうやら、たいしたことじゃなさそうだな」

ダニーは通りを歩いて五番街に突き当たると、そこで北に向きを変え、街の中心部へと入った。そこでは、春の女神――新しい明るい色の衣装を身にまとった現代の女神――が復活祭の行進を率いていた。あちこちの高くそびえる褐色の教会から、聖歌隊の賛美歌の快活な歌声が流れ出てきた。両側の広い歩道は、さしずめ生きた花々が移動する花壇のようだ――あの女神役の娘を目で追えば、誰でもそう感じただろう。

フロックコートとシルクハットにクチナシの花を身につけた紳士たちが、この伝統行事の背景部分を支えていた。子どもたちは手にユリの花を持って歩いた。正面にブラウンストーンを張った高級住宅の窓辺は、ユリの女神の姉妹にあたる花の女神フローラが創り出した、この上なく華やかな飾りつけでいっぱいだった。

曲がり角のところから姿を現したのは、白い手袋をはめ、えらが張ったピンク色の顔で、きつそうにボタンを留めて歩道警備をする警官のコリガンだった。ダニーは彼を見知っていた。

「コリガンさん」と彼は話しかけた。「なぜ復活祭なんてものがあるんでしょうか？ そりゃあ、三月十七日（*聖パトリックの祭日）に月が昇って断食が終われば復活祭だっていうのは知っているけど、でも、なぜでしょうか？ 真っ当な宗教儀式なのか、それとも政治的な理由で知事が決めちまうんでしょうかね？」

「これは、毎年恒例の祝典であって」コリガンは警察本部長第三補佐に相応しい知性を発揮して言った。「ニューヨークに特有のものだ。ハーレムにまで及ぶ規模になるのだ。なにしろ、百二十五番通りに増援部隊を駐屯させることがあるほどだ。吾輩の見解では、これは政治とは無関係であろう」

「ありがとう」とダニーは言った。「ところで、あの――、ヒポポタマスについて文句を言っている男のことを聞いてませんか？ いや、別に酔っ払って言ってたっていうわけではないんですよ」

「大きさで言えば、せいぜい海亀くらいまでだったな」とコリガンは思い返しながら言った。「だがそいつの中に入っていたのはメタノールだったぞ」

ダニーの心は晴れなかった。彼は日曜と祝日をまとめて楽しむという、二重につらい責務を負っていた。

汗を仕立屋、いや、汗をしたたらせて働く者の悲しみは、その身体にしっくりと馴染むものだ。その悲しみの衣は、繰り返し袖を通すうちに、上等に仕立てられた衣服のごとく優美な輪郭を描き出すようになる。なればこそ、食うに困らぬ絵描きたちは庶民の悲しみの中から最も印象的なモデルを見つけ出すのだ。ところが、その貧しきペリシテ人が遊びに興じたりすると、悲劇の女神メルポメネもまたそのお祭り騒ぎに顔を出す。そのようなわけで、復活祭の日、ダニーはしっかりと歯を食いしばり、そして悲しそうに遊ぶのだった。

デュガンズ・カフェの勝手口からなら潜り込めそうだったので、ダニーは、春の陽気の誘いに乗って、ボック・ビールを飲むことにした。暗い、リノリウム張りの、じめじめした奥の部屋に座っている間も、心の中ではまだこの春の祝祭の持つ、あの謎めいた意味を必死になって探っていた。

「なあ、ティム」と彼はウエイターに声をかけた。「なんで世間では復活祭なんてやるんだろう？」

「もう、勘弁してくださいよ！」と言って、ティムは如才なく片目を閉じて見せた。「それは新ネタですか？　そうか。昨夜トニー・パスター（＊「ボードビルの父」と呼ばれた芸人・劇場支配人）のショーを見たんですね、きっと。分からんなぁ。答、教えてくださいよ――リンゴ酒二杯、それともヤード・グラスでビールってのは、どうです？」

カフェを出るとダニーは東方向に戻った。四月の日射しが胸のうちに漠然とした説明し難い感情を掻き立てた。彼は判断を誤り、その原因がケイティ・コンロンだと勝手に解釈した。

A街の彼女の家から一ブロック離れたあたりで、彼は教会に向かう彼女に会った。曲がり角のところで二人は握手を交わした。

「まあ、それにしても、あなたったら、めかしこんだ姿でふさぎこんじゃって」とケイティが言った。「どうしたの？　でも一緒に教会に行けば、きっと元気になるわよ」

「教会で何があるんだい？」とダニーは尋ねた。

「何って、今日は復活祭の日曜じゃないの。おばかさんね！　あなたが迎えに来てくれるかもしれないと思って、私、十一時過ぎまで待っていたのよ」

「その復活祭って、どんな意味があるんだい、ケイティ？」とダニーは憂鬱そうに尋ねた。

「誰に聞いても知らないみたいなんだ」

「知らないのは、あなたみたいに物の見えない人だけよ」ケイティは勢い込んで言った。「私の新しい帽子に気づきもしないんだから。それにスカートにも。もちろん、復活祭っていうのは女の子がみんな新しい春の洋服を着る日なのよ。おばかさんね！　私と一緒に教会に行きましょう」

「行こう」ダニーは言った。「こんな復活祭なんてものをあそこでもやっているとしたら、その口実が何かしらあるはずだ。その帽子が綺麗じゃないっていうわけじゃないんだ。バラのつぼみも素晴らしいよ」

教会では牧師が説教壇を叩きもせずに、ドンドンと話を進めた。口調はとても速かったが、それは安息日の早めの正餐に間に合うように帰宅を急いでいるからだった。しかし、そこは専門家である。ひとつの言葉が話の一貫した主題となっていた。――「復活」という言葉だ。新しい創造ではなく、古い生命から新たな生命が生まれるということだ。会衆はその話を聞き飽きていた。しかし、前から六番目の信徒席に見えるスイートピーとラヴェンダーで飾った綺麗な帽子が彼らの注意を惹き付けてくれた。

礼拝が終わり、ダニーは曲がり角でぐずぐずしていた。ケイティが空色の瞳に不機嫌さを漂わせて待っているというのに。

「私の家まで送ってくださるかしら?」と彼女が声をかけた。「でも、無理しなくていいの。私は一人で帰れるから。あなたは何かとても考え込んでいるみたいだしね。さて、今度はいつ会えるの、マクリーさん?」

「水曜の夜はいつもの所にいるよ」そう言うとダニーは背を向け、道を渡って行った。

歩き去るケイティの帽子から垂れ下がるバラのつぼみが、憤然とした調子で揺れていた。ダニーは二ブロック行った所で立ち止まった。彼は両手をポケットに入れ、辻の縁石のそばでじっと立っていた。その顔は彫像のようだった。彼の魂の奥深いところで何かが湧き起こり、それはとても小さく、微かでありながら、とても鋭利で膨らみつつあるものであったが、石のように堅い彼の神経はそれが何であるかを認識できなかった。それは何かこの四月の日和よりも穏やかで、五感では捉えがたいほど微妙で、女性に対する愛情などよりも高潔で奥深いものであった――その証拠に、この一年間というもの自分を鎖で縛っていたあの瞳とバラのつぼみとに、今、背を向けてしまったではないか? それにしても、それが何なのか、ダニーには見当がつかなかった。大急ぎで正餐に向かうつもりだったあの牧師は、きちんとその話をしていたのだが、ダニーは眠気を誘うその語調に合わせるべき歌詞など持ち合わせていなかったのだ。それでも、牧師は真実を語っていた。

突然、ダニーが片膝を打ち、しわがれた歓喜の叫び声を上げた。

「ヒポポタマスか！」彼は高架道路の支柱を見て叫んだ。「まったく、下手の考え休むに似たりだ。そうさ、それに違いない！　おやじが言いたかったのは、そういうことだったんだ。

ヒポポタマスだ！　そうと分かればブロンクスに戻ろう！　一年近くも前に聞いた言葉にしては、よく覚えているじゃないか。紀元前四六九年のところでやめちまったが、そいつはその次に出てくるんだ。まったく、おやじの気持ちが見抜けなかったとは、俺の眼もとんだ節穴だったたな」

ダニーは市内横断馬車に飛び乗ると、彼の労働によって賄われている路地裏のアパートへと向かった。

父親のマクリーはまだ窓辺に座っていた。火種の絶えたパイプが窓の下枠に置かれていた。

「ダニー、おまえかい？」と彼は声をかけてきた。

ダニーは、まるで善行を施そうとする間際に我に返った独裁者のように、かっとなった。

「ここの家賃と、この一家の食費を稼いでいるのは誰なんだい？」彼は意地悪く噛み付いた。「この俺が、家に入る権利もないって言うのか？」

「おまえは孝行息子だよ」そう言って父親はため息をついた。「もう夕暮れ時かい？」

ダニーは棚の上に手を伸ばし、金文字で「ザ・ヒストリー・オブ・**グリース**（＊ギリシャの歴史）」と刻まれた分厚い本を取った。埃が半インチの厚さになっていた。その本をテーブルに置くと、紙切れが差し込んである箇所を探した。そのとき、彼の口から力のこもった短い唸り声が奏せられ、言葉に変わった。

「さっき読んで欲しいと言っていたのは、このヒポポタマスのことだったのかい？」

「おまえがあの本を開く音がしたようだが」と父親は言った。「おまえにその本を読んでもらってから後の、この数ヶ月間の長くて退屈なことといったらなかった。どういうわけか、俺はあのギリシャ人たちのことが気に入っちまったんだ。おまえは途中でやめちまったけどな。なあ、おまえ、外はいい天気だ。出かけて行って仕事の疲れを取ってこい。俺はこの窓辺の椅子とパイプの生活には慣れっこなんだから」

「**ペロ…ペロポネソス**のところで俺たちは中断したんだ。ヒポポタマスじゃないよ」とダニーは言った。「そこで戦争が起こったんだ。それはかれこれ三十年も続いた。見出しの文を読むと、マケドニアのフィリップっていう男が、紀元前三三八年にカ…カイロネイアの戦いに勝ってギリシャのボスに決まったんだそうだ。続きを読むよ」

父親は片方の手を耳にあてがい、ペロポネソス戦争の話に引き込まれて、一時間じっと聞き入っていた。

それから彼は立ち上がり、手探りで台所のドアのところまで行った。妻がハムを薄く切っていた。彼女は顔を上げた。年老いた夫の両目から涙が流れ落ちていた。

「聞こえたかい？　俺たちの息子がね、俺に本を読んでくれているんだよ」と彼は言った。「この世にこれほど素晴らしいことはないさ。俺の両目が甦《よみがえ》ったんだから」

食事が済むと彼は息子に言った。「楽しい一日だったよ、今年の復活祭は。さあ、おまえは今夜ケイティと遊びに行くといい。しっかりと楽しんでおいで」

「ここの家賃と、この一家の食費を稼いでいるのは誰なんだい？」ダニーは憤慨して言った。「この俺が家にいる権利もないって言うのかい？　食事の後は、紀元前一四六年、その王国がローマ帝国の不可分の領土になったっていうコリントスの戦争を読むことになっているんだ。この俺は、この家じゃあ用無しなのかい？」

ニューヨークの「ゴム首族」

田中 雅徳 訳

隠喩好きの御仁ならいざ知らず、誰しも猛毒のウパスの木に近づきたいとは思わないだろう。強運の持ち主なら、怪物バシリスクのあの恐ろしい目から逃れることができるかもしれない。ひょっとしたら、地獄の番犬ケルベロスや百眼の巨人アルゴスの目をかいくぐることのできる者もいるかもしれない。だがしかし、あの「ゴム首族」の好奇の目からは、人間は、生きていようが死んでいようが、逃れることはできない。

ニューヨークは「ゴム首族」の街。もちろん、右に左にわき目もふらず、ただひたすらにわが道を進み、真っ当に稼いでいる者も多いが、その一方で、まるで火星人さながら、両目と移動手段のみを見事に発達させた種族も広く存在している。

この好奇心旺盛な連中が群がる様は、まさにハエ。珍しい出来事があれば息せき切って現場をぐるりと取り囲む。作業員がマンホールの蓋を開けたとか、路面電車がノース・タリータウンから来た男を轢いたとか、小さな坊やがお使いの帰りに卵を一つ落としてしまったとか、日雇い労働者の住むバラックの一つ二つが地下道に崩れ落ちたとか、ある女性の五セント玉がライルの糸玉の穴に入ってなくってしまったとか、警察がイプセン社交クラブの閲覧室で電話と競馬詳報を押収したとか、デピュー上院議員（＊一八九九―一九一一在職。米国の法律家。ニューヨーク中央鉄道の社長・会長を務めた）あるいはチャック・コナーズ氏が外気にあたるために外へ出てきたとか、もう何でも構わない。このようなことが起これば、「ゴム首族」はその現場にものすごい勢いで押し寄せてくる。

出来事の軽重は問わない。コーラス・ガールでも肝臓薬の看板描きでも差をつけず、連中は興味深げにうっとりと見つめる。内反足の男であれ、エンストで立ち往生した車であれ、同じ規模の人垣を作る。奴らは貪欲なまでのゴム首族的野次馬根性を持っているのだ。「目の大食漢」どもは、同じ市民の不幸をおいしくいただき身を肥やしている。いかがわしい目でにんまりと眺めては、じっくり見入り、また、睨みつけたかと思うと、目を細め、凝視するその姿は、まるで人の不幸という餌の釣り針にかかったギョロ目の魚、パーチだ。

どうやら、さしものキューピッドも、目で人の不幸を貪るこの者どもは冷血過ぎるゆえ恋の矢をつがえてやる気にもなれないようだが、この血も涙もない原生動物にも例外は発見できないものか。それが、いたのだ。ビールを積んだワゴン車に轢かれ、うつぶせに倒れた男の周りを奴らが取り囲んだとき、美しいロマンスの神がこの種族の或る男女に降臨し、二人の心に愛の灯を点したのだった。

ウイリアム・プライがまっ先に現場に駆けつけた。こういう騒ぎにかけては、熟練している男だ。満面笑みを浮かべ、事故の犠牲者を見下ろして、まるで天上の音楽でも聴くかのように、その呻き声にうっとりと耳を傾けている。取り囲む人垣が膨らんで身動きできぬほどになったとき、その輪の反対側で起きている大騒ぎがウイリアムの目に止まった。竜巻さながら人垣を押し分けて進んでくる者があり、男どもがナインピンのように押し倒されていく。両肘、傘、帽子の留め針、毒づく舌、両手の爪を駆使して、バイオレット・シーモアが野次馬たちを掻き分けて最前列に進み出た。彼女が人垣の中心に向かって突入したときには、五時三〇分発ハーレム行き急行列車の座席ですら確保してきた猛者たちまでもが、子供のようによろよろと後ろへ引き下がった。また、ロクスバラ公爵の結婚パレードを見物し、二十三丁目の交通を頻繁に止めてきた実績を持つ二人の大柄な女性見物客も、バイオレットの手にかかってしまえば、ブラウスを引き裂かれ、二列目へと追いやられてしまうのだった。ウイリアム・プライは、この娘に一目で恋をしてしまった。

救急車がやって来て、キューピッドの代理を務めた例の昏睡男を連れ去った。ウイリアムとバイオレットは、野次馬たちが立ち去った後もその場に残った。正真正銘の「ゴム首族」なのだ。救急車が行ってしまうと同時に事故現場をさっさと去るような者の首は、宇宙発生進化論的見地からすれば真のゴム製とは言えない。事件の持つ微妙な旨味は、後味にこそあるのだ。現場を満足そうに見つめる中にこそ、向かいの家々の様子を注視する中にこそ、阿片常習者の恍惚感にも勝る夢心地の状態でその場をうろつく中にこそ、あるのだ。ウイリアム・プライとバイオレット・シーモアには、被災者をきちんと鑑定する目がある。一つ一つの出来事から百パーセントの楽しみを引き出す心得が備わっているのだ。

今、二人は互いに見つめ合っている。バイオレットには首のところに五十セント銀貨ほどの褐色の痣《あざ》がある。ウイリアムの目がそこに止まった。一方、ウイリアム・プライは大変な蟹股《がにまた》の持ち主だ。バイオレットは思わずそちらに長々と目をやった。二人は向かい合ったまま、しばらく立ちつくして相手を眺めた。エチケット上、相手に声をかけることは許されないようだが、ゴム首族の住むこの街では、公園の木立であろうが、人間の肉体的欠点であろうが、惜しみなく凝視することは一向に差し支えない。

そうこうするうち、二人は溜息をついて別れることとなった。しかし、実はキューピッド役を果たしたのは、例のビール運搬車の運転手の方だったので、足を一本へし折ったそのワゴン車の車輪が二人の憎からざる思いをしっかりと結びつけたのだった。

この二人の主人公が次に顔を合わせたのは、ブロードウェイのとある板塀の前だった。その日は何ともつまらぬ一日になりそうだった。通りでは喧嘩の一つもなければ、路面電車の車輪の近くに寄りつく子供たちもおらず、肢体不自由者も寝間着姿のおデブもまばらな始末。バナナの皮で足を滑らせてくれそうな者もいなければ、心臓麻痺で倒れてくれそうな者もさっぱり見当たらない。俺様はロウ前市長（＊Seth Low 一九〇一―一九〇三年ニューヨーク市長を務めた。米国の商人・政治家・教育家）の従兄弟だなどとのたまって、タクシーの窓からコインをばらまくインディアナ州ココモ市のあのキザ野郎ですら、まだ姿を見せてくれない。どこを探しても目の保養になるものはなく、ウイリアム・プライは、今日は駄目かと滅入っていた。

だが、そのとき、大勢の群集が掲示板の前で押し合いへし合いしているのが目に止まった。全力疾走で近寄る途中、彼は老婆を一人、牛乳瓶を抱えた子供を一人、それぞれ殴り倒し、野次馬の群れの中を悪鬼のごとく突き進んだ。輪の中心付近には、もう既にあのバイオレット・シーモアの姿があった。袖は片方が引きちぎられ、歯に詰めた金の詰め物は二つなくなり、コルセットの金具は剥き出しとなり、一方の手首は捻挫しているにもかかわらず、彼女は幸せそうな顔をしている。見るべきものを一心に見入っているのだ。男が塀にペンキで文字を描いているのだった。「ブリックレットを食べよう――あなたの顔もふっくらと」

ウイリアム・プライの姿を確認すると、バイオレットは顔を赤らめた。ウイリアムは黒い絹のラグランコートを着た女性のあばら骨にジャブを入れ、少年の向こう脛を蹴っ飛ばし、老紳士の左耳をひっぱたきして、バイオレットのそばに何とか近づいた。二人は一時間ばかり、男がペンキで文字を書くのを見物した。やがて、ウイリアムは恋心を胸の内に押さえていられなくなって、彼女の腕にそっと触れた。

「一緒に来ないか。喉仏のない靴磨きがいる場所を知ってるんだ」

彼女は恥ずかしそうに顔を向けたが、そこには紛れもなく愛を受けとめた表情が見て取れた。

「それって、私のためにとっておいてくれたってこと?」愛を告げられた女性が初めて見せる仄かな喜びで身を震わせながら言った。

二人は一緒に靴磨きの所へ急行した。一時間ほど二人は、その喉仏のない若者をじろじろと見物した。

そのとき、窓拭き男が五階から歩道にいる二人のすぐ脇に落ちてきた。救急車がサイレンを鳴らして近づいてくる間、ウイリアムは愉快そうに彼女の手をぎゅっと握り、「少なくとも、あばら骨四本に、複雑骨折ってとこだね」と、早口で囁いた。「僕と出会って後悔してないだろうね?」

「えっ、私が?」バイオレットが手を握り返した。「ぜんぜん。あなたとなら、一日中、首を伸ばして見物しててもいいわ」

二人の恋愛物語は数日後にクライマックスを迎えた。おそらく読者の皆さんは、黒人のイライザ・ジェインが召喚状を渡されたとき、どれほどニューヨークが大騒ぎになったかを覚えているだろう。「ゴム首族」はと言えば、現場で野営していたのだ。ビヤ樽を二つ並べてその上に板を渡し、ウイリアム・プライはイライザ・ジェインの住まいの正面に陣取った。三日三晩、バイオレットと二人でそこに座った。刑事は玄関を開け放って召喚状を渡そうと思いついた。活動写真撮影機《キネトスコープ》を取りに行かせてから、召喚状を渡したのだった。

それほど趣味の合う者同士が、長い間別々にいられるわけがない。その晩、警官に警棒で追い払われたときに二人は婚約したのだ。愛の種は上手に蒔かれ、しっかりと勢いよく育ち、一本の木——ゴムの木とでも呼ぶことにしよう——に成長していた。

ウイリアム・プライとバイオレット・シーモアの結婚式は、六月十日に行われることになった。街の中央にある大教会は、花で盛大に飾り立てられた。世界中どこでも「ゴム首族」が大挙して押し寄せるところは結婚式だ。彼らは会衆の席に座る悲観主義者なのだ。花婿を笑いものにし、花嫁をからかうのだ。結婚をあざけり笑ってやるために参列するのであるが、万一、あなたが生気のない死神の馬に乗って、結婚の神ヒューメーンの塔からめでたく逃れたとしても、連中は葬式にはやってきて教会の同じ会衆席に座り、あなたの身の上について声を上げて泣く。必ずゴム製の首は伸びてくるのだ。

教会に明かりが点った。グログラン生地の絨毯がアスファルトの上に広げられ、歩道の縁まで達した。付き添いの女性たちは互いの帯を軽く叩いて曲げてしまい、花嫁のそばかすを話題にしている。御者たちは鞭に白いリボンを結びつけ、まだ飲める時間が来ないのかと嘆く。牧師は、ご祝儀の金額に思いを巡らせ、自分にはブロードクロスのスーツ、妻にはローラ・ジェイン・リッピーの写真が買えるだろうかと皮算用している。ほら、キューピッドも空にお出ましだ。

教会の外はといえば、おやおや、「ゴム首族」の集団が押し寄せている。グログラン生地の絨毯と警棒を持った警官たちをはさんで、二つの集団に分かれている。まるで牛の群れだ。争ったり、押し合ったり、揺れ動いたり、踏みつけあったりしながら、白いベールを被った娘がまだ眠っている男の懐を探る資格を手に入れるのを一目見ようと必死になっている。

しかし、結婚式の時間が過ぎたというのに、花嫁と花婿は姿を現さない。じれったい気持ちが不安を呼び、不安から花嫁花婿探しが始まるものの、二人の姿は見つからない。そのとき、大柄な二人の警察官が手をつかみ、憤った見物人たちの群れから引きずり出したのは、もみくちゃにされ、踏みつけられていた、ベストのポケットに結婚指輪を入れた男と、もう一人、引きちぎられた布を身につけ、痣だらけになりながらも喚《わめ》き散らして、絨毯の先端に向かって突き進もうとしている、ぼろぼろになったヒステリー状態の女だった。

実は、ウイリアム・プライとバイオレット・シーモアは、いつもの性分から、見物客たちのごった返す中に加わっていたのだった。自分たちが、花嫁花婿として、薔薇で飾り立てられた教会に入るところをどうしても見たくて見たくてたまらなかったのだ。

ゴム製の首というのは、どうしても伸びてしまうものなのだ。

縁《えにし》の金糸で結ばれて

南田幸子 訳

市内観光バス《ラバーネック・オート》（＊物見高い「ゴム首族」を乗せて走る）が出発しようとしておりました。紳士然とした車掌《メガフォン・マン》によって座席に案内された乗客たちは、浮き浮きした様子で二階席に座っていました。この乗客たちを一目見ようと集まった見物人たちで歩道はぎっしりと埋まっていましたが、その光景はまるで地上の生きとし生けるものが他の生き物の餌食となっている、といった自然界の法則を正当化しているようでありました。

車掌が拷問具（＊乗客を右へ左へ向けさせ、体をねじらせることから、メガフォンのこと）を取り上げて出発の号令をかけました。すると、コーヒー飲みの心臓が激しく鼓動するがごとく、大きなバスの内部が激しく振動し始めました。二階席の乗客たちは体をこわばらせて座席にしがみつきました。インディアナ州ヴァルパライソから来た老婦人などは、降ろしてと言わんばかりに金切り声を上げました。しかし、皆様には、車輪が回り出してしまわぬうちに、〈心奥からの声〉による短い前置きを聞いて頂くことにしましょう。人生という観光旅行で興味深い対象をそれは指し示してくれるはずですから。

一瞬の認識、それは白人がアフリカの大草原で白人を見つけるときのこと。瞬時の理解、それは母親と赤ん坊の魂の挨拶。動物と人間の障壁を素早く越えるのは、主人と犬の関係。計り知れない程の早さで共感し合うのは、恋人同士が交わす短い言葉のやり取り。しかし、これら全ての素早さなるものは、この観光バスの中でこれから起こる素早さと比べたら、ゆっくりと手探り状態で共感や考えをやりとりしているにすぎないのです。この地上のどの二つの生物が、顔と顔を合わせた瞬間に誰よりも素早くお互いの心や魂を覗き込めるか、（もし、あなたが、まだご存知ないというなら、）お教えしましょう。

さて、スタートのゴングが鳴ると、ゴタム（＊ワシントン・アービングがニューヨーク市につけたあだ名）を睨み付けるバスは、威風堂々、教訓を授ける市内観光へと動き出しました。

二階席でも一段高くなった後部座席には、ミズーリ州クローヴァーデイル出身のジェイムズ・ウィリアムズと彼の花嫁さんが座っていました。

植字工さん、花嫁さんの「さん」を落とさないでくださいな。花嫁さんというのは、生命と愛の何たるかを語る時に使う言葉の中の言葉なのですから。花の香り、蜜蜂の贈り物、湧き水の最初の一滴、ヒバリの序曲、創造という名のカクテルに添えられたレモンの皮――花嫁さんとは、そういうものなのです。神聖とは、妻のこと。尊敬とは、母。躍動とは、夏の少女――しかし、花嫁さんとは、男が死と縁を結んだ時、神々が差し出してくれる数々のプレゼントの中にある支払い保証付き小切手なのです。

バスは黄金通りを滑るように走って行きました。この大きな観光バスの運転席の真上では、車掌が立ったまま乗客たちに大都会の名所をがなり立てておりました。乗客たちは

「おー」とか「あー」とか大きく口を開けて耳をそばだて、雷のごとく目を急襲する大都会の名所のことを聞いていました。興奮やら田舎者の憧れやらで精神錯乱に陥った乗客たちは、メガフォンを持った車掌の儀式ばった説明に目で応じようとしておりました。「ヴァンダービルト家（＊アメリカ合衆国の鉄道王）の屋敷を」と言われて大きな寺院の厳粛な尖塔に目を向けました。「ラッセル・セイジ（＊社会福祉施設）の慎ましい小さな家を」と言われると、グランド・セントラル駅の慌ただしい巨体を眺めました。「ハドソン川の堤防をご覧ください」と言われると、新しく敷設された下水道工事の土の山を何ら疑いもせずにポカンと口を開けて眺めました。「高架鉄道を見てください」と言われると、多くの人はリアルト（＊イタリアのヴェニスを真似た、ブロードウェイの劇場街）を眺めましたが、そこでは制服姿の男たちが座ったまま切符くずの中華丼をせっせと作っておりました。実は、ニューヨークから遠く離れた田舎では、今日まで真《まこと》しやかに語られていることがありました。チャック・コナーズ（＊中国系ギャングの名前）が胸に手を当て政治改革を指導しているのだとか、もしパークハーストという首席検事の誇り高き都市改革がなかったら、悪名高き〈司教《ビショップ》〉ポッターと呼ばれる一味が、バワリー街（＊マンハッタン南端、庶民の娯楽の中心地だった）からハーレム川までの法や秩序を破壊していたであろうとか。

　さてここで、皆様にお願いがあります——ジェイムズ・ウイリアムズ夫人、かつてはクローヴァーデイルの花と呼ばれていたハッティー・チャルマーズの方をご覧になってください。淡いブルー、それは花嫁がお望みとあらば、いかにも花嫁に似つかわしい色。実を申せば、この色は夫人が前から格別な気持ちを抱いていた色なのでした。コケバラの蕾が、いそいそと彼女の頬にピンクの色を貸し与えています。そして、スミレ色ときたら、彼女の目、結構なことにそのままで十分です。役に立たぬ白いシャフ――おっと、当人は今、自動車を運転中でしたね――そうそう、白いシャフじゃなくて白いシフォン、あるいはグレナディンだったかチュール（*ベール、イブニングドレスなどに用いる薄い網状の絹）だったか――それが彼女の顎の下で結ばれている。帽子がズレないのは、そのお陰でしょうかね。いや、既にお見通しのように、実は、帽子留め《ハット・ピン》のお陰なのです。

　さらに付け加えさせてもらえば、ウィリアムズ夫人の顔からは、三巻からなる世界思想全集が読み取れます。第一巻には、ジェイムズ・ウィリアムズがまずまず自分にぴったりな男である、という所信が。第二巻には、この世は非常に素晴らしい所である、との述懐が。第三巻には、今自分は市内観光バス《ラバーネック・オート》の最高部座席に座って、人も羨むような旅をしている、との確信が。

　ジェイムズ・ウィリアムズの年齢は――もうすでに皆様には想像がついているかもしれませんが、二十四歳くらいでした。想像なさったことがずばり正確であったとなれば、さらにご満足いただけるはず。年齢は、正確には二十三歳十一ヶ月と二十九日でした。がっちりとした体格で精力的、意志の強さを誇るかのようなしっかりとした顎、気立てがよく前途有望な若者でありました。その彼が新婚旅行の最中だったのです。

　親切な妖精よ、昔お願いしておいた大金、四十馬力の旅行用大型自動車、名声、髪の新たな生育、ボートクラブの会長職といった注文は取り消してください。その代わりに時計の針を戻してください。ほんの少しで結構です。新婚旅行を再現してもらいたいのです。ほんの一時間でいいのです。妖精よ。それをお許し頂けますなら、草やポプラ並木がどんな様子だったか、あの帽子のリボンが花嫁の顎のところでどんな感じに結ばれていたか――たとえそれが帽子留め《ハット・ピン》のおかげだったとしても――を思い出すことができるのですから。だめですって？　分かりました。なら、あの大型自動車を燃料つきで今すぐお願いします。

　ウィリアムズ夫人のすぐ前の座席に若い女が座っておりました。ゆったりした革製の上着を着て、葡萄と薔薇の飾りのついた麦わら帽子をかぶっている。あんなにもたくさんの葡萄と薔薇は、夢の中か婦人専用帽子店でしか集められやしない！　車掌が「金持ちの連中にこそ、私たちは関心を向けてしかるべきなのです」と、大声でのたまわっている時も、ただただ信じて止まないといった大きな青い瞳で見つめているだけ。車掌の放つ、そうした喚き声の合間合間には、ペプシン入りの素っ気ないチューインガムよろしく、ひたすらエピクテトス派の禁欲哲学に耽るばかり。

その女の右側には、年の頃二十四歳くらいの若者が座っていました。がっちりとした体格で精力的、しっかりとした顎を持ち、気立ても良さそうです。しかし、この描写がジェイムズ・ウィリアムズのあの描写とソックリだというのなら、クローヴァーデイル的な部分だけは取り除いておいてください。こちらの方は、貧しく、暴力に満ちた街の出なのでした。その男が、自分のまわりを見つめている。高い座席から見える通行人たちの足元のアスファルトを嫌がっているようです。

車掌が有名なホテルを吠え立てるように紹介している間に、〈心奥からの声〉を低くして、皆様にそのままじっと静かに座っているようにと囁かなくてはなりません。今、事件が起ころうとしているのです。この巨大都市が、またまた事件につかみかかろうとしているのです。ちょうどブロード・ストリートの無作法者が窓から投げるテープに、都市が総出で襲いかかるような感じで。

例の革の上着を着た女が、一番後ろの席に座っている巡礼者達を見ようと振り向きました。前方の乗客たちについては、既に様子が分かっていたのでした。しかし、後の席は、いわば青髭の禁断の部屋だったのです。

彼女の目がウィリアムズ夫人の目と合いました。目と目が合った瞬間、二人はこれまでの経験や人生や希望や夢を分かち合ったのです。それも、目だけで。二人の男が引き金を引こうか、マッチを借りようか決めかねているよりも素早く。

後ろの花嫁が前かがみになりました。花嫁と例の女が素早く言葉を交わしました。二人の舌はまるで二匹の蛇の舌のように素早く動きました――この例えは、これ以上の深い意味などありませんでした。二度のほほえみと一ダースのうなずきで、二人の会談は終了なのでした。

そして今、観光バスの前に広がる静かな大通りに、黒っぽい服を着た男が手をまっすぐ上げて立っています。すると、歩道のほうから、もう一人、別の男が急いで彼のところへやって来ました。

果物のたくさんついた帽子をかぶった女が素早く同伴の男の腕をつかみ、耳元で囁きました。若い男は迅速に行動する能力に長けていました。身を低くして車の端をするりと越えたかと思うと、バスにぶら下がった次の瞬間には姿が消えていました。二階席の六人の乗客が彼の芸当を感心しながら見つめておりました。驚愕に満ちたこの大都会では、因習的な降り方が何であれ、驚きを表現しない方が思慮分別があると思われているのです。無断でバスを降りた男は、辻馬車を巧みに避け、家具運搬車と花屋の配達荷車の間を、ちょうど小川に漂う木の葉のように身をかわしながら消えていきました。

上着を着た例の女が再び後ろを振り返り、ウィリアムズ夫人の目を見つめました。それから正面を向き、じっと座っています。一方、私服警官のコートの下から覗くバッジの輝きで、観光バスは止まりました。

「いったい、どうしたってんですかい」車掌は、それまでの職業上の言葉遣いを止めて、普段の口調で尋ねました。

「しばらく車を停めておいてくれ」警官が命じました。「乗客の中にお尋ね者がいるんだ――フィラデルフィアの強盗〈ピンキー〉マガイヤが。ほら、後部座席にちゃんといるじゃないか。ドノヴァン。脇をかためろ、ドノヴァン」

ドノヴァンは後輪の方へ行き、ジェイムズ・ウィリアムズを見上げました。

「降りて来な、兄ちゃん」彼は愛想よく声を掛けました。「とうとう捕まえたぞ。お前の嫁さんは故郷へ帰すことだ。しかし、お前は我々と一緒に行くんだ。それにしても、観光バスに身を隠すとは大したもんだ。覚えておくぞ」

車掌の忠告がメガフォンから静かに流れてきました。「お降りになって、事情を説明なさってください。このバスは市内観光を続けなければなりませんので」

ジェイムズ・ウィリアムズは冷静な男でした。特に慌てるでもなく、乗客の間を慎重に通り抜け、バス前方の階段から降りていきました。妻も夫の後についていきましたが、くるりと振り返って、逃げた男が家具運搬車の後ろからさっと出て五十フィートと離れていない小さな公園の木陰にするりと滑り込むのを見届けたのでした。

地面に降り立つと、ジェイムズ・ウィリアムズはニッコリと微笑んで警官達に顔を向けました。強盗と間違われたことは、クローヴァーデイルの人達へのいいみやげ話になりそうだと考えていたのでした。観光バスは乗客への気配りから、出発をためらっていました。なぜって、これ以上面白い光景が他にあるでしょうか。

「私はミズーリ州クローヴァーデイルのジェイムズ・ウィリアムズという者です」彼は丁重に名乗りました。こうすれば、警官達にもさほど失礼にはならないと思ったからでした。「ここにある手紙を見てもらえば――」

「同行してもらおうか」私服警官が言いました。「〈ピンキー〉マガイヤの顔写真が、お前とぴったり一致するんだ。セントラルパークで観光バスに乗り込んだのを目撃した刑事が、連行するようにと電話で言ってきたんだ。釈明なら、署でしてもらおう」

ジェイムズ・ウィリアムズの妻――二週間前に花嫁となったばかりの妻――が、不思議な柔らかい光を瞳にたたえ、頬を紅潮させ、夫を見つめて言いました。

「〈ピンキー〉、おとなしく一緒に行きなさい。多分、その方があなたの身のためだわ」

するとその時、ゴタムを凝視するバスが走り出したので、彼女は振り向いて投げキスをしました。妻が投げキスをした！　――観光バスの二階席にいる誰かに向かって。

「お前の彼女が立派な忠告をしてくれたじゃないか、マガイヤ」ドノヴァンが言いました。

「さあ、来るんだ」

ジェイムズ・ウィリアムズの胸に怒りが込み上げました。彼は帽子を後ろへぐいっと押しやりました。

「どうやら妻は私を強盗だと思っているらしい――」彼は辺り構わず喋りました。「妻が狂言を吐いたことなんかこれまで一度もないのだから、狂っているのは私の方に違いない。そして、もし私が狂っているというのなら、精神錯乱であなた方のような馬鹿どもを殺したって無罪放免ですよ」

いかにも陽気に、また、生真面目に逮捕を拒んだものですから、ピッピーと呼笛を使って警官が呼ばれ、さらに応援の警官も加わったために、数千人もの大喜びの野次馬達は蹴散らされてしまいました。

本署で、内勤の巡査部長が彼に名前を尋ねました。

「マクドードルだったか、ピンクだったか、それとも非情のピンキーだったか？　さて、どれだったか忘れてしまったよ」ジェイムズ・ウィリアムズが答えました。「だが、名前がどうであれ、強盗だ。それだけは間違いなく書き留めておけよ。それから、ピンク様をしょっぴくのに五人がかりだった、ってこともな。この五人がかりってとこは、特に記録に残しておくんだぞ」

一時間後、ジェイムズ・ウィリアムズ夫人が、マディソン・アヴェニューに住む伯父のトーマスと一緒に、人も羨むような車に乗って、ヒーローの身の潔白を証明しようと駆けつけましたが、それはまるで、どこかの自動車会社提供ドラマの第三幕のようでありました。

世間を騒がせている強盗を勝手に模倣したという罪で、警察はジェイムズ・ウィリアムズをみっちり説教し、署が可能とする最大限の名誉ある釈放を行った後、ウィリアムズ夫人が彼の身柄を再び拘束して、素早く署の一角へと連れて行きました。ジェイムズ・ウィリアムズは片目をつぶって彼女を見入りました。彼は、ドノヴァンの奴、右手を掴まれると反対側の目をつぶるんだ、と言いました。実は、これまでただの一度も、妻に向かって叱責・非難の言葉など吐いたことがなかったのでした。

「訳があるなら、話してくれないか、なんで、君は――」ぎこちない口ぶりで彼が言いかけました。

「あなた、聞いてくださいな」妻は夫の言葉を遮って言うのでした。「あなたには一時間近くも辛い思いをさせてしまいましたけど、実はあの人のためにやったことなの。バスの中で私に話しかけていた娘さんのことよ。私ね、ジム、あなたと一緒だったから、とっても幸せだったの。――で、私だけが幸せを独占することなんてできなかった。ジム、あの二人が結婚したのは、今朝だったのよ――だから私、あの人には逃げてほしかった。あなたが警官と押し問答している時に、あの人は木陰からさっと出て公園を横切っていったわ。話ってそういうこと――仕方なかったのよ」

このように、縁《えにし》の金糸で一方を結ばれた女性は、たった一度、しかも、ほんの一瞬だけ輝く恍惚の光の中に立っている、もう一方の女性に気付くものなのです。男は、米や蝶ネクタイを見て初めて結婚式だと気付くものですが。しかし、花嫁同士というのは、ちらりと一目見るだけで相手が花嫁だと分かってしまうのです。二人は瞬時に共感し、男や木亡人には分からない言葉の意味を理解してしまうのです。

ドウアティをはっとさせたもの

田中　雅徳　訳

ビッグ・ジム・ドウアティは遊び人だった。例のあの種族に属する男だった。マンハッタンでは異色な種族。言うなれば、北米のカリブ族——一徹で、手練手管に長け、うぬぼれが強く、結束が固いうえ、仲間内の掟では誉れ高いから、世間の尺度なんぞに甘んじているような近隣の種族どもを何処となくバカにしているといった連中だ。そのとおり、爵位を授けられた遊侠貴族なのだ。中には、安っぽい卑金属製の管楽器の名前で呼んでやった方がましな部族も確かにいる。しかし、コーンウォールのスズ鉱でさえ、ビッグ・ジムを正確に描写するような名称の原料など一度も出したことはない。

そんな遊び人の面々の根城といえば、某ホテルやら、レストランとカフェの複合店やらの入った建物のロビー、もしくはその屋外の一角だ。この面々の体格ときたら、いかにもまちまちで、小さいのから大きいのまで揃っているが、ただ、どれもこれも一様にひげを剃ったばかりの青黒い頬と青い顎をもち、そして（季節になれば）黒いビロードの襟のついた濃い色のコートを一様に纏うのだった。

遊び人たちの家庭生活となると、ほとんど知られていない。噂によれば、愛の神キューピッドと婚姻の神ヒューメーンが時にはトランプ遊びに加勢して、ハートのクイーンが負けない方に賭けることもあるのだという。また、大胆な考えの持ち主たちは、普通の言い方では飽き足りず、強い口調でこう言い放つこともある。遊び人といえども、きちんと婚約を交わし、子々孫々までもうけることも珍しくはない、これは絶対事実なのだと。政治ごっこなんぞの場に座している遊び人が、もしチャウダー・ピクニック（＊屋外で貝を料理して食べる）なんかに出かける時には、奥方と思しき人を連れ、その近くには頭にぴかぴかの帽子、手にはブリキのバケツといった出で立ちのおチビちゃんたちもいるのだそうだ。

とは言っても、遊び人にはペルシャ的なところがあるものだ。一家の女連中というものは、あまり人前に出るべきではないと信じている。女というのは格子窓だとか、花で飾られた非常口だのの奥に控えて主人の帰りを待っているべきもの――帰りを待ちながら、テヘラン製の敷物の上を歩いたり、夜鳴き鳥《ブルブル》の声で気を紛らせたり、ダルシマーを演奏したり、砂糖菓子を口に放り込んでいたりすれば、それでいいというのだ。しかし、この遊び人、家から一歩外に出るや完全無欠の遊び人となる。マンハッタンに住む他の種族の男たちと違い、いくら手が空いているからといって、これ見よがしにレースをひらひらさせ、ハイヒールを履いて一時の幸せな晩のパレードを楽しもうとする女たちをエスコートするなんて真似はしない。仲間と街角に集まっては、目の前を通り過ぎるパレードについて、カリブ族特有の表現で品定めを交わすのだ。

ビッグ・ジムにも妻はいたが、折り襟のところに妻の写真のボタンなんか付けるような男ではなかった。彼は、マンハッタンのウエスト・サイドの褐色砂岩を敷き詰めた馬車通り——あそこはポンペイのボーリング・レーンを掘り返したばかりのようなところだが——の一つに住居を構えていた。

この家にドウアティ氏は毎夜足を向けてやるのだが、それも夜も更け、遊び人たちのあの一等地で楽しみが期待できなくなる時刻になってからのことだった。その時分には、一夫一婦主義者の聖殿の妃は夢の中。夜鳴き鳥《ブルブル》もおとなしくなっていて、眠るにはもってこいの時間になっているのだった。

ビッグ・ジムは決まって十二時、つまり正午になると目を覚まし、食事を摂るとすぐ「仲間」との会合に戻っていく生活を送っていた。

いつもぼんやりとではあるが、自分にはドウアティ夫人と呼ぶべき人がいることは分かっていた。自宅の食卓で目の前に座っている、物静かで、こぎれいで、気遣いのいらない小柄な女性があんたの奥さんなんだぞと言ってやったら、否定もせず受け入れただろう。実際のところ、結婚してから四年になることだってきちんと記憶していた。妻は夫に、カナリアのスポットが覚えたかわいらしい数々の芸のことや、向かいのアパートの窓辺にいる淡い色の髪をした女の話を、たびたび話して聞かせるのだった。

ビッグ・ジムは妻の語る話に耳を傾けることさえ時々だがあった。毎晩七時に夕食を食べに来る自分のために、すばらしい料理を用意してくれることも承知していた。妻がたまには昼間の演奏会に出かけることも、蓄音機と七十枚ものレコードを持っていることも知っていた。叔父のエーモスが田舎からひょっこり顔を出した時には、イーデン美術館に一緒に行ったことだって知っていた。確かに、このようなことがあれば、どんな女性だって十分気晴らしにはなる。

ある日の午後、ドウアティ氏は遅蒔きながら朝食を済ませると、帽子をかぶり、静かに玄関口に向かった。ドアノブに手をかけた時、妻の声がした。

「ジム、今夜は夕食に連れて行ってくださるわけにはいかないかしら。私と一緒に出かけてくれたのは、もう三年も前のことよね」きっぱりとした口調だった。

ビッグ・ジムは内心ぎょっとした。こんなお願いをされたことなど、一度たりともなかったからだ。いつもとはまったく違う提案に思えた。しかし、彼は肝が据わった遊び人だ。

「いいだろう。俺が七時に戻ってくるから、支度をしておけよ。その時になって、今、おめかししているんだからもう少し待って、なんてのは御免だぜ、ディール」

「分かりましたわ」妻は穏やかに言った。

七時に、彼女はポンペイのボーリング・レーンを思わせる石段をビッグ・ジムの隣に並んで降りていった。身につけているディナーガウンは、クモの糸のような細い糸で編まれたもので、黄昏時の空が染めあげたような色をしている。薄手のコートには、これでもかというほど多くのひだ飾りとリボンがついており、両肩から垂れ下がっている。見事な羽根を着飾れば、なるほど美しい鳥になるものだ。ただ一つだけ言わせてもらえば、ダチョウ羽毛製品産業に自分の稼ぎをつぎ込みたくないと思う男の気持ちもよく分かる。

ビッグ・ジムは戸惑った。自分の横には、見慣れぬものがいる。普段、かごの中で地味な羽根を身に纏っているあの鳥が、極楽鳥となり翼を広げているような姿をしているので面食らってしまったのだ。四年前に結婚した時のディーリア・カレンの姿とどことなく重なるものがある。恥じらいながら、またぎこちなく、彼女の右手を握ろうと手を伸ばした。

「食事が終わったら、家まで送ってやるよ、ディール」と、ドウアティ氏が言った。「送ってから、セルツァに集まる仲間のところへ戻ることにする。今夜はお望みなら、一流の料理を食べてくれ。昨日、アナコンダ（＊競馬の馬の名前と思われる）で一儲けしたから、何なりと望みを言ってくれていいんだよ」

実は、ドウアティ氏は妻との外出を人目につかないようにしなければと考えていたのだった。妻を大事にすることなど、カリブ族の掟では許されない汚点のひとつだ。ダンスホールであれ、ビリヤードであれ、ボクシングであれ、そんなところで知り合った仲間が仮に妻帯者であったとしても、それを人前でとやかく言われることなど、これまで一度もなかったが。にぎやかな大通りから脇道に入ったところには、セットメニューを出す食事処がいくつもある。そういう場所へ連れて行けば、家庭的な美徳も隠しておけると目論んでいたのだ。

ところが、途中でドウアティ氏は気が変わった。魅力的な同伴者の姿をちらちらと盗み見しているうちに、なかなかいい女だと心底思えてきた。妻を見せびらかせながらセルツァの店の前を歩いてやろうじゃないか。この時間なら、仲間が大勢集まって毎晩恒例の人の列を見ているはずだ。そうしよう。それからレストラン・フーグリーの食事に連れて行けばいい。あそこはとびっきり高級な食事が落ち着いてできる一番の場所だ。彼は心の中でそう思った。

きれいにひげを剃った種族の紳士たちの集団が、セルツァの店のところで待ち構えていた。ドウアティ氏と変身した妻のディーリアが店の前を通り過ぎると、一瞬固まったように目を見張ってから帽子をとった。これは彼らにとっては、ビッグ・ジムが連中の目を楽しませるために提供した、驚くべき光景に負けず劣らず珍しい行為だった。女性を連れたその紳士の方は平然としたその顔に、勝ち誇った表情を一瞬だがうっすらと浮かべた。トランプのカジノ（＊数字合わせ式に二点早く取れば勝ち）で、リトルカジノ（＊スペードの2）を引いてスペードのフラッシュになったときに浮かべてしまう、フェイント・フリッカーの表情だ。

フーグリーの店は賑わっていた。電灯が明々と輝いているのは、なるほど期待通りだった。食卓用リネン、食器類、花なども店の雰囲気に見事に合ってすばらしい。客は大勢いて、皆、きちんとした身なりで楽しそうにしている。

ウェイターが、特にこびへつらうこともなく、ビッグ・ジム夫妻をテーブルに案内した。

「メニューをよく見て、食べたいものを探しておくれよ、ディール。今夜は豪華な食事がしたいって言い出したのは、君なんだからね。なんだか、俺たち、家での食事にこだわりすぎていたようだな」

ビッグ・ジムの妻が料理を注文した。夫は感心の眼差しで妻を見た。トリュフを頼んだのだ。トリュフがどんなものか、妻が知っているとは思いもしなかった。ワインのリストからは、ぴったり合った銘柄を注文した。夫は賞賛の眼差しで妻を見た。

今、妻は人前に出たことで素直に興奮して輝いている。生き生きと、実にうれしそうに様々なことを話題にしている。屋内の生活ばかりで日に焼けていない両頬は、料理を頬張るとほのかに赤みを帯びた。ビッグ・ジムは店内を見回してみたが、自分の妻ほど魅力的な女は誰一人いなかった。三年間も妻は不満も言わず、家に閉じこもっていたのかと思うと、ビッグ・ジムは罪悪感に襲われた。彼の信条にはフェア・プレイも含まれていたからだ。

ところが、ドウアティの住む街の有力者であり、友人でもある有徳の師パトリック・コリガン氏が二人の姿を見つけてテーブルに近寄ってくると、事態はいよいよまずいことになった。コリガン氏は、言行ともにご婦人たちの扱いを心得ている男だった。ブラーニー石（＊アイルランド南西部Corkの近くの城にある石で、これにキスをするとお世辞がうまくなると言われている）という石があるが、口がうまいのはそのブラーニー石にキスしたおかげだなどと、これまで何度も触れ回ってきたに違いない。ブラーニー石がコリガン氏を訴えてやったほうがいいと判断したら、コリガン氏は確実に約束不履行による損害賠償金を払わされることになっただろう。

「やあ、ジミー君じゃないか」と声をかけ、ドウアティの背中をパンパンと叩いた。コリガン氏は真昼の太陽のように、ディーリアの頭に向かってニコニコ笑った。

「こちらは、コリガン先生だ。妻です」とビッグ・ジムが言った。

コリガン氏は、愉快な話や感心する話を止めどなく話した。ウェイターは三つ目の椅子を取りにいく羽目になった。テーブルに席をもうけると、三人のグラスにワインがいっぱいに注がれた。

「身勝手な男だよ」と、ビッグ・ジムに向けてからかうように指を振りながら叫んだ。「奥方を隠しておくんだからな」

ビッグ・ジムは口下手だったので、三年間も毎日家で夕食をとらせてしまった妻が極楽の花のように咲いていくその姿を今や静かに眺めた。反応が早く、機知に富み、魅力的で明るく、その場に応じた返答を次々にこなし、コリガン氏の手馴れた投げかけを巧みにかわすので、コリガン氏は驚き、脱帽し、大いに喜ぶのだった。しばらく閉ざしてきた花びらを彼女が広げると、そこを中心として店内が花園に変わった。二人がビッグ・ジムを会話の輪に引き入れようとしたものの、彼はうまく話に乗ることができなかった。

その時、政治家だの、面白おかしく生活する仲間だのの集団がひょっこりやってきた。ビッグ・ジムと有力者の姿を見つけると、近づいてきて、ドウアティ夫人と知り合うことなった。彼女は数分後にはサロンの中心人物になっていた。半ダースの男たちが夫人を取り囲んでご機嫌を伺えば、皆、彼女が魅力的な女性だと分かるのだった。ビッグ・ジムは座ったまま、表情を険しくし、心の中で繰り返した。「三年も、ああ三年も!」

ディナーが終わった。コリガン氏がドウアティ夫人の外套を取ろうと手を伸ばしたが、今度は言葉ではなく行動での勝負だったので、ドウアティの大きな手が一秒差で勝った。店先でさよならの挨拶が交わされている間、コリガン氏がドウアティの両肩を力いっぱい叩いた。

「よう、ジミー、奥方は最高級の女性じゃないか。運のいい奴だ!」

ビッグ・ジムは妻と連れだって家に向かって歩いた。妻はフーグリーの男性陣から向けられた賞賛にも、それから街の照明やショーウインドウにもかなり満足した様子だった。セルツァの店の前を通り過ぎると、中から大人数の声が聞こえてきた。この時間だと酒を飲み始めて、あれこれ道行く人々の品定めをやっている頃だろう。

自宅の玄関でディーリアは立ち止まった。外で食事ができた喜びが彼女の表情から柔らかな光となって輝いている。ジムにこの先たびたび食事に連れて行ってもらえることは期待できないが、今晩の喜びがしばらくは孤独な時間を明るく照らしてくれるだろう。

「連れてってくれてありがとう、ジム」うれしそうに妻が言った。「今からセルツァに戻るつもりよね、もちろん」

「セルツァだと?」ビッグ・ジムが強い口調で言った。「それにしても、パット・コリガンの奴め! 俺の目が節穴だとでも思っていやがるのか」

その声とともに二人の姿はドアの向こうへと消えた。

愛があれば

牧野　佳子　訳

人はアートへの愛があれば、どんな苦労も厭わないもののようだ。
それが世間一般の前提である。これから語る物語は、そこから結論を引き出しながらも、同時にその前提が正しくないことをお見せするものである。そのことは論理学での新説となるだろうし、万里の長城よりも幾分古い起源を有する物語の歴史の中でも一つの偉業となるだろう。

ジョー・ラーラビーは中西部のポスト・オーク（*耐湿性の材をもつ数種のナラ類の総称）の生産地に生を受け、幼少期より絵の天才として育った。六歳の時、町のポンプ井戸とそこを足早に通り過ぎる著名人のスケッチを描いた。この力作は額に入れられ、ドラッグ・ストアのショー・ウィンドウ内に飾られたが、その脇には粒の不揃いなトウモロコシが置かれてあった。二十歳の時、彼はネクタイを風になびかせ、学資の方は懐にしっかりと結びつけてニューヨークへと出て行った。

ディーリア・カラザーズは声域が六オクターブもあり、南部の小さなマツ林の村で将来を嘱望されていたので、親戚の者たちは「北」へ行って「磨きをかける」ようにと、彼女のチップ帽にたっぷりお金《チップ》を入れてやった。それで、ディーリアは――おっと、これがその物語なのだ。

ジョーとディーリアが知り合ったのは、美術や音楽を学ぶ多くの生徒たちが集っては、明暗配置法、ワグナー、音楽、レンブラントの作品、絵画、ヴァルトトイフェル（＊ドラムを振り回して音を出す楽器）、壁紙、ショパン、ウーロン茶のことを議論しているアトリエだった。

　ジョーとディーリアは、お互いにと言おうか、どちらもと言おうか（別に何だっていいのだが）、相手に惹かれ、程なくして結婚した――というのは（既に述べたが）人はアートへの愛があれば、どんな苦労も厭わないもののようだからだ。

　ラーラビー夫妻はアパートで新婚生活を始めた。侘《わび》しいアパートだった――まるで鍵盤の左端の一番低いドのシャープの音のようだった。だが、二人は幸せだった。二人にはアートがあり、愛する配偶者もいたからだ。従って、恵まれたこの青年に対する私のアドバイスは――君の持っているものを全て売り払い、気の毒な、このアパートの管理人に恵んであげなさい、ということになる。右手にはかけがえのないアート、左手には愛してやまぬディーリア、この両手に花の状態でアパートに住まわせてもらえたのだから。

　アパートの住人なら、この二人の幸福こそが唯一の真の幸福だとの私の見解を支持してくれるだろう。家庭が円満なら、アパートの狭さなど気にならない――ドレッサーを倒せばビリヤードのテーブルになるし、炉棚は筋力強化器具になるし、書き物机だって予備の寝室になるし、洗面台はアップライトピアノになる。もし、できることなら、四方の壁をもっと近づけさせてもいい。君と君のディーリアだけの世界になれるから。しかし、もし、家庭が円満でないなら、間口も奥行きも大きくする方がいい――サンフランシスコのゴールデン・ゲート（金門橋）から中へ入り、ハッタラス岬にハット（帽子）を掛け、ケープ・ホーン（ホーン岬）でケープ（外套）を吊し、ラブラドル海峡を通って行く、といった具合に。

ジョーは偉大なるマジスター先生のクラスで絵を学んでいた――その人の名声はご存知だろう。授業料はハイ（高く）、授業そのものはライト（軽め）――そのハイライトぶりが名声をもたらしていた。ディーリアはローゼンシュトック先生に師事していた――鍵盤の撹乱者という評判をご存知だろう。

二人は、お金が続いている間はとっても幸せだった。そんなものさ、世の中なん――。だが、冷笑している場合ではない。二人の目標は明々白々だった。ジョーの目標は、薄い頬髭を生やした老紳士たちが分厚い札入れを握りながら、アトリエで買い取りの優先権を巡って火花を散らすような絵を近いうちに描けるようになることだった。ディーリアの目標は、音楽に精通し、特等席や枡席がガラガラなのを見た時は、喉が痛いとか、特別室でロブスターを食べるとか言って、ステージに上がるのを拒めるほど音楽を軽蔑できるようになることだった。

しかし、何にも増して素晴らしいもの――それは小さなアパートでの家庭生活、というのが私の意見だ。その日の授業が終わったあとの情熱的で尽きることのないお喋り、心和む夕食、新鮮な軽めの朝食、野心――互いのものや他の取るに足らないもので混ぜ合わされた野心――の交換、相互の助言と霊感、そして――芸術的でない点はお許し願いたいのだが――夜十一時に食べる、あの詰め物にされたオリーブとチーズサンドイッチ。

しかし、暫くして、アートが白旗を上げた。たとえ、鉄道の転轍手《てんてつしゅ》が旗を上げなくても、そういうことはあり得るものだ。卑俗な言い方をすれば、出て行くばかりで入って来るものがなかったのだ。例のマジスターー先生とローゼンシュトック先生に払う授業料にも不自由するようになった。人はアートへの愛があれば、どんな苦労も厭わないもののようである。それで、ディーリアは、コンロ付き卓上鍋をグツグツ煮立たせておくために自分はピアノを教えなければならないと言い出した。

二、三日、彼女は生徒を見つけに駆けずり回った。ある晩、彼女が有頂天になって帰宅した。

「ねえ、ジョー」彼女は上機嫌で言った。「生徒を見つけたの。それがね、ああ、なんて素晴らしい人たちなんでしょう。将軍の――A・B・ピンクニー将軍のお嬢様――七十一丁目の。それは豪華なお屋敷よ、ジョー――あなたにも玄関のドアを見てもらいたいほどだわ！　ビザンチン様式、あなたならそう呼ぶと思うわ。それにお屋敷の中ときたら！

ああジョー、今まであんなに素敵なものを私見たことがないわ！
私の生徒というのは将軍のお嬢様のクレメンティーナよ。彼女のこと、もうとても気に入ってるの。繊細な感じ――いつも白い服を着て、この上なく愛らしく自然な立ち居振る舞いなの！　まだ十八歳よ。一週間に三回のレッスンなの。ちょっと考えてみて、ジョー！
一回のレッスンで五ドルなんだから。仕事は気にならないわ。だって、あと二、三人生徒が増えれば、またローゼンシュトック先生にみてもらえるんだもの。さあ、眉間の皺を伸ばしてちょうだい。おいしい夕食を頂きましょう」

「ディール、君はそれでいいかもしれないけど」ジョーは切り盛りナイフと手斧で豆の缶詰を開けようとしながら言った。「でも、僕はどうなんだい？　僕が高尚な芸術の世界でうつつを抜かしている一方で、君にはせっせと生活費を稼いでもらおうだなんてね。ベンヴェヌート・チェリーニ（＊ルネサンス期のイタリアの彫刻家、金工家、作家）にかけて、そんなことダメに決まってるじゃないか！　僕だって新聞売りや、丸石の敷設人夫をして一、二ドルくらいは稼げると思うよ」

ディーリアは近づいて来て、彼の首に腕を回して抱きついた。

「ジョー、なんてお馬鹿さんなの。あなたは今の勉強を続けなくてはいけないわ。私が音楽をやめてしまって、他に鞍替えしてしまうわけではないんだから。私、教えながらでも学べるわ。いつも音楽と一緒なんだもの。それに、私たち十五ドルもあれば億万長者と同じくらい幸せに生活できるのよ。マジスター先生のもとを去るなんて考えちゃダメ」

「分かったよ」ジョーは温野菜を入れる縁が波形の青い皿に手を伸ばしながら言った。「でも、君が人にレッスンするのは嫌だな。そんなのアートじゃないよ。だけど、君というのは、やれば何でも一流だし、ピアノの先生でも悪くないな」

「人はアートへの愛があれば、どんな苦労も厭わないもののようよ」とディーリアは言った。

「先生がね、僕が公園でスケッチした絵の空を褒めてくれたんだ」とジョーが言った。「そして、ティンクルがそのうちの二点をショー・ウィンドウに飾ってもいいと許可してくれたんだ。もしも間抜けな金持ちが見てくれたら、売ってやってもいいと思ってるんだ」

「きっと、売れるわ」ディーリアは優しく言った。「それでは、ピンクニー将軍と仔牛肉のローストに感謝といきましょうよ」

次の週、ラーラビー夫妻は毎日早い朝食をとった。ジョーが朝の光を浴びたセントラルパークを精力的にスケッチしていたからだった。そしてディーリアは急き《せ》立てるように彼に朝食をとらせ、甘い言葉を掛けたり、褒めたり、キスしたりして七時に送り出した。アートとは人を惹きつけてやまぬ恋人である。晩になり、彼が戻るのは大抵、七時だった。

その週の終わりに、ディーリアは何とも誇らしげに、しかし気乗りしない様子で、八×十（フィート）の居間の八×十（インチ）のテーブルの上に五ドル札三枚をポンと置いた。

「時々なんだけど」彼女はややうんざりといった調子で言った。「クレメンティーナが私を困らせるの。あの子、十分練習していないんじゃないかしら。しょっちゅう同じ事を言わなきゃならないの。それから着るものといったら、いつも白づくめで、単調な感じになってしまうのよ。でもね、ピンクニー将軍は最高に素敵なご老人よ！　ジョー、あなたも会ってくれたらいいのに。時々だけど、私がクレメンティーナと一緒にピアノに向かっていると入ってこられるわ——実はね、将軍は奥様に先立たれてしまったの——白い顎髭を撫でながら、そこに立って、いつも決まって『十六分音符と三十二分音符は上手に弾けるようになりましたかな？』って尋ねるのよ。

ジョー、あなたもあの客間の腰板を見られたらいいのに。それから、あのアストラカン（*カスピ海沿岸の地名に由来する子羊の巻毛黒毛皮）のカーテン。そうそう、クレメンティーナは軽いおかしな咳をするの。あの子、見た目より丈夫だといいんだけど。あらあら、私ってますます彼女のこと好きになってきちゃったわ。とっても優しくて育ちがいいんですもの。ピンクニー将軍の弟さんって、以前ボリビア駐在公使だったんですって」

すると、ジョーがモンテ・クリスト伯のような雰囲気を漂わせて、十ドル札一枚、五ドル札一枚、二ドル札一枚、一ドル札一枚――全て正真正銘の紙幣――を取り出し、それらをディーリアの稼ぎの横に置いた。

「ピオリア（*イリノイ州中央部の町）から来た男にあの方尖塔《オベリスク》の水彩画を売ってやったんだ」彼は得意そうに言った。

「よしてよ、冗談は」ディーリアが言った――「ピオリアからだなんて！」

「はるばる来てくれたんだ。君も彼に会うといいと思ってるんだ、ディール。毛糸のマフラーをして、羽根の楊枝をくわえている太った男だ。彼がティンクルの店のショー・ウィンドウでそのスケッチを見かけた時、最初、風車だと思ったらしいんだ。いい客だったね、だって理由はともあれ、それを買ってくれたんだから。彼はもう一枚注文してくれたんだ――ラカワナの貨物駅の油彩画を――故郷に持ち帰るためにね。そうか、ピアノのレッスンか！　ああ、そこにもまだアートは存在すると思うよ」

「私、あなたがやめないでいてくれて嬉しいわ」ディーリアが心を込めて言うのだった。「あなたは成功するに決まってるんだもの！　合わせて三十三ドルね！　私たち今までそんな大金使ったことがないわ。今夜は牡蠣を食べましょうよ」

「それからシャンピニオンを添えたフィレステーキもね」ジョーは言った。「オリーブ用のフォークはどこだい？」

次の土曜の晩、ジョーは先に家に着いた。彼は居間のテーブルの上に十八ドルを広げ、手から大量の黒い絵の具らしきものを洗い落とした。

三十分後、ディーリアが戻って来た。右手は布と包帯で不格好にくるまれていた。

「一体どうしたんだい？」ジョーはいつもの挨拶の後で尋ねた。

ディーリアは笑ったが、あまり楽しそうではなかった。

「クレメンティーナが」彼女は説明した。「レッスンの後にウェルシュ・ラビット（*チーズトースト）を食べたがったの。おかしな子でしょ？　夕方五時にウェルシュ・ラビットだなんて。将軍もそこにいらしたの。その将軍がね、まるで家の中に召使など一人もいないかのようにご自分でコンロ付き卓上鍋を取りに走っていかれたけど、あなたにも見せたかったわね、ジョー。私はクレメンティーナが体調が良くないって分かってるの。とても神経質になっているのよ。彼女が料理を取り分ける時、私の手と手首に熱くなったチーズをこぼしてしまったの。とっても痛かったわ。でも、お嬢様は謝ってくれたわ！　それにしてもピンクニー将軍ったら！　——すっかり気が動転していたわ。階段を急いで駆け下りて誰かに——地下室のボイラー係か誰かだと言っていたわ——ドラッグ・ストアへオイルと包帯を買いに行かせたの。今はもう、あまり痛くないわ」

「これは何だい？」ジョーは優しく右手を取ると、包帯の下にくっついている白い屑綿のような物を引っ張った。

「何か柔らかい物よ」ディーリアは言った。「オイルを染み込ませてあるの。まあ、ジョー、またスケッチが売れたの？」実はテーブルの上のお金に気付いていたのだ。

「売れたかだって？」ジョーは言った。「ピオリアの男に聞いてくれよ。今日、貨物駅の絵を買ってくれたんだ。まだ確かじゃないけど、公園の絵をもう一枚とハドソン川の風景の絵を欲しいと言ってるんだ。ディール、手を火傷したのは今日の午後何時だった？」

「五時だと思うわ」ディールは悲しそうに言った。「アイロン――じゃなくて、チーズがね、かかったのは、だいたいその頃よ。ジョー、ピンクニー将軍の姿を見せたかったわ、その時――」

「ちょっとここに座ってごらん、ディール」ジョーは言った。彼は彼女をソファーに引き寄せると横に座り、彼女の肩に腕を回した。

「この二週間、君は何をしてたんだい、ディール？」彼は尋ねた。

彼女は愛に満ちた目をして、少しの間、平然としていた。そして、ピンクニー将軍のことを不明瞭に一言二言つぶやいた。しかし、ついに彼女の頭が垂れ、真実と涙の溢れ出る時がやって来た。

「生徒なんて見つからなかったの」彼女は告白した。「私はあなたが絵の勉強を諦めるのが耐えられなかったのよ。そして私は二十四丁目の大きなクリーニング屋のアイロンがけの仕事を見つけたの。ピンクニー将軍とクレメンティーナの作り話は、とてもうまくできてたと思うわ。どうかしら、ジョー？　それで今日の午後、クリーニング屋の女の子がこの手の上に熱いアイロンを置いてしまった時、私は帰宅途中ずっと、ウェルシュ・ラビットの話を作っていたの。怒ってないわよね？　それに、もし私がその仕事を手に入れられなかったら、ピオリアの例の男にあなたのスケッチを売れなかったかもしれないわ」

「ピオリアの人じゃなかったんだ」ジョーはゆっくりと言った。

「まあ、彼がどこの出身だろうと大した事じゃないわ。あなたはなんて勘がいいの――それから――キスしてちょうだい――でも、どうして私がクレメンティーナにレッスンをしてないって疑い始めたの？」

「疑ってなんかいなかったよ」ジョーは言った。「それに、今夜だって疑わなかったろうと思うよ。今日の午後、アイロンで火傷した上の階の女の子に、この屑綿とオイルを僕がボイラー室から届けに行かなかったらね。実は、この二週間、あのクリーニング屋でボイラーを焚いてたんだ」

「それじゃあ、あなたも本当は――」

「ピオリアのお得意様とピンクニー将軍は、どっちも同じ小技《アート》を効かせた創作だったたってわけだ——絵画とか音楽とかは、とても呼べはしないけどね」ジョーは言った。

二人は声をたてて笑うと、ジョーが続けた。

「人はアートへの愛があれば、どんな苦労も——」

ディーリアが相手の口に手を当てて言葉を遮《さえぎ》って言った。「違うわ。『人は愛があれば』だけでいいの」

忘れ形見

中島　剛　訳

リネット・ダーマンド嬢は、ブロードウェイにぷいっと背を向けました。これはほんの仕返しみたいなものです。ブロードウェイだって、同じことを度々繰り返してきたのですから。でも、勝負はついているようでした。というのも、かつては《しっぺ返し》一座で花形をつとめた彼女でしたが、今では何かにつけてブロードウェイにお願いする身で、その逆などあるはずもなかったからです。

そんなわけで、リネット・ダーマンド嬢は、ブロードウェイを見下ろす窓に椅子の背を向けて座ると、黒い絹のストッキングを取り上げ、ライル糸で編んである踵《かかと》の部分をせっせと繕《つくろ》い始めました。窓の下でどよめくブロードウェイの喧噪や煌《きらめ》きには、何の魅力も感じません。彼女が心底望んでいたのは、このお伽の世界の大通りに面した、あの楽屋の息が詰まりそうな空気と、気まぐれなその界隈に集った観客からの喝采なのでした。こうしている間も、ストッキングを放っておくわけにはいきません。絹は擦り切れやすいもの。でも……結局これしかないのですから。

ホテル・タレイア（＊タレイアは喜劇を司るギリシアの女神）は、エーゲ海に臨むマラトンの町の如く、ブロードウェイを睥睨《へいげい》して立っています。まるで潮の流れにも似た二筋の大通りがぶつかってできた渦巻きを見下ろす陰鬱な断崖といった風情です。このホテルには、巡業を終えた旅芸人がどやどやと集《つど》ってきて、編み上げ靴の紐をほどき、靴下の埃を払います。ホテル周辺の通りには、チケット販売所や劇場、契約代理店、俳優養成所、そして茨の道の果てにあるロブスターの宮殿（＊ショー劇場のこと）が所狭しと並んでいます。

　薄暗く黴臭いホテル・タレイアの一風変わった廊下を歩いていると、今にも出航するか舞い上がるか走り出すかしそうな、大きな方舟か幌馬車の中にでもいるような感覚に襲われます。この建物には忙《せわ》しなさが、期待が、儚《はかな》さが、さらには不安や憂いの雰囲気が、どことなく漂っているのです。廊下は迷宮のようです。もし案内人がいなければ、サム・ロイド（＊米国のパズル作者。チェスの詰手の問題で有名）のパズルに匙を投げた人のように、途方に暮れてしまうことでしょう。

　どの角を曲がっても、化粧着《ドレッシング・サック》、またの名を『通せんぼ《キュ・ド・サック》』に行く手を阻《はば》まれるかもしれません。バスローブを身にまとった悲劇役者たちが、ただならぬ面持ちで、たしか浴室はこの辺りと聞いていたのだがと、右往左往しているところに出くわすこともあります。何百という部屋からは、ガヤガヤとした話し声が、新旧さまざまな歌の断片が、そして、召集のかかった役者たちのほっとした笑い声が聞こえてきます。

　夏が来ました。どの一座も解散となり、役者たちはそれぞれ気に入ったオアシスで休息を取りながら、来シーズンの契約を結ぼうと興行主のところへ押しかけます。

午後もこの時間になると、その日の契約代理店詣での仕事も終わりとなります。黴臭い廊下を気も漫《そぞ》ろに歩いていると、瞳を煌《きら》めかせた天女たちが、お喋りしながら軽やかに傍《かたわ》らを通りすぎていきます。ベールを被り、房飾りを揺らし、絹ずれの音をさせながら、くすんだ廊下に華やかさとフランジパーヌ（＊アーモンドで香りをつけたカスタード）の香りを残していきます。そうかと思うと、若い喜劇役者たちが真剣な面持ちで喉仏をしきりに動かしながら、入り口のところで俳優のブース（＊シェイクスピア劇の役者）について噂話をしているようです。食事代込みのこの安ホテルのどこからか、皿がカチャカチャいう音と一緒に、ハムと赤キャベツを使った料理の匂いが漂ってきます。

ホテル・タレイアでの先の見通しがつかない毎日も、あたりを憚《はばか》るかのように――度をわきまえ、健全な間をおいて――ポンと開けられる、ビール瓶のコルク栓を抜く音で景気がつきます。カンマは最高、セミコロンは顰蹙《ひんしゅく》、ピリオドは厳禁といったところでしょうか。こうした句読点があればこそ、この和やかな宿舎での生活にも韻律が芽生えるというものです。

ダーマンド嬢の部屋は小さなものでしたが、愛用の揺り椅子を化粧箪笥と洗面台の間に割り込ませるだけの余裕はありました。化粧箪笥の上には、おきまりの手回り品のほかに、かつては花形だった彼女が巡業先で集めた土産物や、とりわけ親しかった仲間の写真がいくつか飾られていました。

その中の一枚に、ダーマンド嬢は繕い物をしながら二度三度と目をやり、親しげに微笑みかけました。

「いまごろ、リーはどこにいるのかしら」思わず彼女の口から言葉が漏れました。

声をかけられたその写真を眺める特権が皆さんに与えられたらの話ですが、きっと一目見るなり、たくさんの花弁をつけた白い花が一輪、嵐に吹き飛ばされて宙を舞っているところでも撮った写真だと思われることでしょう。

でも、本物の花の国は、この旋回する白い花弁とは何ら関係ありません。

そこに写っていたのは、実はロザリー・レイ嬢の薄手の短いスカートでした。藤蔓《ふじづる》の絡みついたブランコを、ステージの遥か彼方、観客の頭上まで大きく漕いで、頭と脚が逆さまになった時のものでした。それは彼女が優雅な一蹴りをしたときのピンぼけ写真で、刺激的なこの瞬間に、しなやかな脚から高く遠くへ飛ばされた黄色い絹のガーターは、毎晩、狂喜乱舞する客のもとへと舞い落ちていくのでした。

その写真にはまた、選り抜きのショーならいつでも馳せ参じる黒い夜会服の観客たち――大半は男性の常連客ですが――の何百という手がロブスターさながら、宙を舞うこの艶やかな記念の品を必死になって掴もうとしている光景も写っていました。

この演技のおかげで、ロザリー・レイ嬢の年間四十週にもわたる二年の巡業は、大盛況を極めました。十二分間という持ち時間の中で、彼女は他の演目も披露しました――歌いながら踊ったり、演技をしても自分の物真似にしかならないような大根役者の形態模写を二つ三つしたり、脚立と羽はたきを使ったバランス技などを見せたりしました。でも、何といっても、花を飾ったブランコが天井から下ろされ、ロザリー嬢が微笑みながら飛び乗って、黄金の輪《ガーター》をこれ見よがしにしかるべき位置に装着する段になると、（その輪《ガーター》は、ほどなくして脚を伝って滑り落ち、宙に舞い、ご褒美となるわけですが）、観客はあたかも独身男さながら――おそらくそうだったのでしょうけれども――一斉に立ち上がって歓喜するのでした。この特別の出し物こそ、レイ嬢の名前がチケット販売所で一番人気を誇る源なのでした。

二年目の契約が切れたとき、突然、レイ嬢はロングアイランドの北岸にある片田舎に行って夏を過ごすことにしたこと、そして二度と舞台には立つ気のないことを親友のダーマンド嬢に告げました。さて、そのリネット・ダーマンド嬢が、この旧友の所在を知りたい旨を表明した十七分後、部屋のドアを激しく叩く音がしました。

何と、それはロザリー・レイでした。どうぞ、という甲高い声に応えて彼女が入ってきました。どことなく疲れて落ち着きのない様子で、重そうな手さげ鞄をどさりと床に落としました。誓って申し上げますが、正真正銘ロザリー・レイその人でした。旅で汚れただぶだぶのオートモービルレス・コートに身を包み、茶色いベールの紐をきゅっと結んで長く垂らしています。コートの下は散歩用の灰色のスーツで、足元は、なめし革のオックスフォード靴に薄紫色の保護カバーといった出立ちでした。

ベールのついた帽子を乱暴に脱ぎ捨てると、いつになく感情にかき乱されて火照ってはいるものの、そこそこ可愛らしい顔が現れました。大きな瞳には落ち着きがなく、不満がその輝きを台無しにしています。急いで束ねてきたのか、光沢のない鳶色の髪は、縮れて撚《よ》り合わさり、小さくカールした毛が櫛やピンからはみだしていました。

二人の再会の挨拶は、感嘆の声や大袈裟な振る舞いやキスや質問責めといった、この仕事を業《なりわい》にしていない娘たちがするようなものとは違っていました。さっと抱き合い、互いの両頬に軽く唇を当てると、二人はすぐに昔の間柄に戻りました。たまたま十字路で出会った旅役者同士が見せる歓待の挨拶というものは、兵士や旅人が寄る辺なき荒野で交わす短い挨拶とよく似たものなのです。

「この二階上に寝場所を確保したの」とロザリー。「上がる前に、直接寄らせてもらったのよ。まさか、あんたがここにいるなんて知らなかった。受付で教えてもらうまではね」

「四月の末からいるのよ」とダーマンド嬢が答えました。「今度ね、《運命的な遺産》一座の団員として巡業に出ることになったの。来週のエリザベス劇場を皮切りにね。ところで、舞台をやめたんじゃなかったの、リー。その後の話を聞かせなさいよ」

ロザリーは器用に身をひねり、ダーマンド嬢の衣装トランクにひょいと飛び乗ると、安っぽい壁に頭を凭《もた》せかけました。長い習慣から、旅回りの花形女優やその仲間たちは、深々とした肘掛け椅子にゆったりと座るときと同様、これで落ち着くのです。

「ええ、話してあげるわ、リン」まだうら若い顔に、妙に皮肉っぽい投げやりな表情を見せながらロザリーが言いました。「あのね、明日にでもまたブロードウェイで職探しを始めようと思ってるの。契約代理店をいくつか当たって、一から出直しよ。でもね、この三ヶ月の間に、『じゃあ住所と名前をここに記入しておいて』っていう代理店の奴らの虚言《たわごと》を、結局また聞くはめになるんでしょなんて誰かに言われようものなら、そいつをミセス・フィスク（*米国の女優）ばりに笑い飛ばしてやったんだけど。ついさっき、今日の午後四時までだったらね。ねえ、ハンカチ貸して、リン。まったく！　ロングアイランドからの汽車ったら最悪。焼きコルクがなくても、トプシー（*『アンクル・トムの小屋』に登場する黒人奴隷の少女）を演じられるくらい顔が煤で真っ黒けだわ。ああ、コルクって言ったら、――リン、何か飲み物ない？」

ダーマンド嬢は、洗面台の扉を開けると、瓶を一本取り出しました。

「マンハッタン（*ウィスキーとベルモットのカクテル）が一パイントほど残ってるわ。グラスにはカーネーションが挿してあるんだけど……」

「瓶のままでいいわ。グラスは他のお客さんのためにとっといて。ありがとう！　ああ、最高。あんたもよ。お酒なんて三ヶ月ぶりだわ！

そうよ、リン、確かにあたし、先シーズンの終わりに舞台を辞めたわ。あんな生活にはうんざりだったから。それに、何てったって男ってものにうんざりしちゃったしね。あたしたちみたいに舞台を仕事にしている女が闘わなくちゃならないような男によ。――新車に乗らないかって誘ってくる興行主から、馴れ馴れしくこっちのことをファーストネームで呼ぶビラ貼りの連中までね。どんな闘いかは分かるでしょ。

それからショーの後で会わなきゃならない男たちもそう。あいつら最低だわ。楽屋口まで押しかけてくる奴とか、親方の友だちだとか言ってあたしたちを夕食に連れ出して、ダイヤモンドなんかを見せびらかして、《ダン》とか《デイヴ》とか《チャーリー》を紹介してやろうなんて言う奴らよ。けだものだわ。あたし、大っ嫌い。

ねえ、リン、同情を寄せてもらいたいのは、わたしたちの方よね。親元から離れて、もっといい仕事を夢見ながら頑張ってるのに、そんなの手に入れられるはずないのよ。週十五ドルのコーラスガールには、たっぷり同情が寄せられるのにさ。まったく！　コーラスガールなんか、ロブスターに慰めてもらえば、悲しみなんてどこ吹く風じゃない。

流す涙があるんだったら、くだらないショーの主役をやっても週に三十から四十五ドルにしかならない、あたしら芸人のために流してほしいもんだわ。これ以上無理ってこと百も承知なのにさ、それでも到来するはずもないチャンスとやらを夢見て、何年もしがみついてるわけでしょ。

ほら、あたしたちが演じなきゃならないショーくらい馬鹿げたものったらないわよ！喜劇ミュージカルの『手押し車コーラス』で、他の女の子に足を持ってもらって舞台の上を動き回る役だって、三十セント払った客の前で、あたしがやらなきゃならなかったあの阿呆らしいのと比べたら、ずっと品があるんじゃない？

でもね、結局いちばん癪に障ったのは、男なの。――ほら、テーブル越しに流し目で話しかけてきてさ、値踏みに応じてヴュルツバーガーとかエクストラ・ドライ（*それぞれビールとジンの銘柄か）とか奢ろうとするやつらよ。観客の男たちも、そう。手を叩くわ、奇声をあげるわ、呻《うめ》き声を出すわ。そうかと思えば群がってきたり、もがいてみたり、おまけに助平そうな目でこっちを見たりして――まるで野獣の群れが獲物を睨んで、鉤爪の届くところに来ようものなら、ガブッと平らげてやろうと待ち構えてるみたいでさ。ああ、穢《けが》らわしい！

あら、あたし自分のことあまり話してないわね、リン。

あたしね、二百ドルも蓄えがあったものだから、夏のはじめに舞台とはおさらばしたの。

ロングアイランドまで出かけてみたら、サウンドポートっていう、海に面した小さくて素敵な村があってね。そこで一夏過ごすことに決めたの。発声法を勉強し直して、秋にはレッスンを受けようって思ってね。海岸近くに寡暮《やもめ》らしのおばあさんが住んでいて、ときどきお付き合い程度に一部屋二部屋貸していたから、あたし間借りすることにしたの。下宿人はもう一人いてね、——それがなんとアーサー・ライル牧師だったのよ。

そう、あの有名人よ。リン、ちゃんと聞いてる？　全部話したって、それほど手間はからないわ。ほんの一幕の劇だからさ。

はじめてあの人が姿を見せたときは、もう舞い上がっちゃった。最初の科白を聞いただけで、もう虜なのよ。客席の男たちとは違ってたわ。すらりと背が高くてね、部屋に入って来るときに物音なんて立てないの。でも、気配はするの。顔は騎士の絵にあるような、ほら円卓の騎士みたいな——声はチェロの独奏といった感じかな。それに彼の物腰といったら！

リン、あの最高の応接間のシーンを演じたジョン・ドゥルー（＊アイルランド生まれの米国の俳優）を連れてきて二人を比べたって、静寂を乱したという理由でドゥルーの方を逮捕させたくなっちゃうはずよ。

こまごました話は省くわね。一ヶ月もしないうちに、アーサーとあたしは婚約したの。

彼は毎晩、メソジスト派の小さな集まりに出て説教していたわ。あたしたち結婚したら雌鳥《めんどり》がいて、忍冬《スイカズラ》の花が咲く、ランチワゴン程度の小ぢんまりした牧師館を預かることになっていたの。アーサーは、よく天国について説教してくれたけど、あたしの心は忍冬や雌鳥から離れられなかった。

あたし、舞台に立ってたなんて言えなかった。だって、あんな仕事も、それにまつわる諸々のことも嫌だったから。永久に自分とは切り離しておきたかったし、波風を立てたって何の役にも立たないでしょ。あたし、これでも身持ちのいい方だったから、打ち明けなきゃならない秘密なんて何もなかったし。せいぜい、朗読してたことがあるとは言ったわ。そのくらいなら良心の呵責にも耐えられると思ったの。

ああ、リン、あたし幸せだったわ。聖歌隊で歌ったり、裁縫の集いに出かけたりね。それにあの『アニー・ローリー』物を独演して口笛まで入れたら、後で村の新聞から「プロ並みの腕前」なんて書かれちゃった。アーサーとあたしは舟遊びをしたり、森を散歩したり、潮干狩りなんかにも行ったりしたわ。だから、あのちっぽけな村が世界でいちばん素敵な場所に思えるようになったの。ずっとそこで暮らしてもいいと思った。もし——

ある朝、裏のベランダでいんげん豆の筋取りを手伝ってたときのことなんだけど、大家のガーリーさんがね、例の未亡人よ、あの人が噂話を始めて、あれやこれやと知っていることを話し出したの。部屋を貸す人ってのは、そんなことが好きなのね。彼女にしてみれば、この世の聖人ときたらライルさんだった――あたしにとってもそうだったんだけど。しきりに彼の美徳や慎ましさを誉め讃えたあとで、実はそれほど遠くない昔、えらくロマンチックな恋愛をしたものの、不幸な結末に終わったことがあったらしいって教えてくれたの。詳しいことは知らなかったみたいだったけど、だいぶ痛手を受けてたようだって言うのね。彼女によると、ライルさんはその時だんだん青白く痩せていってね、その御婦人の想い出の品だか何だかを小さな紫檀の箱に入れて、書斎の引き出しに鍵をかけてしまってるってことだったわ。

『一度ならずこの目で見ましたよ』って、大家さんは言ったわ。『夕刻になる度に、あの方が箱をうっとり眺めているところをね。でも、人が部屋に入ってくると、慌てて鍵をかけてしまうんですのよ』って。

あんたなら、あたしがすぐさまアーサーの手首を掴んで、表舞台に引っぱり出して、耳元で文句を言ったってことくらい想像できるわよね。

早速その日の午後、蓮の花が咲く入江の縁でボート遊びをすることにしたの。

それで、こう言ってやったわ。『ライルさん、他に恋愛沙汰があったなんて一言も話してくださらなかったじゃないですか。ガーリーさんから聞きましたわ』ってね。すでにお見通しだってこと分からせようとして、あたし話を続けたわ。男に騙されるなんて、まっぴら御免だもの。

彼、あたしの眼を見ながら正直に話してくれた。『君がここに来る前に恋心を抱いたことはあった——それも熱烈な恋心をね。君はもう知っているようだから、すべて打ち明けるよ』

『さあ、いつでもどうぞ』って、あたし言ったわ。

『ねえ、アイダ』ってアーサーは言った。もちろん、サウンドポートにいた間は、本名で通してたの——『その恋は精神的なものだったんだ、実のところはね。その人は、私の感情のいちばん深い部分を呼び覚ましてくれて、自分でもこの人が理想の女性だと思ったのは事実だ。だが一度も個人的に会ったこともないし、こちらから話しかけたこともない。理想の恋だったんだ。君に寄せる気持ちも、その点では何ら変わるものではないが、それとこれとでは性質が違う。そんな話で私たちの関係をこじらせたくはないだろう』

『可愛い方だったんですか?』って、あたし聞いたわ。

『とても美しい人だったよ』ってアーサーは答えた。

『よくお見かけしたんですか?』

『十回余りかな』

『いつも遠くからだったのですか？』

『いつもかなり離れたところからだった』

『でも愛していたんでしょ？』

『私にとっては理想の美しさと上品さと――それに理想の心をもった人だったからね』

『それで、あなたが鍵をかけてしまい込んでは、ときどきうっとり眺めている大切なものって、その方から戴いたものなのですか？』

『記念の品だよ、大切にしまってある』ってアーサーは答えたわ。

『その人が贈ってよこしたのですか？』

『彼女の方から届いたんだ』

『人を介してですか？』

『そう、回りまわってなんだが、直接にとも言えるかな』

『なぜその人と会わなかったんですの？　そんなにも身分が違ったのですか？』

『高嶺の花だったんだよ』彼は続けたわ。『ねえアイダ、これはもうすべて昔のことだ。まさか嫉妬しようというわけじゃないだろうね』

『嫉妬ですって！　ねえ、いったい何をおっしゃるつもりなのですか？　むしろ知らなかった時の十倍はあなたのことを想うようになりましたわ』

実際そうだったのよ、リン――もし、わかってもらえるなら、その理想の恋は、あたしには新鮮だった。これまで聞いたこともないくらい美しくて気高いものだったから、あたし感動したの。男が一度も話しかけたこともない女に恋い焦がれて、頭と心で想像した姿に忠実に振る舞うなんて、考えてもみて。ああ、とても素敵に思えたわ。あたしがそれまで知ってた男たちといったら、ダイヤモンドとか眠り薬とか給金を上げてやるとかで近づいてくる奴らだったから――あいつらの頭にあることといったら！　――そうね、もう、やめとく。

そう、おかげでそれまで以上にアーサーのことを想うようになったの。彼が崇拝していた、はるか彼方の聖なる女性を嫉妬なんてできるはずなかったわ。だってあの人、ほどなくしてあたしのものになるわけだったし。大家のガーリーさんと同じように、あたしも彼を聖人と思うようになったの。

ところが、今日の四時頃、アーサーを誘いに来た人がいてね、二人は病気になった教区の人を見舞いに行ったわ。大家のガーリーさんはというと、ソファで高鼾《いびき》をかいてたわ。だから、その場にいたのは、あたしだけって状態になった。

彼の書斎の前を通り過ぎたとき、ちょっとだけ覗いてみたの。鍵の束が机の引き出しにつけ放しになってたわ。きっと、忘れちゃったのね。誰でもあの青ひげ（＊ペローの童話の主人公）の妻のような境遇におかれることがあるみたいね、リン。あたしね、彼がそれほどまでに秘密にしていたあの記念の品を見てやろうって気になったの。しまってある場所なんてどうでもよかった——ただ見たかっただけ。

引き出しを開けるとき、こんなものじゃないかって一つ二つ想像してみたわ。バルコニーからその女性が落としてくれた薔薇の蕾だとか、雑誌から切り抜いた彼女の写真かなんかじゃないかってね。だって高嶺の花みたいだったから。

それでね、あたしとうとう引き出しを開けちゃったの。するとそこには、男の人がカラーを入れておくくらいの大きさの紫檀の箱があってね。鍵の束から、合いそうな小さな鍵を見つけて蓋を開けてみた。

あたし、その形見の品を一目見るなり、一目散に自分の部屋に戻って荷造りに取りかかった。持てるものだけ持って、髪をさっと梳《と》かして、帽子を被ってガーリーさんの部屋へ行った。そして、あの婆さんの足を蹴飛ばしてやったわ。あそこにいる間はアーサーの手前、丁寧で正確な言葉を使おうとひどく気を遣ってきて、うまくできるようになってきてはいたんだけど、その時はもうだめだったわ。

『鼾《いびき》なんか、かいてないで。さっさと起きてあたしの言うこと聞いてちょうだい。部屋代払うからさ。もう、ここを出ることにしたわ。八ドル、まだ渡してなかったわよね。運送会社の人があとで大きな荷物を取りに来るから』と言って、彼女にお金を渡したの。『おやまあ、クロスビーさん！』大家は言ったわ。『何か不都合でも？　ここが気に入っているると思ってましたけど。いやはや、若い娘さんたちってのは難しいのね。見た目とは裏腹なんですね』

『その通りよ。女の場合、そういう連中もいるわ。でも、男はそうじゃない。**男なんて一人知れば、みんな知ったも同然だもの。**結局、人間なんてそんなもんでしょ！』って言ってやったわ。

それから四時三八分の急行に飛び乗って、それでここにいるってわけ」

「あんた、箱に何が入っていたのか、まだ言ってないわよ、リー」とダーマンド嬢が興味津々の様子で言いました。

「あれよ、あの黄色い絹のガーターよ。ボードビルのブランコ芸で、あたしが蹴飛ばして観客の中に落としてた。ねえ、もっとカクテルないの、リン！」

ヴィヴィエンヌ

南田　幸子　訳

九六二号室のドアの磨《す》りガラスには金色の文字でこう書かれてあった――『ロビンズ＆ハートリー証券』。事務員たちは、すでに帰った後だった。五時を過ぎており、群れなすペルシェロン馬（＊フランス北部原産の強大な農耕馬）の立てる地響きさながら、掃除婦たちが雲の帽子をかぶった二十階建てのオフィスビルへ殺到しようとしていた。レモン皮《ピール》の匂いと煤煙や鯨油の入り混じった一陣の熱風が、半開きになった窓からさっと入ってきた。

ロビンズ――五十歳、巨漢の伊達男といった感じで、舞台の初日だとかホテルのパームルーム（＊ホテルなどの椰子の木で飾られた部屋。小編成のオーケストラによる軽音楽が演奏された）には目がない――が、遠方に住まいのある共同経営者の通勤の「喜び」について羨むふりをしていた。

「今夜は、じめじめした中、ひとつ気張ってみるか。君のような市外から来ている連中は、さしずめ自宅のフロントポーチに陣取って、キリギリスや月明かりを肴にのんびりと一杯ってことになるんだろうね」

ハートリー――二十九歳、真面目、痩身、ハンサム、神経質――が、溜息をついて少し顔をしかめた。

「そうなんです。僕たち、いつもフローラルハーストでは涼しい晩を過ごしていますよ。とりわけ冬にはね」

得体の知れぬ男がドアから入ってきて、まっすぐにハートリーのところへ向かった。

「女の居場所を突き止めましたよ」男は、いかにも仕事中の探偵が他の探偵たちに対して自分はお前たちとは違うのだと見せつけるような、ものものしい、半ば囁くような声で言った。

ハートリーが睨みつけると、男は芝居でも真似たかのように黙りこくった。だが、それよりも前に、ロビンズの方はステッキを取り、好みのネクタイピンを留めて、小粋に会釈すると大都会での気晴らしへと姿を消していた。

「これが住所です」探偵は、観客が姿を消してしまったものだから、普通の声に戻して言った。

ハートリーは探偵の薄汚いメモ帳から剥ぎ取られた一枚の紙切れを受け取った。その紙には鉛筆で「東×××番通り三四一番地、マコーマス方　ヴィヴィエンヌ・アーリントン」と書かれてあった。

探偵はさらに続けた。「一週間前にそこへ引っ越していたんですよ。さて、それで尾行をお望みでしたら、ハートリーさん、この町の誰よりも上手くやってみせますがね。一日たったの七ドルと諸経費でどうです。毎日、タイプした報告書をお送りし、相手の——」

「それ以上言わなくていい」株式仲買人が言葉をさえぎった。「そういった問題じゃないんだ。僕は単に住所が知りたかっただけなんだから。いくらかな、料金は」

「一日仕事ですから、十ドルで結構です」探偵は答えた。

ハートリーは金を支払い、お役ご免と男を追い払った。それから、事務所を出てブロードウェイ行きの路面電車に乗った。市内を横断する大通りとの交差点で下車し、東方面行きの路面電車に乗り換え、寂《さび》れた通りで降りた。居並ぶ古びた建物が、かつてはその町にも誇りと輝きがあったことを物語っていた。

数ブロックほど歩くと、お目当ての建物のところに着いた。新築のアパートで、安っぽい石造りの門には格調高く「ヴァランブローザ」の名が彫られていた。非常階段が建物の正面をジグザグに降りており、階段のそこここには家財道具が置かれ、洗濯物が干され、そして真夏の暑さから逃れてきた子供達が大声でわめき立てたりしていた。それら雑多な物の間から、色の悪いゴムの木があちこちで外をのぞき見しつつ、一体自分はどの種族に属しているのか――植物なのか動物なのか作り物なのか――と首を傾げていた。

ハートリーは『マコーマス』の呼び鈴を押した。入り口の掛け金が断続的に――「いらっしゃい」という感じになったかと思うと、「何者だ」という感じになったりして、まるで訪ねて来たのが友人なのか借金取りなのかと訝《いぶか》しんでいる感じでカチッと鳴った。ハートリーはアパートの中に入ると、いかにも自分は都会のアパートで友人を探しているのだといった素振りで階段を上り始めた。ちょうど、男の子がリンゴの木を登っていき、欲しい物が見つかったらそこで止まるといった感じで。

四階まで上がると、開け放たれたドアのところにヴィヴィエンヌが立っていた。彼女は軽く会釈し、にこっと笑みを浮かべ、彼を部屋に招き入れた。来客のために窓辺に椅子を用意すると、優雅な身のこなしで自分は家具の端に腰掛けた。ただ、その家具も覆面が付けられていたり、曰くありげにフードがかぶせられていたものだから、昼は得体の知れぬ積み荷、夜は異端者審問用の拷問台とでもいった、言うなればジキルとハイドさながらの様相ではあった。

ハートリーは口を開く前に、ジロリと彼女を眺め回し、自分の選択眼に狂いはなかったと思うのだった。

ヴィヴィエンヌは二十一歳くらいだった。生粋のアングロ・サクソン系だった。髪の色は赤味がかったブロンドで、きちんと束ねられた髪の毛の一本一本に光沢があり、微妙な色合いのグラデーションを呈していた。そして何よりも、アイボリーの顔色とダークブルーの目が完全に調和していたが、その目は、人魚かそれとも秘境のせせらぎに住む妖精のあの曇りのない純真な気持ちで世の中を見つめる目そのものだった。骨格はしっかりしていたが、完璧なまでに自然な優美さを備えていた。北欧系特有のくっきりした線や血色の良さにもかかわらず、熱帯地方の雰囲気――すなわち、力を抜いたときの仕草に見られるけだるさのようなもの、もしくは、単に呼吸をするだけの動作の中にも何とも言えぬ至福感を感じているといった、彼女特有の気楽さへの愛着、換言すれば、自分とて自然の生んだ申し分のない作品であり、珍しい花や、あるいは地味な色合いの仲間に混じった乳白色の美しい鳩と同様、その存在を認められ賞讃されて然るべき権利があるといった雰囲気を漂わせていた。

彼女は白のブラウスと黒のスカートの出で立ちだったが、それはガチョウ飼いの女や公爵未亡人が自らを慎み深く見せる仮装服だった。

「ヴィヴィエンヌ」相手を見つめながらハートリーが懇願するような口調で言った。「この前出した僕の手紙に返事をくれなかったね。君の引っ越し先を調べるのに一週間近くもかかったよ。僕がどれほど会いたがっているか、どれほど便りを待ち望んでいるのか知っていながら、どうして梨の礫《つぶて》を通したんだい」

女は夢見心地で窓の外を眺めた。

「ハートリーさん、なんと申し上げてよいか分かりません。お申し出は何から何までいいことづくめですし、あなた様にこの身を喜んで預けてしまいたいと思うこともないではありません。でも、また、迷いも生じてしまうのです。私は都会生まれの女ですので、静かな郊外での暮らしには馴染めないような気がしてならないのです」

「ねえ、ヴィヴィエンヌ」ハートリーは必死の面持ちで言い寄った。「もし、君に欲しいものがあれば、僕は自分にできる範囲で何でもしてあげるって言ったよね。観劇であれ、ショッピングであれ、友人宅への訪問であれ、このニューヨークには好きなだけ戻ってきても構わないさ。僕のこの気持ち、信じてくれるよね」

「もちろんです」彼女は実直な眼差しで彼の方に向き直り、微笑みながら言った。「あなた様ほどご親切なお方を他に存じ上げませんわ。ですから、ご縁が叶った女性って幸運だと思います。私、モンゴメリーさんのお宅におりました時、あなた様のことを何から何まで耳にしましたわ」

「ああ！」ハートリーは懐かしむような柔和な光をたたえながら叫んだ。「そこで初めて君に会った晩のことを僕もよく覚えているよ。モンゴメリー夫人が僕に、一晩中、君のことを褒めちぎっていたっけ。それでも、まだ、夫人の評価は不十分なくらいさ。僕はあの晩の食事のことを決して忘れない。来てほしいんだ、ヴィヴィエンヌ、約束してほしい。君が必要なんだよ。決して後悔なんかさせないから。居心地のよい家庭だったら、僕は誰にも負けないつもりだ」

女は溜息をつき、組んでいた手に視線を落とした。

突然、嫉妬心に近い嫌疑がハートリーを襲った。

「話してくれないか、ヴィヴィエンヌ」鋭い眼差しで彼が尋ねた。「誰か他に――僕以外にいるのかい？」

薔薇のごとき朱がゆっくりと彼女の白い頬と首のあたりに広がっていった。

「ハートリーさん、そんなことお聞きにならないで」戸惑いながら彼女が答えた。「でも、お話ししますわ。実は、他にも――でも、その方には何の権利もありませんの――その方とは、まだ何の約束もしてませんもの」

「名前は？」ハートリーは厳しい口調で迫った。

「タウンゼンドさんです」

「ラフォード・タウンゼンドか！」ハートリーは顎をぐっと引き締めて叫んだ。「どうやって君と知り合うようになったんだろう。なにしろ、あいつには僕もいろいろとよくしてやった――」

「あっ！　あの人の車が今、下で止まりましたわ」ヴィヴィエンヌが窓から身を乗り出すようにして言った。「返事を聞きに来たんだわ。ああ、私、どうしたらいいの！」

キッチンの呼び鈴が鳴った。ヴィヴィエンヌは、アパートの入り口を開錠するボタンの方に向かいかけた。

「ここにいなさい。僕が廊下で会ってくるから」ハートリーが言った。

タウンセンドは、明るい色のツウィードの服に、パナマ帽、そしてカールした黒い口髭を蓄えており、まるでスペインの最高の貴族を思わせたが、その彼が三段ずつ階段を上ってやって来た。彼はハートリーの姿を目にすると足を止め、キョトンとした顔をした。

「帰れよ」ハートリーは人差し指で階下を差しながら、断固たる口調で言った。

「おやおや!」タウンゼンドは、さも驚いたように言った。「どうしたんですか? こんなところで何をしているんですか?」

「帰れよ」ハートリーは再び同じ調子で言った。「食うか食われるかのジャングルの掟ってわけか? 狼に食いちぎられたいのかよ。飛んで火に入る夏の虫だ」

「うちの洗面室の水回りのことで、配管工にちょっと用があって来たんだ」タウンゼンドは平然と答えた。

「そうか。それなら」とハートリーが言った。「恩を仇で返そうというお前のクソ根性は、その嘘八百の漆喰で塗り込んでもらおうか。いいから帰れ」

タウンゼンドが階下へと降りて行く間、階段の隙間風に乗って彼の吐く苦々しい言葉が聞こえてきた。ハートリーは口説きの続きへと戻って行った。

「ヴィヴィエンヌ、僕は君に来てもらわなければ困るんだよ。これ以上断るのも、じらすのも無しにしてくれないか」

「いつがお望みですの？」

「今すぐだ。君の準備ができ次第」

ヴィヴィエンヌは彼の前に静かに立ったまま、じっと相手の目を見つめた。

「ちょっとお考えになって。エロイーズがいるのに、私、敷居をまたげるかしら？」

ハートリーは不意打ちを食らったかのように身をすくめた。彼は腕組みをしてから、一、二度、ゆっくりとした足取りで絨毯の上を往来した。

「出ていってもらうさ」断固とした口調だった。額には大粒の汗が浮かんだ。「いつまでも、あの女に僕の人生を台無しにさせておいてたまるか。あの女を迎え入れてから、揉め事のない日など一日もなかったからね。君の言う通りだ、ヴィヴィエンヌ。君を家に連れて行く前にエロイーズを追い出さなくては。ともかく、出てってもらう。決めたんだ。二度と敷居をまたがせるもんか」

「いつやってくださるの？」女が尋ねた。

ハートリーはグッと歯を噛みしめ、眉間に皺を寄せた。

「今夜だ。今夜、あいつを追い出す」きっぱりと言い放った。

「それなら、私の答えは『イエス』ですわ。ご都合の宜しい時に私を迎えに来てくださいな」

彼女は誠実で愛らしくキラキラと輝く目で男の目を見つめた。ハートリーには、彼女の投降が現実のものとなるとは、しかも、こんなにもあっさりと物の見事に実現しようとは思いもよらなかった。

「名誉にかけて誓約してくれないか」

「名誉にかけて誓約します」

彼はドアのところで振り返り、幸せそうに彼女を見つめたが、しかし未だに、この喜びの根拠が信じられないでいる人間のようであった。

「明日だよ」彼は念を押すように、人差し指を立てて言った。

「明日ですわね」彼女は誠実さと率直さの混じった笑みを浮かべて言った。

一時間四十分後、ハートリーはフローラルハーストで電車を降りた。早足で十分ほど歩くと、美しい二階建てのコテージの門に着いた。屋敷は、よく手入れのされた広い芝生に囲まれていた。門から屋敷に向かう途中、黒々とした髪をお下げに結い、白いサマー・ガウンをひらひらさせた女が待ちかまえていたが、何やらはっきりしない理由から、男に絡みついてきた。

玄関に入った時、女が言った。

「母が来てるの。三十分くらいしたら迎えの車が来るわ。母は夕食に来てくれたんだけど、その夕食が全然できていないのよ」

「君に知らせたい話があるんだ。あとでゆっくりと、と思っていたんだけど、お母さんがいらっしゃっているんじゃ、ここで打ち明けちゃった方がいいな」

彼は身をかがめ、彼女の耳元で何やら囁いた。

妻は金切り声を放った。母親が玄関に飛び出してきた。黒々とした髪の女が、またもや金切り声を上げたが、それは、いかにも夫から愛され大切にされている女ならではの喜びの声だった。

「ねえ、母さん！」有頂天になって女が叫んだ。「あのね！ ヴィヴィエンヌがこの家の料理人として来てくれるんですってよ。まるまる一年間もモンゴメリーさんのお宅にいらした人なの。ねえ、ビリー、今すぐ台所へ行って、エロイーズをクビにして。今日も一日中飲んだくれていたんですもの」

弁護士の失踪

中島　剛　訳

その日の朝、私はいつもと寸分違わぬ調子で妻と別れた。妻は、二杯目のお茶を置くと、私を見送りについてきた。玄関まで来ると、背広の襟から、ありもしない糸くずをむしり取り（これは所有権を誇示する際に女性がする万国共通の行為だ）、風邪をこじらせないでねと言った。こちらは風邪などひいていなかったのだが。次に来るのは、いってらっしゃいのキス——早摘みの熙春《ヒーチュン》茶（＊中国の緑茶）の香りが混じった平凡で家庭的なキスだ。残念ながら永久に変わりそうもないこの習慣に、即興や変化が趣を加えてくれるような心配は微塵もなかった。さも器用そうな手つきで慎重に診察した挙句、見立てを誤る藪医者のように、きちんと留めてあるタイピンさえも軽く叩いて斜めにしてくれた。ようやく解放されて玄関の扉を閉めると、冷めかけたお茶のところへパタパタと戻っていく、あのいつものスリッパの音が聞こえるのだった。

出かける時には、後で何が起こるかなど、予感も兆候もさらさらなかった。突然、それは襲ってきたのだ。

何週間にもわたり、私はほとんど昼夜の別なく、ある有名な鉄道会社の訴訟問題にかかりきりで、みごと勝利を手にしたのはほんの数日前のことだった。実のところ、何年も休むことなく、私はずっと法律の仕事に精を出してきた。友人であり主治医でもあるヴォルニー医師が、親切にも一、二度忠告してくれたこともあった。

「ベルフォード、少しは息抜きをしないと急にやられるぞ。神経か脳が参ってしまう。いいかい、新聞で記憶喪失の記事を読まない週なんてないだろう――どこかの誰だかが行方不明になり、名前も忘れ、過去も素性も失って彷徨《さまよ》い歩く。すべては過労か心労によって出来たあの小さな脳血栓の為せる業だ」

「いつも思っていたんだが、あのような記事の血栓というのは、実は新聞記者の脳味噌の中にだけ発見される類のものじゃないのかい？」と私は言った。

ヴォルニー医師は首を横に振った。

「その病気は本当に存在するんだ。今の君に必要なのは気分転換か休養だ。裁判所と事務所と自宅――君が移動する場所といったら、せいぜいそんなところだろう。気晴らしといっても、君は――法律書を読むくらいだし。手遅れにならないうちに気を付けたほうがいいな」

私は弁解がましく言った。「木曜の晩には妻とクリベッジ（*二人でするトランプ遊び）をするし、日曜には義理の母が毎週よこす手紙を読んでもらっている。それに、法律書が気晴らしにならないだなんて立証されたわけでもないからね」

その日の朝、私は歩きながらヴォルニー医師の言葉を思い出していた。いつもの通り気分は上々だった――いや、それ以上だったかもしれない。

ふと目を覚ました私だったが、普通客車の座り心地のよくない座席で眠りこんでしまったせいか、肩が凝り、体中に妙な疲労感があった。座席の背部に頭を凭《もた》せかけたまま、私は考えを巡らせようとした。暫くたって、自分の口からぽつりと言葉が漏れた。「私にも名前があるはずなんだが……」ポケットをあちこち探ってみた。名刺もなければ手紙の類もない。手がかりとなるような紙きれも組み合わせ文字《モノグラム》も見つからない。代わりに、コートのポケットから高額紙幣でおよそ三千ドルが出てきた。「名前があってしかるべきなんだが」私は言葉を繰り返し、また考え込んでしまった。

車内は結構込み合っていて、誰かれとなく打ち解けて楽しそうに話をしている様子を見ると、そこに居合わせた人たちは、どうも同業者の一団のようだった。そのうちの一人――眼鏡をかけた恰幅のいい、シナモンとアロエの強烈な匂いに包まれた紳士――が馴れ馴れしく私に会釈し、ちょうど空いていた隣りの席に腰掛けてきて、新聞を広げた。その紳士が記事を読んでは一息入れる合間合間に、旅行者なら大抵するように、私たち二人は時事について言葉を交わした。そうした話題だったら、少なくとも記憶に頼って、ちゃんと話を続けられることがわかった。やがて相席の人物は言った。

「おたくも私らの仲間ですな。今回、西部地区からかなりの人数が派遣されてきておりますからな。大会がニューヨークでよかったですよ。東部には行ったことがありませんのでね。私の名はR・P・ボルダーといいます。――ミズーリ州はヒッコリー・グローヴでボルダー＆サン薬局を経営しております」

準備は整っていなかったが、人間その場に立たされれば何とかなるもので、私はこの緊急事態に臨機応変に対処した。まずは洗礼を施さねばならなかった。赤ん坊と神父と親の三役を一人で演じるのだ。鈍った頭に、五感が手を差し延べてくれた。相席の人物から漂ってくる強烈な薬品の匂いで、ある考えがひらめいたのと、同時に新聞の派手な広告が目に留まり、それが渡りに船となったのだ。

「私の名は、エドワード・ピンクハンマーといいます。薬剤師をしておりまして、家はカンザス州コーノポリスにあります」すらすらと口から言葉が出た。

「当然、薬剤師をされている方だと思ってました。右手の人差し指、つまり乳棒が当たるところにたこができていなさる。おたくも全国大会に派遣されてきたんでしょう？」道連れは愛想良く言った。

「ここに乗っている人は、みんな薬剤師の方なのですか」訝《いぶか》しく思って私は尋ねた。

「そうですとも。この列車は西部地区からはるばるやってきました。皆さん、昔ながらの薬剤師でしてな――調剤机の代わりにスロットマシンなどを店に置いて、既製の錠剤や顆粒剤を販売するような、ドラッグストアの経営者など一人もおりません。鎮痛チンキは自分で濾過して作りますし、錠剤も自分で丸めます。ですから、店では春蒔き用の種を何種類か扱ったり、駄菓子や靴を副業として置いておくことくらいしかできません。実はハンマーピンクさん、私は今度の大会で、ある考えを発表したいと思ってましてな――誰しも新しいアイデアが欲しいのですから。それでですな、吐酒石とロッシェル塩、つまり酒石酸アンモニルカリウムと酒石酸カリウムナトリウムの壜がありますが――片方は有毒で、もう片方は無毒です。非常に紛らわしい名前の薬品です。これをふつう薬剤師はどこにしまっておくと思います？　当然、できるだけ離して、おまけに別の棚に置いておきます。ですが、それは間違いというものです。私に言わせてもらえば、隣りどうしに並べて置くべきなのです。どちらか入り用なときには、いつも比べられますから、絶対に間違いは起こりません。お分かりいただけますかな？」

「妙案ですね」と私は言った。

「勿論です！　私が大会で発表したら、ぜひとも援護願いますよ。そうすれば、自分たちだけがこの業界のトローチだと自惚《うぬぼ》れている、あのオレンジ・リン酸入りのマッサージクリームみたいな東部の先生方だって、『皮下錠剤』程度にしか見えなくなってしまうでしょうからな」

「お役に立てるものでしたら。その二種類の塩、たしか……」興味があるような素《そ》振りで、私は言った。

「酒石酸アンモニルカリウムと酒石酸カリウムナトリウムを」

「今後は隣りどうしに並べる」と私は文を結んだ。

「それと、もう一つありましてな」とボルダー氏は言った。「おたくさんは、丸薬を作るときの賦形剤として――マグネシア・カーボネイトとパルバライズド・グリセライザ・ラディックスのどちらをお使いになりますか」

「ええと、マ、マグネシアですね」と私は言った。もう一方の名前より言いやすかったからだ。

ボルダー氏は、まさかという表情で眼鏡越しにこちらを一瞥した。

「私はグリセライザですね。マグネシアは固まってしまいますからな」

「おやおや、またインチキな記憶喪失の記事が出てますよ」しばらくして氏はこう言うと、新聞をこちらによこし、その記事を指さした。「信用できませんな。十中八、九は出鱈目でしょう。仕事や家庭にうんざりしてしまったものだから、お楽しみを求めようってわけです。ちょいとどこかへ行方をくらまし、見つかったら記憶を失っていたふりをする――自分の名前は何だったかとか、ましてや奥方の左肩にある赤い痣のことなどどうして知る由もあろうかとか。記憶喪失とはね！　いやはや！　何で家で記憶を喪失できないんでしょうな」
私は新聞を手に取り、刺激的な見出しに続く次の記事を読んだ。

六月十二日デンバー発――著名な弁護士エルウィン・C・ベルフォード氏が、三日前から自宅を出たきり行方不明。あらゆる捜索にもかかわらず、依然所在は確認できていない。この評判の弁護士は、これまでに実入りのよい大きな裁判を手がけ、最高の社会的地位を築いてきた。氏は既婚者で、立派な屋敷と州内でも有数の個人蔵書を誇っている。失踪当日、かなりの金額を銀行から下ろしているが、その後、氏を目撃した者はいない。ベルフォード弁護士は極めて物静かな、家庭を大切にする人物で、家も仕事も順風満帆だった。この奇妙な失踪事件に解決の糸口があるとすれば、氏が、ここ何ヶ月か、Q・Y&Z鉄道会社に関連する重要な訴訟に携っていたことくらいか。過労で神経が参ってしまった可能性も懸念される。目下、あらゆる手を尽くしてこの行方不明者の捜索が続けられている。

「少々穿《うが》った見方をされているようですね、ボルダーさん」至急報に目を通して、私は言った。「私には正真正銘の記憶喪失事件のように思えますが。仕事も成功し、幸福な結婚生活を送り、人様から尊敬されてもいるこの人物が、いったい何故、突然すべてを放棄しなければならないのでしょう。こうした記憶の欠落は、実際起こるということですし、気がついたら名前も過去も家庭のことも分からなくなって、彷徨《さまよ》い歩いている人だっているはずですよ」

「いやあ、やめてください。戯れなんですよ、そういう連中が追っかけてるのは。近頃は皆さん、学がありすぎますからな。記憶喪失について不案内な人などおりませんから、それを口実にするんです。ご婦人方だって賢い。もう万事休すってことになれば、こちらの目をじっと見つめて、ひどく科学的な調子で『あの男に催眠術をかけられたのよ』などとくる始末ですからな」

このようにボルダー氏は楽しませてくれたが、彼の言及も哲学も、私には何の役にも立たなかった。

私たちは、夜の十時頃ニューヨークに到着した。辻馬車でホテルまで行き、フロントで『エドワード・ピンクハンマー』と記帳した。そうすると、何とも素敵な、興奮し陶酔し高揚した感覚――無限の自由と新たな可能性を手に入れた感覚――が体中に漲《みなぎ》っていくような気分になった。私はこの世に生まれ出たばかりなのだ。これまで己を縛っていた枷《かせ》は――それが何であれ――手足から外されたのだ。未来が、私の目の前に一本の道を、幼な子がこれから歩み始めるような、何にも遮ぎられることのない道を敷いてくれた。しかも私の場合、大人の知識と経験を備えて旅立てるのだ。

受付係がずっと、それでも五秒ほどだったろうか、こちらを見ているような気がした。荷物がなかったせいだ。

「薬剤師の大会でね。どうしたわけかトランクがうまく届かなかったらしい」と私は言い、紙幣を一枚丸めて手渡した。

「そうでしたか！　私どものところにも西部から派遣された方々が、かなり泊まっておられます」金歯を見せながら受付係は言い、ベルを鳴らしてポーターを呼んだ。

私は自分の役柄をもっともらしく見せようとした。

「私たち西部地区の薬剤師の間では、重要な動きが起こっていてね。酒石酸アンモニルカリウムと酒石酸カリウムナトリウムの壜は、同じ棚に隣り合わせになるように並べるべきだと提案するつもりなんだ」と私は言った。

「こちらの方を三一四号室にお連れして」受付係は慌てて言った。私はさっさと部屋に追い払われたのだった。

翌日、早速トランクと衣服を買い、エドワード・ピンクハンマーの生活が始まった。私は過去の問題を解決しようと頭に負担をかけることなどしなかった。

この偉大な島の都市が私の口元にあててくれたのは、刺激的で眩いばかりの酒杯だった。

私は感謝の意を込め、ごくんと飲んだ。マンハッタンの鍵は、それを持つに耐える者だけに渡される。この街では賓客となるか生贄となるか二つにひとつなのだ。

続く数日は豪華絢爛たる毎日だった。エドワード・ピンクハンマーは、この世に生を受けてから、わずか数えられる時間しか経っていないのに、すでに一人前の大人であり、何にも縛られることなく、かくも楽しみに満ちあふれた世界に遭遇できたという類稀《たぐいまれ》なる喜びを知ったのだ。劇場や屋上庭園に敷かれた魔法の絨毯に、夢見心地で座る。するとそれは、今まで見たこともない歓喜の世界――陽気な音楽や可愛らしい踊子たちや、グロテスクであまりに滑稽な風刺劇に満ち溢れた世界――に私を連れて行ってくれるのだった。心の赴くままに、場所も時間も振る舞いも気にせず、私はあちらこちらを訪れた。怪しげなナイトクラブで、ハンガリーの音楽と浮かれ調子の芸術家や建築家の喚《わめ》き声を聞きながら、一層怪しげなコース料理に舌鼓を打つこともあれば、眩い電灯に照らされて、夜の情景が活動写真《キネトスコープ》のように揺らぎ、最高級の婦人帽と宝石とそれらで飾られた女たちと、そしてその三つ全てを手中に収めることのできる男たちが、見せびらかし誉めそやされに集ってくるような場所で食事を楽しむこともあった。やがて、こうした場面すべての中に、それまで私の全く知らなかったことが一つあることが判明した。それは、自由の鍵は「放縦の神」ではなく、「仕来《しきたり》の神」が所有しているということである。「礼譲の神」が関所を設け、こちらが通行料を支払わなければ「自由の女神」の国へは入れてもらえない。この掟が、煌《きら》びやかなものすべての中に、一見無秩序の中に、ひけらかしの中に、奔放さの中に、控え目ながらも鋼鉄の如く堅固に遍《あまね》く存在していることに私は気づいた。それゆえ、マンハッタンではこの不文律に従わねばならず、そうすることで最高の自由を享受できる。この掟に縛られることを拒否すれば、かえって枷を受けることになってしまうのだ。

時折、お洒落で落ち着いた雰囲気の場所に無性に行きたい気分になると、優しく囁くような上品な会話が聞こえてくる棕櫚のレストランを見つけ、そこで食事をとった。またある時には、島の海岸に羽目をはずしに行こうというのか、めかし込んで声高にいちゃつく店員や売り娘で混み合う蒸気バスで、船着場まで行くこともあった。だが結局は、ブロードウェイ――煌《きら》びやかで、狡猾で、変幻自在のブロードウェイ――が、阿片の禁断症状のように昂じてくるのだった。

ある日の午後、ホテルに戻ると、大鼻で黒い鬚を蓄えた恰幅のいい男が、廊下で私の前に立ち塞がった。避けて通りたかったが、男は無礼にも馴れ馴れしく挨拶してきた。

「おや、ベルフォードさんじゃないですか！」男は大きな声で言った。「ニューヨークなんかで一体何してるんです。あの書斎からあなたを引っぱり出すほどのものがあるとは知りませんでしたよ。奥さんもご一緒なのですか。それとも単身でお仕事ですか？」

「思い違いをされているようですが」掴まれた手をほどきながら、私は冷やかに言った。「私の名前はピンクハンマーだ。失礼させてもらいますよ」

男は明らかに驚いた様子で脇によけた。受付まで私が歩いていくときに、男がベルボーイに声をかけ、電報用紙をとか何とか言っているのが聞こえた。

「精算してもらえないかね。それから荷物を三十分ほどしたら下ろしてくれないか。詐欺師に悩まされるようなところには、いたくないから」と私は受付係に言った。

その日のうちに、私は五番街を南に下ったところにある、古風で落ち着いたホテルに移った。ブロードウェイから少し入った所に、熱帯の植物を衝立代わりに並べ、まるで屋外でもてなされているような気分にさせてくれるレストランがあった。閑静で贅沢、しかも客の扱いも完璧なので、午餐をとったりお茶を飲んだりするには、うってつけの場所だった。暫くたったある日の午後、羊歯《しだ》の葉に囲まれたテーブルに向かおうとしていると、誰かに袖を捉えられた。

「あら、ベルフォードさん!」ひどく甘美な声だった。

咄嗟《とっさ》に振り返ると、婦人が一人座っていた。年の頃は三十くらいだろうか。美しすぎる瞳が、私のことをかなり親密な仲であったかのように見つめている。

「行ってしまうつもりだったの?」その声には咎めるような響きがあった。「気づかなかったなんて言わせないわよ。さあ、握手してちょうだい。――少なくとも十五年ぶりなんだから」

私は慌てて握手した。それから彼女の正面の席に腰を下ろし、近くを歩いていたウェイターに目配せした。女はオレンジ・シャーベットをもてあそんでいた。私はクレーム・ド・マント（*ハッカ味のリキュール）を注文した。彼女の髪は鳶色だった。瞳から視線を外せないので、はっきり見たわけではないが、ともかくそう感じたのだ。ちょうど黄昏どきに森の奥深くを見つめながらも、沈む夕陽を意識できるように。

「私をご存知というのは確かなのですか」

「えっ、何ですって？　確かかどうかなんて考えたこともなかったわ」微笑みながら女は言った。

「では、こう申し上げたら何と思われますか」少し不安になりながら私は言った。「私はエドワード・ピンクハンマーという名前で、カンザス州コーノポリス出身だと」

「何と思われますか、ですって？」女は、おかしげにこちらを一瞥し、私の言葉を真似た。「そうね、当然、奥様ご同伴ではないってことかしら。ほんと、連れてきてほしかったわ。マリアンに会いたかったのに」彼女は少し間を置いて、幾分声を潜めてこう言った。「あなた、昔とちっとも変わらないわね、エルウィン」

美しい瞳が私の目を、さらに念入りに私の顔を探るのが感じられた。

「いいえ、変わったわ」女は訂正した。穏やかだが勝ち誇ったような口振りだった。「今わかったわ。あなた、忘れてなどいなかったのね。一年、一日、いいえ一時たりとも。忘れるなんてできっこないって言ったでしょ」

私は心もとなくクレーム・ド・マントをストローで突ついた。

「誠に申し訳ありません」女の視線に一抹の不安を覚えながら、私は言った。「そこが問題なのです。忘れてしまったのです。何もかも」

女は私の否定を嘲笑った。私の顔に何かを認めたらしく、気持ちよさそうに笑った。

「ときどき、あなたの噂を耳にするわ」と女は続けた。「西部では、結構名うての弁護士なんですってね――たしか、デンバーよね。それともロサンゼルスだったかしら。マリアンもさぞかし鼻が高いことでしょうね。ご存知だったとは思うけど、私もあなたの半年後に結婚したのよ。新聞で見なかったかしら。花だけでも二千ドルはかけたわ」

彼女はたしか十五年と言った。十五年といえばかなりの歳月だ。

「お祝いを申し上げるには遅すぎるでしょうか」私は少々たじろぎながら尋ねた。

「そんなことないわ、あなたにその勇気があるのならね」と女は答えた。それがあまりにも大胆だったので、私は言葉に詰まり、親指の爪でテーブルクロスに皺をつけた。

「ひとつだけ教えてちょうだい」女はやや語気を強め、こちらに身を乗り出した。「何年もずっと知りたかったことなの。——単なる女の好奇心だと思ってね——あの晩以来、あなた、白い薔薇を触ろうとか、匂いを嗅ごうとか、眺めようとかしたことあって？　——雨と涙に濡れた白薔薇を」

私は、クレーム・ド・マントを一口啜った。

溜め息をつきながら私は言った。「そうしたことに関して、全く記憶がないと繰り返しても無駄とは思いますが。私の記憶は完全にやられてしまったのです。どれほど遺憾か申し上げるまでもありません」

女はテーブルに両肘をついた。私の言葉に再び軽蔑の色を浮かべた瞳は、こちらの心の中まで見透かしているかのようだった。そして静かに笑ったものの、その声には妙な感じが籠《こも》っていた。——そう、幸福に満ち足りた笑いではあったが、同時に惨めさも含んでいたのだ。私は女から目を逸《そ》らそうとした。

「嘘ばっかり、エルウィン・ベルフォード。ねえ、あなたが嘘をついているなんて、お見通しなのよ！」女は満足げに息を吐いた。

私はぼんやりと羊歯《しだ》の葉を見つめた。

「私の名はエドワード・ピンクハンマーです。薬剤師会の全国大会に派遣されてきました。

酒石酸アンモニルカリウムと酒石酸カリウムナトリウムの壜の配置の仕方に関して、新しい動きが起こってましてね。あまりご興味ないと思いますが」

光り輝くランドー型馬車が入口の前で止まった。女は立ち上がった。私は彼女の手を取り、会釈した。

「思い出すことができず、誠に済みません。弁解もできましょうが、結局ご理解いただけない事と存じます。ピンクハンマーとは絶対認めてもらえないでしょうから。実際、本当に思い出せないのです。――その薔、薔薇のことも何もかも」

「さようなら、ベルフォードさん」と女は言い、幸福と悲しみの入り混じった微笑みを浮かべながら馬車に乗り込んだ。

その晩、私は馴染みの劇場に行った。ホテルに戻ると、黒い服を着た地味な感じの男が、突然、どこから現れたのか、私の傍らに立っていた。絹のハンカチで爪を磨くのが好きなようだった。

「ピンクハンマーさんですね。少々お付き合い願えますか。こちらに部屋が用意してありますので」神経のほとんどを人差し指に向けながら、男はさりげなく言った。

「いいですが」私は答えた。

私は小さな応接室に案内された。そこには婦人と紳士がいた。婦人は、もし、過度の心配と疲労で表情が曇っていなければ、またとない美人だろう。均整のとれた体つきで、容色も私の好みにあっていた。彼女は旅支度だった。とても心配そうな表情で私を見つめ、不安気に胸に手を当てた。こちらに向かって来そうな気配を見せたが、紳士の手が威厳のある動きでそれを制した。それから紳士は、自ら私の所まで来て挨拶した。四十歳くらいだろうか、こめかみの辺りには白髪が混じり、意志が強く思慮深そうな顔つきをしていた。

「やあ、ベルフォード。会えてよかった。もう、何も心配はいらないから。働きすぎだと注意したじゃないか。さあ、一緒に帰ろう。すぐ元の自分に戻れるさ」と紳士は誠意を込めて言った。

私は皮肉っぽく微笑んだ。

「何度もベルフォードにされてきましたから、もう慣れっこになっています。でも、つまるところ、辟易はしますがね。私はエドワード・ピンクハンマーという者で、あなたにはこれまで一度もお会いしたことなどありませんが、どうかその前提をお汲み取りの上でよろしくお願いしますよ」

紳士が答える前に、婦人のほうから嗚咽《おえつ》が聞こえた。婦人は紳士が引き留める手を振りほどいた。「エルウィン！」彼女はすすり泣き、私に飛びつき、しがみついてきた。「エルウィン」婦人は再び泣き叫んだ。「がっかりさせないで。私なのよ。あなたの妻よ。――一度でいいから私の名前を呼んでちょうだい――一度だけでいいから！　こんなことなら、死んだあなたに会った方がましよ」

私は失礼にならないように、しかし、きっぱりと婦人の腕をほどいた。

「奥さん」私は重々しい口調で言った。「失礼ですが、私をご主人と思われるのはあまりに性急ではありませんか」ふと、あの考えが頭をよぎったので、私は嬉しくなって笑い声をあげ、言葉を続けた。「確かに、そのベルフォードさんと私を同じ棚に隣り合わせに並べておけないのは残念です。ちょうど酒石酸アンモニルカリウムと酒石酸カリウムナトリウムの見分けをつけるためにそうしておくように。この話を理解していただくには、薬剤師会の全国大会の研究発表案内に注目しておく必要がありますが」私は軽快に言葉をまとめた。

婦人は同伴者の方を向き、腕を掴んだ。

「何のことでしょう、ヴォルニー先生。一体何を言ってるのでしょう」と婦人は嘆いた。

紳士は彼女をドアの所まで連れて行った。

「しばらく自分の部屋に戻っていてください」と紳士が言うのが聞こえた。「私が残って話をしますから。気が変かですって？　そうは思いません――脳の一部の問題です。ええ、必ず回復します。さあ部屋へ行って。二人だけにさせてください」

婦人は立ち去った。黒服の男も、相変わらず物思いに耽るように爪を磨きながら、部屋の外に出て行った。ホールで待機するつもりだったのだろうか。

「ピンクハンマーさん、よろしければ少しあなたとお話がしたいのですが」その場に残った紳士が言った。

「いいですとも、お望みでしたら」私は答えた。「それと体を楽にさせてもらえるのでしたらね。少々疲れ気味なもので」私は窓際のソファに体を伸ばし、葉巻に火をつけた。紳士は椅子を引き寄せた。

「単刀直入に言わせてもらいますが」紳士は宥《なだ》めるように言った。「あなたの名はピンクハンマーではありません」

「そんなことは百も承知です」と私は冷たく言葉を返した。「でも、人には何かしら名前がなくては都合が悪い。ピンクハンマーという名を、私が格別好んでいるわけではないことくらいはご承知おき願いたいものです。自分に洗礼を施そうというとき、急には良い名前なんて浮かばないようです。でも、それがシェリングハウゼンだとかスクロッギンズだったらどうなります！　ピンクハンマーで結構うまくいったと思うのですが」

相手は深刻な面持ちで言った。「あなたの名はエルウィン・C・ベルフォードというのです。デンバーでも指折りの弁護士です。記憶喪失になって、自分の素性を忘れてしまっているのですよ。仕事に精を出しすぎて、おそらくは気を抜いたり楽しんだりすることのほとんどない生活が原因したのでしょう。今しがたこの部屋から出て行ったご婦人は、あなたの奥さんですよ」

「所謂、美人の部類に入りますね」弁護士然とした間を取り、私は言った。「特に鳶色の髪がいい」

「自慢できる奥さんです。あなたが失踪してからずっと、つまり二週間ほど前からになりますが、彼女はほとんど眠っていません。デンバー出身の巡回セールスマン、イジドア・ニューマンが電報をくれたおかげで、ニューヨークにいるとわかったのです。この街のホテルであなたに会ったが、気付いてもらえなかったそうです」

「その時の事は覚えているような気がしますよ」私は言った。「思い違いでなければ、その男は私を『ベルフォード』と呼びました。それにしても、そろそろあなたのご身分を明かされてもいい頃ではないでしょうか」

「私はロバート・ヴォルニーだ――医者のヴォルニーだよ。この二十年間というもの、ずっと君の親友だし、君の主治医となってからだって十五年になる。電報を受け取ると、すぐに奥さんと一緒に君を捜しに来たんだ。さあ、エルウィン、思い出すんだ！」

「それが何の役に立つというのですか！」私は少し顔を顰《しか》めて尋ねた。「あなたは医者だとおっしゃる。では記憶喪失というものは一体治るものなのですか。記憶を失った場合、それは徐々に戻るのですか、それとも突然にですか？」

「ゆっくりと不完全にという場合もあれば、失ったときと同様、突然にという場合もある」

「じゃあ、ヴォルニー先生、私の治療をお願いできますか」と私は尋ねた。

「長い付き合いじゃないか」医者は言った。「やれるだけのことはやるさ。今の科学で対処できる限りのことをして治してあげるとも」

「助かります。そうすると、私はあなたの患者になったというわけですね。それなら、すべてここだけの話ということにしてもらえませんか——職業上の秘密ということに」

「もちろんだとも」ヴォルニー医師は答えた。

私はソファから立ち上がった。中央のテーブルの花瓶に、白い薔薇が生けてあったからだ。——みずみずしく咲き誇る香しい白い薔薇。私はそれを窓の外に思い切り放り投げ、再びソファに腰を下ろした。

「突然治ったことにしてもらえると有り難いんだがね、ロバート。もう飽きてしまったからね。マリアンを連れてきてもいいよ。それにしても」私は満足の吐息をつきながらこう言うと、相手の向こう脛を蹴った。「おかげさまで、実に愉快な気晴らしをさせてもらったよ！」

サボテン

岡島　誠一郎　訳

時の流れに関して第一に銘記すべき点は、その純然たる相対性である。溺れかけている人間の脳裏には、回想が波となって瞬時に押し寄せると言われる。ならば、ある男が手袋を外そうとする刹那に、それまでの求愛の日々を回顧することがあったとしても、あながち信じられぬ話ではあるまい。

トライスデイルがしていたのは、まさにそれなのであった。彼は高級アパートの自室にあるテーブルの傍らに立っていた。そのテーブルの上には、緑色の風変わりな植物が赤い陶製の鉢を身に纏って立っていた。それはサボテンの類であり、長い触手のような葉を神から授かって、ほんのかすかな風に揺れながら、手招きするような奇妙なしぐさを繰り返していた。

トライスデイルの友人であり花嫁の兄でもある男が、サイドボードに向かって、酒の相手がいないとぼやいていた。二人ともタキシード姿であった。二人の上着には星型の白い飾りが付いたままになっており、それがまるで部屋の薄暗がりを射るかのように輝いていた。

手袋のボタンをゆっくりと外すトライスデイルの胸中には、ここ数時間の身を切るような記憶が次々と去来していた。今なお、鼻腔には式場の四方を埋め尽くした花束の香気が漂い、耳には無数の人々の上品なささやき声や、小奇麗な服の衣擦れの音に混じって、彼女を他の男と添い遂げさせせようとする牧師のあの間延びした言葉が執拗に響いているようであった。

今や絶望の淵に身を置きながらも、彼はなお、まるでそれが心の性となってしまったかのように、なぜ、どうして彼女を失うことになってしまったのか、その答えを必死になって探しているのであった。厳然たる事実に荒々しく打ちのめされた彼は、突如、これまで一度も立ち向かったことのないものに――心の奥底にある、紛れもない素裸の自分というものに――向き合う羽目に陥っていたのである。これまで心を飾ってきた見栄と自負という衣装の数々が、今では愚劣さを示すボロボロの服に転じてしまった。もはや他人の目には、自分の魂の装いが惨めでみすぼらしく映っているに違いないと思うと、戦慄が走った。虚飾と自惚れ。確かに、彼の鎧の継ぎ目ではあった。そう言えば、そのいずれもが、あの彼女には常に無縁のものであった――それなのに、なぜ――

彼女が教会の中央を祭壇に向かってゆっくりと進んでいたとき、彼の心を支えていたのは、その場に相応しからざる拗《す》ねた喜びであった。彼女の顔が蒼白なのは、今まさにその身を捧げんとする相手とは違う別の男に思いを廻らせているからなのだ、と自分に言い聞かせていた。だが、そんな浅ましい気休めさえも強引に打ち消されてしまった。男が彼女の手を取る際に彼女がその男を見上げて投げかけた、あの一瞬の、あの澄み切った眼差しを目にしたとき、もはや自分の存在が忘却の彼方へと追いやられてしまったのを知ったからだ。かつては、その同じ眼差しが自分に捧げられ、自分もその意味するところをしっかりと読み取っていたのに。ああ、そんな自惚れも粉々に砕け散ってしまった。鎧の継ぎ目の最後の一本までもが消え失せてしまった。どうしてこんな結末になってしまったのだろうか？　自分たち二人の間には口喧嘩ひとつなかったのに。何ひとつ——はたしてこれで何度目になるのだろうか。あれほど唐突に形勢が一変してしまうまでの、あの最後の数日間の出来事を、彼は心の中でもう一度整理していた。

彼女はいつでも僕のことを崇拝しようと努め、僕は僕で彼女の敬意を神のごとき威厳をもって受けていた。彼女が僕に捧げて焚いた香木はとても甘い匂いがした。なんとも慎み深い（と自分には思えたし）、なんとも無邪気で敬虔な、そして（一度は、はっきりと口にしても良かったほど）なんとも誠実な香りのするものであった。彼女は僕という人間に信じ難い数の、優れた特性や美点や才能を纏わせようとし、僕は僕で、ちょうど砂漠が雨をいくらでも吸収するごとく、その奉献を受け入れていた。——いくら降ってもその雨は、砂漠から花や実の保証など得られるはずもないのに。

厳しい表情でトライスデイルがもう片方の手袋の縫い目を引き裂いた瞬間、彼の記憶の奥から、あの独善的な、そして、後々悲嘆の思いをもたらすことになる自負の極みの一場面が鮮明に蘇った。

その場面とは、僕の立つ台座に一緒に上って欲しい、そして、僕の偉大さを君にも知って欲しい、と彼女に伝えた晩のことであった。今となっては、あの晩の、彼女の溜め息が漏れるほどの美しさを思い出すのも辛い。——髪の自然なウェーブ、優しく清純な魅力に溢れる美貌と言葉遣い。いや、それだけで十分だ。それだけで自分は結婚の二文字を口にしたのだ。その会話の途中で彼女が言った。

「それに、あなたはスペイン語がとても流暢だってキャラザーズ大佐がおっしゃっていましたわ。それほど素晴らしい特技をどうして私に隠していらっしゃったの？　本当にあなたには知らないことなんておありなのかしら」

まったく、キャラザーズの大バカ野郎め。なるほど、もったいぶった古いカスティリャ語（＊標準スペイン語）の諺を辞書の巻末付録から引っ張り出してクラブでひけらかすなんて、（実際、僕はよくやることだから）確かに責められても仕方なかった。だが、あのキャラザーズは、この僕のことを褒めちぎって、そんな生半可な知識の披露を拡大鏡で映し出したのだ。

ああ、それにしても彼女の讃美の芳香にはそれほどまでに甘く、心くすぐるものがあった。僕は彼女のあの問いかけに否定の言葉を返すこともなく、そのまま認めてしまったのだ。何の抵抗もせずに、スペイン語の学識というこの偽りの月桂冠を、彼女が額に巻きつけてくれるのを黙認してしまったのだ。征服者気取りの頭にそれを乗せ、その柔らかな渦巻きの感触に溺れる中、やがて心を突き刺すことになる棘の痛みなどは微塵も感じていなかったのだ。

あのときの彼女ときたら、嬉しそうでもあり、恥ずかしそうでもあり、ぶるぶると身を震わせていたではないか！　僕が自らの偉大さを彼女の足元に捧げた時は、まるで罠にかかった小鳥みたいに羽ばたいていたではないか！　あのときも、また、今でさえも、承諾の色が紛れもなく彼女の目に映っていたことは断言できるのだが、恥ずかしさのためだったのであろう、彼女はその場で返答をしなかった。「明日、返事をお送りいたしますわ」と彼女が言うと、僕は寛大で自信に満ち満ちた勝利者として、笑みをもってその遅延を許したのだ。

翌日、僕は部屋でやきもきしながら良い返事を待っていた。正午になって彼女の馬丁が赤い陶器の鉢に入った奇妙なサボテンを玄関口に置いていった。その植物には、手紙も伝言も添えられておらず、訳の分からぬ外国語の、もしくは植物学上の名前が書かれた札が付いているだけだった。僕は夜まで待ったが、彼女からの返事は来なかった。大いなる自尊心と傷ついた虚栄心が妨げとなって、彼女に返答を迫ることが憚《はばか》られた。二日後に、僕たちは晩餐会で出くわした。交わした挨拶は型どおりのものであったが、彼女は、息を殺し、物問いたげに、ひたむきな様子でこちらを見つめた。僕は節度を弁《わきま》えて、断固とした様子で彼女の説明を待った。すると彼女は、いかにも女心の移ろいやすさを表すかのように、さっとよそよそしい態度へと変わった。これによって、そしてこの日以来、僕たちは日毎に疎遠な間柄となってしまったのだ。自分にどんな落ち度があったというのだろう。いったい誰の責任だったのだろうか。今や誇りを打ち砕かれて、僕は自惚れの残骸の中に立ってその解答を探し求めている。もし、あのとき――

部屋にいたもう一人の男が不満そうに声をかけてきたために、思索が妨げられて、彼は我に返った。

「なあ、トライスデイル、一体どうしたっていうんだい？　その悲しそうな顔を見ていると、おまえ自身が結婚の被害者になっちまったみたいだぜ。ただの共犯者じゃないか。俺なんか、もう一人の従犯者ってとこだが、生贄の儀式を黙認するために、二千マイルの距離をニンニクみたいに臭い、ゴキブリだらけのバナナ運搬船に乗って、はるばる南アメリカからやって来たんだぞ。その俺の両肩にかかった罪の意識の軽いことといったらどうだい。たった一人の妹だったのに、嫁いで行っちまったんだぜ。ほら！　何か飲んで良心の呵責を和らげたらどうだ」

「今は飲みたくないんだ。悪いけど」とトライスデイルは言った。

「お前のこのブランデーだけど――」相手はまた話し始めると彼の傍らにやって来た。「実にひどい味がするな。いずれ俺のいるプンタ・レドンダまで来て、ガルシア爺さんがこっそり持ち込んでくるモノを試してみるといいぜ。旅をしてくる価値はあるってもんだ。おやおや！　こんなところに古い知り合いがいるじゃないか。いったいどこからこのサボテンを掘り出して来たんだい、トライスデイル」

「もらったのさ」とトライスデイルは言った。「ある友人からね。どんな種類か知っているのか？」

「もちろんだとも。これは熱帯性のやつだ。プンタに行けば毎日何百と見られる。名札が付いているよ。スペイン語は分かるかい、トライスデイル」

「いや」トライスデイルは苦々しい笑みをかすかに浮かべて言った――「スペイン語なのか？」

「そうだ。地元の人間は、この葉が腕のように伸びて人を手招きしてくれるという想像をするらしい。こういう名前なんだよ――《ベントマールメ》。翻訳すれば『私を迎えに来て』ってところだ」

結婚仲介の精密科学

湯澤　博　訳

前にも言ったけど、女に二心《ふたごころ》ありなんて俺は一度も思ったことはないさ。けどな、どんなに子供騙《だま》しの仕事だったにしても、相棒だの共同教育者だのってな形で組むとなりゃ、女なんて信用ならねえもんだぜ、とジェフ・ピーターズは私に言った。

——今の話だけど、褒め言葉の方だったら当たってるんじゃないかな。女性には正直な人種と呼ばれるだけの資格があると思うよ——と私は言った。

するとジェフが言い返してきた。なぜ信用ならねえかって言えばだ、女ってのは、もう片っ方の人種に甘えちゃあ、骨の折れる仕事や時間外労働をさせたりするからなんだ。女が仕事に首を突っ込むのはいいさ、ただなあ、そのうちにだ、その女の気持ちだの髪の毛だのが取り返しがつかないくらい乱されちまうような日がやってくるに決まってるんだからな。そうなった日にゃ、たとえ気が利かなくて、息遣いばかり荒い、砂色の頬ひげで、五人のガキと住宅ローンの抵当証書付きの家を抱えた男でもいいから、その女の代わりに机に座らせてえと、きっと、あんただって考えるはずさ。実はな、俺とアンディー・タッカーがケアロで立ち上げたちょっとした結婚仲介業の仕事でな、手伝ってもらう契約を交わした未亡人てのがそんな手合いだったのさ。

広告資金さえ十分工面できりゃ——そうだな、丸めりゃ馬車の轅《ながえ》の先っぽくらいの札束かな──それさえありゃあ、結婚仲介業ってのは濡れ手に粟の商売さ。六千ドルほど元手があったから、俺たちはその金を二か月で倍にするってえ算段だったのさ。まあ、それくらいの期間がこの手の商売でニュージャージーの設立許可なしに活動できる限界だからな。

俺たちのかました広告は、まあこんなもんさ──

魅力的な未亡人、容姿端麗、家庭的、三十二歳、現金三千ドルおよび郊外高価不動産所有、再婚希望。資産家よりも、貧しく愛情あふれる男性の方を求む。真の美徳は、人生の慎ましやかな歩みの中に見出されるものと承知。年齢容姿不問。貞潔、誠実で、財産管理能力を有し、適切な判断力で資金運用のできる方。詳細を添えて左記まで。

孤独な女より

イリノイ州ケアロ、ピーターズ&タッカー代理店気付

「ここまでやっちゃあ悪辣すぎるんじゃねえか」と俺が言ったのは、俺たち二人でこの広告のでっち上げを終えた時のことだった。「だって、そんなご婦人が一体どこにいるんだい」と俺は言ったんだ。

するとアンディーは、ちょっとばかり苛《いら》ついた目で俺を見てこう言うのさ。

「なあ、ジェフ、リアリズムなんて思想は、俺たちの遣《や》り口ではとっくにおさらばしちまったんだと思ってたんだがな。どうしてご婦人なんかがいなくちゃならないんだい。ウォール街でじゃんじゃん売られている水増し株の中で、人魚が泳いでいるなんて、お前、期待するのか。結婚希望の広告がご婦人と何の関係があるのさ」

そこで俺は言ったんだ。「まあ聞けよ、俺の遣り方は知ってるだろう、アンディー、法律の条文に反する違法的侵害を仕掛けようって時はいつだって、売りに出してる品物が実在的、可視的、提示可能的ってことじゃなきゃならねえ。そういう遣り方で、しかも、町の法令と電車の時刻表を念入りに調べといたおかげで、これまで俺は警察とのトラブルにひとつも会わなくて済んできたってわけさ。五ドル札と葉巻じゃあ買収できねえ警官もいるからな。さて、この計画を進めるには、まずは、魅力的な未亡人かそれらしき女を用意しとかなきゃな、美人かそうでないかはさておくとしてね。それと、相続財産と従物《じゅうぶつ》（＊ある物〈主物〉の利用を継続的に助けるために、それに結合させたある物。家屋に対する建具など）ってやつを、目録と誤審令状（＊記録上欠陥のある判決に対する上訴のために用いられた令状）に明記して提示できるようにしておかなくちゃならねえってことだ。さもないと、しまいには、治安判事に捕まるってことになっちまうからな」

するとアンディーは考えをまとめながらこう言ったんだ。「そうだなあ、もしかするとその方が安全かもしれんなあ、郵便局か治安委員会あたりが俺たちの代理店を調査しようとするかもしれないからな。でも、いったいどこへ行けばそんな未亡人が見つかるんだい。実際、結婚するわけでもないのに、結婚仲介業に時間を無駄にしてもいいなんていう奇特な女がだ」

俺はアンディーに言ってやったんだ、まさにお誂《あつら》え向きの相手が思い浮かんだんだとね。昔からの仲間でズィーク・トロッターてのがいて、そいつは以前、テント小屋の医薬品実演販売で、炭酸水を出しちゃあ客の悩みを聞いてやったりしてたんだが、ちょうど一年くらい前にかみさんを未亡人にしちまったんだ。酔っ払おうってんで、いつもがぶ飲みしてたリニメント剤の代わりに、老いぼれ医者の出してくれた消化不良の治療剤を飲んだことが原因でね。俺はよくその夫婦んとこへ遊びに行ってたもんだから、そのかみさんなら俺たちと一緒に働いてもらえるだろうって思ったわけさ。

その未亡人が住んでるのは、ほんの六十マイルくらい先の小せえ町だったんで、俺は長距離列車に飛び乗って、昔ながらの田舎家に住むその女を訪ねたんだ。ヒマワリが咲いてて、雄鶏が洗濯だらいの上に立ってるってのも昔通りだった。トロッター夫人は俺たちの広告にドンピシャの女だった。まあ、ひょっとすると美的な面、年齢、資産の評価についちゃあ外れてるかもしれんがね。それでも、夫人は見たところ適任で信頼的に思えたたし、夫人に仕事を世話してやりゃあ死んだズィークだって喜ぶだろうと思ったのさ。

「お二人がやろうとしているこの計画、まともな取引なんですか、ピーターズさん」と夫人は、俺たちの目論見《もくろみ》を聞いて尋ねた。

俺は言ったんだ。「トロッターさん。アンディー・タッカーと俺の精確な計算によると、この広々とした不公平な国に住む三千人の男が、俺たちの広告に応じて、あんたのきれいな手と見せかけの現金と資産を守りたいと申し出てくるはずなんだ。その男たちの中で、およそ三十人の百倍くらいは、もしあんたを見事手に入れることができたとしたら、その見返りとして、怠惰で業突《ごうつく》張《ば》りの浮浪者、人生の落伍者、ペテン師で卑劣な一攫《いっかく》千金狙いといった魂の抜け殻を与えてくれるのさ。

俺とアンディーは、こういう社会のダニどもを懲らしめてやろうってわけなんだ。俺もアンディーも崇高道義的至福千年悪意結婚代理店てな看板で仲介屋を立ち上げたかったんだけど、そうもいかなくてね。わかってもらえたかい」

するとと未亡人は言ったんだ。「わかったわ、ピーターズさん。まさかあなたが不名誉じゃないことをするわけないって、知ってたはずなのにね。それはともかく、あたしはどんな仕事をしたらいいのかしら。その三千人の極悪党の手紙に自分で断りの手紙を書かなくちゃならないのかしら。それともまとめて放り出してしまってもいいのかしら」

俺は言った。「トロッターさんの仕事はね、実質的には注目を浴びてもらうことだけさ。

静かなホテルに住んでもらうだけで、あとはやることはなし。アンディーと俺のほうで手紙やら営業面やらは処理するからね。

もちろん、中には情熱的で衝動的な求婚者で鉄道運賃も工面できるやつがいて、わざわざケアロくんだりまでやってきて、直接求婚するかもしれないがね、球根掘りでもやってるほうがお似合いのボロ服を着てね。そういう場合はたぶん面倒でも面と向かってその男を追い払ってもらうよ。トロッターさんへの支払いは週に二十五ドル、それとホテル代さ」

「五分待ってください」トロッター夫人は言ったのさ。「お化粧道具を取ってきたら玄関の鍵をお隣に預けてきますから、そしたらお給料の日数を数え始めてもらって結構よ」

こうして、俺はトロッター夫人をケアロまで連れて行き、家族向けのホテルに落ち着かせた。ホテルは俺のホテルやアンディーのねぐらからは、怪しまれねえくらいには離れているし、その気になればいつでも会える距離のところだった。それから、俺はアンディーに報告を入れた。

するとアンディーは言ったのさ。「よくやったな。おとりの現実性と近似性《きんじせい》についちゃあ、お前の良心も満足しただろうから、いよいよ本題に戻るとするかい」

こうして、俺たちは広告を地域の隅々まで届く新聞に挟みはじめた。広告は一つだけさ。いくつも使うなんてことになりゃ、流行《はや》りのマルセルウェーブ（*こてで頭髪につけた波型ウェーブ）の道具を揃えた事務員を郵便局で大勢雇わなくちゃならなくなって、そいつらのガムをくちゃくちゃ噛む音が郵便公社総裁をうるさがらせることになっちまっただろうからね。

　俺たちは二千ドルを銀行に預けてトロッター夫人名義の預金とし、誰かが代理店の公正さと信用に疑いを持った場合に備えて、夫人に通帳を渡したのさ。トロッター夫人は堅くて信頼できる女だったから、夫人の名前で預金しておいても安全だってわかってたのさ。

　その広告ひとつで、アンディーと俺は一日に十二時間手紙を書く羽目になっちまったんだ。

　一日に百通は届いたね。まさかこの地域にこんなに大勢いるとは思いもよらなかったぜ。情け深くて貧乏、おまけに魅力的な未亡人を貰い、その女の金を投資するなんて重荷を進んで背負おうという連中がな。

　志願してきた連中の多くは、もっぱら酒が原因で仕事をクビにされ、世間から誤解をされていると認めてはいたが、全員が、自分には愛情と男らしさが溢れんばかりに詰まっているから、未亡人のほうから求婚してくるに決まってると思い込んでいたのさ。

　志願者全員がピーターズ&タッカー代理店から返事を貰ったんだが、そこにはこう書いてやったのさ。未亡人は貴方の率直で興味深いお手紙にいたく感じ入っており、次のお手紙をぜひ頂戴したいと望んでいます。貴方のことについてさらに詳しくお知らせください、さしつかえなければ写真も同封してください、なんてね。さらにピーターズ&タッカー代理店は志願者に、二通目の手紙を美貌の依頼人に手渡す手数料は二ドルとなるので、一緒に同封されたい、と伝えることも忘れなかったってわけさ。

どうだい、この計画のまったく見事なことがわかるだろう。志願者の約九割にあたる内外の高貴なお方々がどうにか手数料を工面して同封してきたのさ。要するに、たったそれだけのことさ。封筒を開封して金を取り出さなきゃならねえ手間がえらく大変で、俺もアンディーもすっかりやんなっちまったことは計算外だったけどね。

中には直接訪ねてくる客もいた。俺たちはそいつらをトロッター夫人のところへ送って、後は夫人にお任せさ。三、四人が汽車賃返せってんで後からまた押しかけてきたけどね。地方郵便配達区域からの手紙が届き始めた頃には、アンディーと俺は一日約二百ドルの稼ぎを上げていたんだ。

ある日の午後のいちばん忙しい時間、俺がドル紙幣を葉巻箱に詰め込み、アンディーが口笛で『彼女にウェディングベルは鳴らない』を吹いてるときに、小柄で抜け目なさそうな男が事務所にふらりと入ってきて、まるで盗難にあったゲインズバラ（*英国の画家）の絵か何かを探してるみたいに、壁の端から端までじっと見ていたんだ。俺は、その男の姿を見るとすぐに自尊心が高まるのを感じた。てのは、俺たちは公明正大に事を運んでいたからさ。

「ずいぶんたくさん手紙が来てるようだな、今日は」と男が言った。

俺は手を伸ばして帽子を掴み、こう言ったのさ。

「さあ、行きますか。あんたがいつかは来ると思ってましたよ。証拠は見せますぜ。あんたがワシントンを出るときには、大統領殿はご機嫌いかがでしたかな」

俺は男をリバービュー・ホテルまで連れて行き、トロッター夫人と握手させた。それから男に、口座に二千ドル入った夫人の預金通帳を見せたのさ。

「問題はなさそうだな」と財務省検察局の男は言った。

俺は言った。「問題なんてあるもんですか。それに、もしあんたが結婚していないなら、夫人としばらくお喋りしてもらってもいいんだけどね。二ドルは負けておきますぜ」

すると男が言った。「ありがとう。もし結婚してなかったら、お言葉に甘えたかもしれないがね。それじゃあ失礼しますよ。ピーターズさん」

三ヶ月目が終わろうとする頃には、五千ドルを超える収入となっていたので、そろそろ潮時だなと考えた。俺たちは大分苦情も受けてたし、トロッター夫人も仕事にうんざりしている様子だった。かなりの人数の求婚者が夫人に会いたいと訪ねてきたので、夫人はすっかり嫌気がさしちまってるようだった。

こうして俺たちは手を引くことに決めた。それで、俺がトロッター夫人のホテルへ行って最後の週の給料を払い、さようならを言って夫人から二千ドルの小切手を受け取ってくるという手はずになった。

俺がホテルに着くと、夫人はまるで学校へ行くのを嫌がっている子供みたいに泣いてたのさ。

俺は言った。「おや、どうしたんだい。誰か気に障ることでも言ったのかい、それとも、おうちが恋しくなったのかな」

夫人は言った。「いいえ、そうじゃないんです。聞いてください。ピーターズさんはいつだってズィークのお仲間でしたから、正直に話します。ねえ、ピーターズさん、あたし、好きな人がいるんです。すごく愛していて、どうしても結婚したいんです。まさに理想の男性なんです、心にいつも思い描いていた」

俺は言った。「なら結婚すりゃいいじゃないか。もちろん、相思相愛ならばってことだがね。その男は、あんたの打ち明けてくれた心の詳細と痛みに応えて真心を返してくれてるのかい」

「ええ、そうしてくれてます。でも、その人は例の広告を見て私に会いにきた男性の一人なんです、だからあたしが二千ドルを渡さなければ結婚はしてくれないわ。名前はウィリアム・ウィルキンスンといいます」そう言って夫人はまた恋の興奮と激情に陥ったたってわけだ。

俺は言ったのさ。「トロッターさん。この俺ほど女性の愛情に共感的な男は他にはいない。しかも、あんたは俺の親友の生涯の伴侶だった。もし俺だけで決められるなら、さあ二千ドルと惚れた男を手に入れてお幸せに、と言いたいところだ。

そうするだけの余裕はあるのさ。だって俺たちはあんたと結婚したがってるおめでたいお方々から五千ドル以上ボロ儲けしちまったんだからね。だが、アンディー・タッカーと相談しなくちゃならねえ。

アンディーはいい奴だが、仕事には厳しい。金銭面では俺と対等の相棒だ。アンディーに話してみるよ。それからできることを考えてみるよ」

俺はホテルへ戻り、アンディーに事情を説明した。

アンディーは言った。「こんなことが起こりはしないかとずっと気にしてはいたんだ。女の忠誠心なんて信用できやしないのさ、その女の感情や好みが絡むような計画ではね」

俺は言った「悲しいよな、アンディー。だって、俺たちが女の心を引き裂く原因を作っちまったんだからね」

アンディーは言った「そうだな。よし、俺の意見を聞いてくれ、ジェフ。お前はいつだって優しく寛大な心と気質の持ち主だった。もしかすると俺のほうはいつも無情で世俗的で疑い深すぎたかもしれない。今度ばかりは妥協しよう。トロッター夫人のところへ行って話してくれないか、二千ドルを銀行から下ろして惚れた男に渡し、幸せになりなよってね」

俺は飛び上がって、アンディーの手を五分間も握り続け、それからトロッター夫人のところへ引き返してそのことを話すと、トロッター夫人は、あの時悲しくて泣いたのと同じくらい激しく、嬉しくて泣いたのさ。

二日後、俺とアンディーは荷物をまとめて引き上げるところだった。

俺はアンディーに尋ねた。「行く前に一度トロッター夫人に会ってみねえか。夫人はあんたに会って大いなる讃辞と謝意を表したいと切に願っているんだよ」

するとアンディーは言った「いや、それはやめといたほうがよさそうだな。急いであの列車に乗ったほうがいいと思うよ」

俺はいつものやりかたで、資本金を貴重品ベルトに仕舞って腰に巻きつけようとしていた。その時、アンディーがポケットから分厚い札束を取り出して、俺に他の金と一緒に入れておいてくれと言ったのさ。

「なんだい、これ」

「トロッター夫人の二千ドルだ」とアンディーが答えた。

「なんであんたが持ってるんだい」

「夫人が俺にくれたのさ」アンディーは続けた。「俺は、週に三晩もあの女に会いに行っていたんだぜ、一ヶ月以上だ」

「てことは、あんたがウィリアム・ウィルキンスンなのか」俺が訊《き》くと、アンディーはこう答えたのさ。

「今は違うけどね」

カクタス市からの買い付け人

多賀谷　弘孝　訳

有り難いことに、テキサス州カクタス市近辺は健康によい土地柄で、枯草熱や風邪などというものにお目にかかることはない。おかげでこの地で織物類を商っている「ナバーロ&プラット商店」もくしゃみをかけられずにすんでいる。

カクタス市の二万の住民たちは、是が非でもという品々には気前よく手持ちの銀貨を撒き散らす。この準貴金属の大部分の行き先は「ナバーロ&プラット商店」と相場が決まっている。煉瓦造りの巨大なその店は、一ダースの羊を放牧できるほどの面積を有し、そこに行けばガラガラヘビの皮製のネクタイも、自動車も、そして八十五ドルもする最新の婦人用なめし革コートに至っては、二十種類もの色揃えで買うことができる。ナバーロとプラットがコロラド川以西に初めて薄利多売の商法というものをもたらしたのだった。もともと二人は牧場主であったが、商才に長けており、無償の草地が尽きたからといって何も地球までもが回転を停止する必要はないと考えたのだ。

毎年春になると、ナバーロ——年長の出資者で、歳は五十五、スペイン人の血を半分受け継ぎ、都会派で、有能で、垢抜けていた——は、仕入れのために「ニューヨーク詣で」を繰り返してきた。だが今年は、その長旅も気が進まなかった。どうやら寄る年波は隠しようもないらしく、昼寝《シエスタ》の時間が来るまで、日に何度も懐中時計を覗き込むようになっていたのだ。

「ジョン」彼は年下の相棒に声をかけた。「今年はお前さんに仕入れに行ってもらおうと思っているんだ」

プラットの表情が曇った。

「噂によると」と彼は言った。「ニューヨークってとこは、くそ面白くもない街だそうじゃないですか。まあ、でも、行きますよ。途中、サン・アントニオで幾日か羽根を伸ばすのも悪くなさそうだし」

二週間後、一人の男がテキサス流の正装——黒のフロックコート、つば広の白いフェルト帽子、襟幅三、四インチもあるシャツに金飾りのついた黒ネクタイ——で身を固めて、南ブロードウェイの服卸業、「ズィズバウム&サン」へと入って行った。

古老のズィズバウムは、ミサゴのような鋭い眼力とゾウのように優れた記憶力、そして立ちどころに折尺パズルを解いてしまうがごとく相手の心中を見透かしてしまう洞察力の持ち主だった。その商店主が、浅黒きホッキョクグマよろしく、のっそりと店頭に出てきてプラットの手を握った。

「で、ナバーロ様の方はテキサスでどうされていますかな」彼は言った。「あの方も今年は長旅がきつくなったのではございませんか？　それで、代わりにプラットさんにこうしてお出まし頂いたというわけですな」

「図星だね。どうしてそれが分かったのか教えてくれたら、ペーコス郡の荒地四十エーカーをくれてやってもいいくらいだよ」プラットが言った。

「存じ上げておりましたとも」ズィズバウムはにやりと笑った。「ちなみに申し上げますと、エルパソの雨量が今年は二十八・五インチで、十五インチばかり増えましたよね。ですから『ナバーロ&プラット商店』さんが、日照りの年なら一万ドル分のところ、この春には一万五千ドル分の衣類をお買い上げくださるってことも存じ上げておりますよ。ですが、まあ、そんな話は明日にということにいたしましょう。まずは社長室で葉巻でも一服していただいて、リオ・グランデ川だのを越えて密輸していなさる安物の香りをお忘れになっていただきましょう――所詮、密輸物は密輸物ですからな」

日暮れも迫っており、既にその日は店じまいとなっていたため、ズィズバウムは葉巻をくゆらしているプラットを残して社長室から出ると、鏡の前でダイヤモンドのネクタイピンを直しながら帰り支度をしていた息子のところへ行った。

「エイビー」彼は言った。「お前、今夜、プラットさんをお連れしてあちこち案内してくれないか。十年来のお客さんだからな。ナバーロさんがお見えのときは、暇さえあれば、わしと二人でチェスをしたものだ。チェスも悪くはないが、プラットさんはお若い方だし、ニューヨークは初めてだ。おもてなしも楽なはずだ」

「わかったよ」タイピンをしっかりとねじ込みながらエイビーが答えた。「案内するよ。フラットアイアンビル（＊一九〇二年にニューヨークの五番街に建設された摩天楼第一号）を見学してもらってから、アスターホテルで高級な料理に舌鼓を打ってもらい、自動ピアノの『古い林檎の木の下で』でも聞いてもらえば十時半頃にはなっているだろうから、あのテキサス氏も毛布にくるまりたい心持ちになってくれるはず。僕はその後十一時半に食事の約束があるけど、その時間には『ミセス・ウィンズロー』（＊当時流行していた疳の虫を抑える薬）でも飲んだように、ぐっすりとお休みいただいていることだろう」

翌朝十時、プラットが商談のために店に入ってきた。上着の襟にはヒヤシンスの花が何本かピンで留められていた。ズィズバウム自らが応対に出た。「ナバーロ&プラット商店」はお得意様だったし、現金払いということで必ず値引きを要求してくるからだ。

「で、この小さな街はいかがでしたかな」ズィズバウムがマンハッタンの人間に特有の作り笑いを浮かべながら尋ねた。

「住みたいとは思わないね」テキサスの男が言った。「昨夜は息子さんとちょっとばかし街を徘徊してみましたよ。水はまずくはないが、夜のネオンならカクタス市の方が上だな」

「ブロードウェイには、そこそこネオンもございましたでしょうが、プラットさん」

「それに、たくさんの暗がりがね」プラットが言った。「この街の馬が一番気に入ったよ。こっちに来てから、老いぼれ馬にはまだお目にかかっていないから」

ズィズバウムは洋服の見本を見せようとプラットを二階へと案内した。

「ミス・アッシャーをこちらへ」彼は店員に言った。

ミス・アッシャーがやって来た。すると「ナバーロ&プラット商店」のプラットは、眩いばかりのロマンスと栄光の霊感がその身に降り注いでくるのを初めて感じた。彼はコロラド川の峡谷を見下ろす花崗岩にでもなったかのように体を強ばらせたまま立ち尽くし、大きく見開いた目を相手の女性に向けたのだった。彼女はその視線に気づき顔を赤らめたが、それはいつもの彼女らしからぬことであった。

ミス・アッシャーは「ズィズバウム&サン」の看板モデルだった。いわゆる「ミディアム」なブロンドで、スリーサイズは三八―二五―四二の基準さえも少し上回るスタイルをしていた。ズィズバウムの店には二年勤めており、自分の役割をよくわきまえていた。その瞳はきらりと輝き、同時に冷静さも備えていた。仮に彼女がその視線をかの有名な怪物バシリスクの眼に向けようものなら、さしもの怪物の視線もぐらつき、柔和なものとなっていただろう。ついでながら、彼女は買い手を見分ける能力も備えていた。

「さて、プラットさん」ズィズバウムが言った。「こちらの明るい色合いのプリンセス＝

ガウン（＊ウエストに切り替えがなく、身ごろとスカートがひと続きになったワンピースのガウン）をご覧になってください。あちらの気候には打ってつけかと思いますよ。まずこれを、ミス・アッシャー」

さっと舞うかのように美しいモデル嬢は試着室に入っては出て、出ては入った。その度に新しい衣装を身にまとい、衣装を替えるごとにいっそう美しさを増すのだった。ズィズバウムがいろいろなデザインについて熱っぽくまくし立てている傍らで、物を言うことも動くこともできずに体を硬くして立ち尽くすばかりの買い付け人を前にして、彼女は完璧なまでの冷静沈着さでポーズを取った。モデル嬢の顔には、あくまでも職業上の微笑がかすかに浮かんでいたが、その笑みの裏には辟易と軽蔑の念が入り混じったような気持ちが見え隠れしていた。

ショーが終わった時、プラットの顔にはためらいの表情が浮かんでいるように見えた。ズィズバウムは、ひょっとしてこの客は他の店をあたってみようと考えているのではあるまいかと、少し気を揉んだ。だが、プラットはカクタス市の中で最高の住宅地のいくつかを思い起こしていただけだった。将来の妻のために家を建てる場所を選ぼうとして。その人は、今、ちょうどドレス・ルームの中で、ラベンダー色の薄絹のイブニング・ガウンを脱いでいるところだった。

「お急ぎになる必要はありませんよ、プラットさん」ズィズバウムが言った。「今夜ひと晩お考えください。こうした品をうちと同じ値段で出せるところは他にはございません。ニューヨークで退屈でしょう、プラットさん。あなたのようなお若い方なら――もちろん、ご婦人方とのお付き合いが恋しいですわな。今晩、若い素敵なご婦人を夕食にお連れしたらいかがです。ミス・アッシャーはとても素敵な女性でございます。あの子となら楽しい夕食になりますよ」

「だって彼女とは面識があるわけじゃないんだよ」訝《いぶか》しそうにプラットが言った。「俺のことなど何ひとつ知らないんだ。はたして行ってくれるだろうか。俺は彼女の知り合いじゃないんだから」

「行ってくれるだろうか、ですって」ズィズバウムが眉毛を上げて鸚鵡返しに呟いた。「もちろん、お伴しますよ。私の紹介ですから。もちろん、お伴しますとも」

彼は大きな声でミス・アッシャーを呼んだ。

その女性がやって来た。白いブラウスに黒い無地のスカートをはき、落ち着いてはいたが、顔にはいくぶん人を馬鹿にしたような表情を浮かべていた。

「プラットさんが、今夜、君と夕食を共にしたいとおっしゃっているのだが」ズィズバウムは、その場を去りながら言った。

「わかりました」天井を見上げながらミス・アッシャーは言った。「喜んで。西二十番街九の十一よ。時間は？」

「七時でどうです？」

「わかりました。でも、それより前には来ないでください。私、学校の先生と同居しておりますの。彼女はどんな男の人も部屋には入れさせないんです。客間はありませんので、玄関でお待ちになっていてください。それまでに支度はしておきますから」

七時半、プラットとミス・アッシャーはブロードウェイのとあるレストランのテーブルについていた。彼女は肌が透けて見える黒い無地の服を着ていた。プラットには、これがすべて彼女のその日の仕事の一部だということがわかっていなかった。

気の利いたウエイターのさりげない気配りのおかげで、ブロードウェイについて、さして下調べをしていなかったにもかかわらず、プラットはどうにかそれなりのディナーを注文することができた。

ミス・アッシャーは眩いばかりの笑みを彼に投げかけた。

「飲み物を注文してはいけないかしら」彼女が訊いた。

「ああ、もちろんいいよ。何でも好きなものを」プラットが言った。

「ドライ・マティーニを一杯」彼女はウエイターに言った。

飲み物が運ばれて彼女の前に出されると、プラットが手を伸ばし、さっとグラスを奪った。


「これは何だい?」

「カクテルよ、もちろん」

「何かお茶でも注文したのかと思った。これはアルコールじゃないか。こんなもの飲んじゃいけない。君のファーストネームは?」

「親しい友人の間ではヘレンで通っていますわ」ミス・アッシャーが身を固くして答えた。

「いいかい、ヘレン」テーブルに身を乗り出して、プラットが言った。「何年もの間、春の花々がプレーリーに咲き乱れるたびに、俺は、まだ会ったことも聞いたこともない人のことを思ってきた。昨日君に会った瞬間、俺にはそれが君のことだとわかったんだ。俺は明日、家に帰る。そして君も俺と一緒に行くんだ。わかっているんだよ。初めて君が俺を見た時、君の瞳の中にそう書いてあったんだ。断る必要なんてないんだよ。だって、君もその気になるはずだからさ。ほら、これ、大した物じゃないけど来る途中で君のために選んできたよ」

二カラットのダイヤモンドの指輪を、彼はすっとテーブルの上で滑らせた。その指輪をミス・アッシャーはフォークでさっとはじき返した。

「なれなれしくしないでちょうだい」厳しい口調で彼女は言った。

「俺は十万ドルの価値がある男だぜ。ウエスト・テキサスで最高の家を建ててやるさ」

「お金じゃ私を買えないわ、買い付け人さん。仮にあなたが一億ドル持ってたってね。あなたにこんな文句を言うことになるなんて思ってなかったのに。他の人とは違うように見えたのに。でも、みんな似たり寄ったりなのね」

「みんな、って誰のこと?」

「あんたたち買い付け人のことよ。私たち女店員が夕食のお供をしないとクビになるってことにつけ込んで、あんたたちは好き勝手なことを言ってもかまわないくらいに思っているんでしょ。ふん、ふざけないでよ。あんたは他の男連中とは違うのかなって思っていたのに。とんだ思い違いだったわ」

プラットは、頭を悩ませていた問題に突然光明を得たかのように、指でテーブルを叩いた。

「あっ、そうだ!」彼は浮かれたような声を上げた。「ニコルソンの所だ。北側の。あそこならオークの木立と湖がある。古い家は取り壊して、新しいのを奥の方へ建てればいいんだ」

「大口を叩くのもいい加減にしてちょうだい」ミス・アッシャーが言った。「悪いけど目を覚ましてくださらない?　あんたたちには自分の立場ってのを、この際きっぱりと分かって欲しいものだわ。私があんたと食事をして、おべんちゃらまで使うのは、あんたにズィズィー爺さんと取り引きさせるためなのよ。でも、私のことをあんたが仕入れる洋服と一緒にしてもらっちゃ困るわ」

「君が言いたいのは、こんなふうに客と食事に行くと、客はみんな——客はみんな俺みたいな話をするってことかい？」プラットが言った。

「みんな私の気を引こうとするわ。でも、これだけは言っとくわね。あんたには一つだけ他のお客よりましなところがあるわ。どんな客もダイヤモンドの話をするけど、実際に目の前に持ってきてくれたのは、あんただけよ」

「何年仕事しているんだい、ヘレン」

「名前を覚えてくれたらしいわね。ひとり立ちして八年になるわ。子供の頃からレジもやったし、包装係も、売り子もしたわ。それから洋服のモデルになったのよ。テキサスさん、少しばかりワインでも頂いた方が、この夕食ももうちょっと楽しくなるんじゃないかしら」

「これからは君にはワインなんか飲ませないからね。考えただけでもぞっとする。俺は、明日、店に行く。君を受け取りに。君には出かける前に車を一台選んでおいて欲しいんだ。この街で俺たちが買わなきゃいけないものはそれだけだ」

「もう、いい加減にしてちょうだい。分かるでしょう。そんな話、うんざりするほど聞き飽きているの」

夕食後、二人はブロードウェイを歩き、こんもりと木々の茂ったダイアナ公園にさしかかった。木立がパッとプラットの目に入った。木々に覆われた曲がりくねった散歩道に向かおうとして、道沿いに立っているガス燈の下へと彼は足を向けた。街灯の光の中に、涙に濡れたモデルの二つの目が照らし出された。

「よしてくれないか」プラットが言った。「どうしたって言うんだい？」

「気にしないで。だって、そうでしょ――あなたに最初に会ったとき、そんなことをする人には見えなかったんだもの。でも、みんな同じ。ねえ、家まで送って下さる？　それとも警察を呼ぶ羽目になるのかしら？」

プラットはアパートの入り口までモデルを送って行った。少しの間、二人は戸口に立っていた。軽蔑に満ちた彼女の眼差しを受けて、毛の生えた心臓のプラットもさすがに動揺していた。プラットの腕が彼女の背に回ったその時、彼女は彼の顔面にきつい一発を喰らわせた。

後ずさりするプラットの体のどこかから、指輪が一つころんと落ち、タイル張りの床を転がっていった。彼は手探りでそれを探した。

「さあ、役にも立たないダイヤモンドを持って、帰ってちょうだい、買い付け人さん」彼女が言った。

「実は、これ、もう一つあったんだよ――結婚指輪がね」手の平につやつやの金の指輪を載せてテキサスの男が言った。

薄暗がりの中でプラットを見据えるミス・アッシャーの目がきらりと光った。

「そういう訳だったの？　――あなたは――」

入口のドアを内側から開けた者がいた。

「おやすみ。明日、店で」プラットが言った。

ミス・アッシャーは部屋に駆け上がり、ルームメイトの教師の体を何度も揺り動かしたので、その教師はベッドの上に体を起こすと、思わず「火事！」と叫びそうになった。

「どこなの？」教師が大声で言った。

「それよ、私が知りたいのは」モデル嬢が言った。「あなた、地理の勉強したわよね、エマ。だから、知ってるはずよ。どこなの、カクー、カクー、カラカー、そのカラカス市っていうのは？　たしか、そんな名前だったと思うけど」

「まったく。そんなことのために私を起こすなんて」教師が言った。「カラカスって言ったら、もちろんベネズエラでしょ」

「どんなとこ？」

「えっ、基本的には地震が多くて、黒人や猿がいっぱいで、マラリヤだの火山だのの場所ね」

「そんなの、かまやしないわ」ミス・アッシャーが浮かれた声で言った。「私、明日、そこへ行くの」

宿怨

牧野佳子 訳

私は家族間の宿怨というものに特別な関心など全く持たなかったが、それはグレープフルーツやスクラップル（＊挽肉・野菜・オートミールなどの揚げ物）や新婚旅行といった、我が国ならではの、しかしちょっと騒がれすぎの物事に比べて、なおそれ以上に騒がれすぎのところがあると思っていたからだ。だが、もし、お許しを頂けるようであれば、私は今からアメリカ先住民準州（＊先住民を移住させるためにオクラホマ州東部に特設された。一八三四〜九〇）で生じた家族間の宿怨についてお話ししようと思う。当時の私は通信員として新開地の担当であったが、この事件の最中はどちらの側にも与《くみ》しない立場を保っていた。

私はサム・ダーキーの牧場を訪問中だったが、そこで私は、マニキュアされていないポニーから振り落とされたり、二マイル離れたところにいる狼の下顎に向かって何の武器も持たない手を振ったりして、素晴らしい時間を過ごしていた。サムは二十五歳くらいの肝の据わった男で、暗闇の中でも落ち着き払って家まで帰れるとの評判ではあったが、実は内心嫌々ながら帰る場合がしばしばだった。

向こうの方のクリーク部族居住地にテイタムと名乗る一家がいた。前に聞いた話だが、ダーキー家とテイタム家の間には何年にもわたる争いがあるとのことだった。これまで両家ともそれぞれ数名の者が草の上で命を奪われ、さらに多くのネブカドネザル（＊バビロニアの王。五八六B.

C．エルサレムを占領し第一回バビロン補囚を行った）が犠牲になるものと思われていた。両家の若い世代はぐんぐんと成長し、草も彼らに遅れをとるまいと大きく伸びていった。それにしてもこの両家の場合、堂々たる闘いぶりだったと思われる。トウモロコシ畑に身を伏せ、敵の背中のサスペンダーが一股になっている所を狙うなどということはなかったからだ。多分、もともとトウモロコシ畑など一つもなかったし、また、まともにサスペンダーをしている者など一人もいなかったからだろう。また、両家の女、子供が傷つけられたこともなかったからだ。当時は――後でお分かりになるであろうが――女たちの場合は安全だったのだ。

　サム・ダーキーには女がいた。（この話を売りつけようと思っている先が小説専門の雑誌だったら、「ダーキー氏にはフィアンセがいた」とでも言うべきだろう。）彼女の名はエラ・ベインズといった。二人はとても愛し合い、相手に対して揺るぎない信頼を寄せているように見受けられたが、それは、本当に愛し合い、揺るぎない信頼を寄せ合っているカップルのようでもあったし、また全くそうでないカップルが外見的にそうしているようでもあった。彼女はふさふさした鳶色の髪のお陰で、そこそこ美しく見えた。サムは私にエラを紹介してくれたが、そのことで彼女の彼に対する愛が減じてしまうということにはならないようだった。それゆえ、私は二人が本当に心の通い合う恋人同士だと思った。

　ベインズ嬢はキングフィッシャーという町に住んでいたが、そこは牧場から二十マイルほど離れていた。サムの生活は馬に速駆けさせてその間を行き来することで成り立っていた。

　ある日、そのキングフィッシャーに勇敢な若者がやって来た。やや小柄だが、髭も生やさず整った顔立ちをしていた。彼はその町の様子や特にそこの住人の姓についてあれこれと尋ねた。自分はマスコーギー出身だと言ったが、確かに黄色い靴やクローシェ編みのネクタイをしていることから、そのように見えた。私は手紙を受け取りに町へ行った時、一度彼に会った。相手はビバリー・トラバーズと名乗ったが、どうも眉唾物に思えてならなかった。

　牧場には忙しい時期があるが、その頃もちょうど忙し過ぎて、サムは町まで出掛けられなかった。これといった能力もなく、何から何まで役立たずの客人としての私は、せめて葉書、樽入りの小麦粉、ベーキングパウダー、タバコを買うといった小用や――エラからの手紙を受け取るために馬で町まで出掛けるくらいのことは、させてもらっていた。

　ある日、私がタバコの巻き紙を半グロスと馬車の車輪一対を注文しに行かされた時、ビバリー・トラバーズと称する例の奴が、エラ・ベインズを隣に座らせ、ぬかるみを物ともせず、これ見よがしに黄色い車輪の馬車を乗り回していた。私には、この情報がサムの心に慰めをもたらさないだろうと分かっていたので、帰ったらすぐに知らせる町のニュースにその話を加えるのはやめた。ところが、次の日の午後、シモンズという名の細身の元カウボーイが牧場にやって来た。キングフィッシャーで飼料店をやっている、サムの古くからの友人だ。タバコを巻いては吸い、巻いては吸い、これを何度も繰り返した後で、ようやく話を始めた。彼の演説は次のようなものだった。

「おい、サム。この二週間というもの、自分のことを《ビベルエッジド・トラベルズ》（＊斜めに切れ込みの入った旅）なんて吐《ぬ》かしちゃあ、キングフィッシャーの町の雰囲気《ムード》を打《ぶ》っ壊しにしている野郎の話なんだがな。お前、誰のことだか知ってるか？　他でもない、クリーク部族居住地のベン・テイタムだったんだ。こないだの二月にお前のニュート叔父さんが撃ったゴーファー・テイタムの息子の。そいつが今朝、何をしたか知ってるか？　お前の兄貴のレスターを殺したんだ——裁判所の庭で撃ってな」

サムは話を聞いていたんだろうか、と私は思った。彼はメスキート（＊マメ科、プロソピス属の低木の総称。甘い豆果は家畜の飼料になる）の小枝を一本引き抜き、それをゆっくり噛みながら言った。

「奴がやったのか、奴が？　奴がレスターを殺したってのか？」

「違《ちげ》えねえ」シモンズが言った。「それだけじゃねえんだ。そいつはお前の女、エラ・ベインズを連れて逃げてるんだ。俺はお前が知りたいだろうと思って、そのことを知らせに馬を走らせて来たのさ」

「恩にきるぜ、ジム」サムはそう言って、噛んだ小枝を口から出した。「知らせに来てくれて嬉しいぜ。このとおりだ」

「さて、帰るとするか。店に残してきた小僧ときたら、干し草とカラス麦の区別もつかねえんだからな。いいか、奴は、レスターを撃ったんだぜ。それも背中からな」

「背中から撃っただと？」

「そうさ、それもレスターが馬をつないでる間にな」

「恩にきるぜ、ジム」

「できるだけ早く、お前が知りたいだろうと思ったんでな」

「帰る前に、寄ってコーヒーでも飲んでけよ、ジム」

「いや、やめとくよ。俺は店に戻らなきゃ」

「さっきお前は――」

「そうさ、サム。馬車の後ろに服を束ねたような大きな包みを縛り付けて、二人が一緒に逃げるところをみんなが見てるんだ。マスコーギーから奴が連れて来た馬に引かせて。すぐに追いつくのは難しいな」

「それで、どっちへ――」

「俺も言おうと思ってたとこだ。二人はガスリー通りを行ったんだ。でも、それから先はどっちの道へ逃げたか分からねえ――そうだろう」

「いいってことよ、ジム。恩にきるぜ」

「お安い御用だぜ、サム」

シモンズは、タバコを巻くと踵でポニーの両腹を蹴った。二十ヤードほど先で彼は手綱を引いて歩調を緩め、後ろに向かって叫んだ。

「いらねえよな――助っ人なんて、もちろん」

「いらねえ、ありがとよ」

「そう言うと思ったぜ。じゃあ、あばよ！」


サムは柄が骨製の小型ナイフを取り出して開くと、左足のブーツに付いた乾いた泥を削ぎ落とした。私は最初、彼がナイフの刃に復讐を誓うとか、「ジプシーの呪い」を唱えるとかするのかと思った。今まで見たり読んだりしてきた数少ない仇討ちというのは、たいていそうやって始まったからだ。今度のそれは新しい手法で上演されるのかと思った。もし、こんな新しいやり方で舞台にかけられたなら、観客に追い払われて代わりにベラスコ（＊米国の劇作家、演出家、俳優。一八五三～一九三一）のスリルに富んだメロドラマの一つが求められたろう。

「どうなんだろう」深く考え込んだ表情でサムは口を開いた。「料理人は煮豆を片付けちまったかな」

彼はワッシュという黒人の料理人を呼んで、残りがあるか確かめると、鍋を温め、濃いコーヒーを入れるようにと命じた。それから私たちは、サムの寝室に入って行った。その部屋で彼は眠り、犬を飼い、武器やお気に入りの鞍を保管しているのだ。彼は何気なく「カウボーイの嘆き」を口笛で吹きながら、書棚から三、四丁の六連発銃を取り出して点検し始めた。その後で、牧場で一番良い馬二頭に鞍を着け、杭につないでおくようにと命じた。

今や家族間の宿怨に関しては、国中のありとあらゆる所で、ことのほか細かく厳しい作法があるのを私は見て知っていた。仇を討とうとしている者の前で、宿怨という言葉を直接口にしたり、その話題に触れたりしてはいけないのだ。それは裕福な叔母の顎のホクロのことに触れるよりも不届きなことかもしれない。後で私は、もう一つの書かれざる掟について知ったが、しかしそれは、西部にのみ存在するものだろうと思う。

夕食には、まだ二時間もあった。しかし、二十分もすると、サムと私は温め直された豆と熱いコーヒーと牛の冷肉を腹に詰め込んでいた。

「遠乗りにはもってこいのご馳走だぜ」サムが言った。「しっかり食っとけよ」

この時、疑念が私の頭をかすめた。

「どうして二頭の馬に鞍を着けたんですか?」私は尋ねた。

「二人、二人――一頭、二頭」サムは言った。「お前、数は数えられるんだろう?」
彼のこの計算は、瞬時に不安と教訓をもたらした。復讐と正義へと続く赤い道を、まさかこの私が彼の隣で馬に跨って進むことになるなんて私が思ってもいなかったなどと、彼自身、思ってもいなかったのだ。なんとも高度な計算だった。私の同行が決まった。私はさらに豆を口に入れ始めた。

一時間後、私たちは東へ向けて出発し、ひたすら速駆けで進んだ。私たちの馬はケンタッキー種だったが、西部のメスキートの葉を食べて体力を増していた。ベン・テイタムの馬はもっと速かったらしく、かなり先の方を行っていた。だが、もし、奴が、私たち追跡者の、宿怨の地のど真ん中で生まれた馬の蹄が発するあの規則正しく力強い足音を耳にしたなら、天罰が奴の敏捷な小馬の蹄に忍び寄って来ているとでも感じたことだろう。

私には、ベン・テイタムの出せるカードは逃走――奴が自分の子分や助っ人のいる、より安全な領域に入るまでは、ひたすら逃走のみということが分かっていた。奴には、追跡者が、足跡の続く限りどこまでも追って来るだろうということが分かっていた。

馬に跨っている間、サムは雨の予想や、牛肉の値段や、ミュージカル・グラス（＊並べたコップに様々な高さまで水を入れ、縁を指で擦って音を出す楽器）について話した。そんなわけで、サムには、もともと男の兄弟も恋人も敵もこの世には存在していなかったのだなんて思われたとしても不思議はなかった。世の中には、『ウェブスター大辞典』に出てくるような単語をいくら用いたとしても、決して表現しきれない話題というのはあるものだ。私には家族間の宿怨の掟に関する知識はあったが、十分に身に付いていなかったので、いくつかのちょっと下らない話をし過ぎてしまった。サムはこちらがここぞと意図した部分で声を立てて笑った——大口を開けて笑った。そんな見たくもない口を目にしてしまった時、私は、あんな馬鹿話なんかしなくて済むほどのユーモアセンスに恵まれていたらよかったのにと、つくづく思うのだった。

私たちが最初に二人を見つけた所は、ガスリーだった。疲れ果て、腹を空かせた私たちは、泥靴のまま、よろよろと小さな安宿に入り、テーブルに着いた。実は、その反対側の隅に、逃亡者がいたのだった。二人は皿に被《かぶ》さるように食事をしていたが、時々不安そうに辺りを見回した。

女は鳶色のドレス——上はレースの衿と袖口の付いた滑らかで光沢のあるシルクと思《おぼ》しき装いで、下は確かアコーディオン・プリーツ・スカートと呼ばれるものをはいていた。そして厚手の鳶色のベールを鼻のところまで垂らし、羽根飾りの付いた広いつばの麦わら帽子を被っていた。男の方は地味な黒っぽい服を着て、髪は短く刈られていた。どこででも見かけるような男だった。

向こうには——人殺しと連れ去られた女。こちらには——掟に従った正当な復讐者と、今、この言葉を書いている部外者の私。

少なくとも一度だけ、この部外者の心に殺し屋の本能が湧き起こった。一瞬、部外者も戦力に加わった――口先だけではあるが。

「何しているんですか、サム」私は囁き声で言った。「やるんなら、今ですよ！」

サムは悲しそうに溜息をついた。

「お前は分かってないんだ。でも奴の方は分かってるのさ」彼は言った。「奴は知ってるんだ。なあ、新入り。準州のこの辺りの白人の間では、女連れの男を撃つべからずっていう掟があるのさ。これが破られたなんて話は聞いたことがねえ。やっちゃならねえのさ。やっていいのは、仲間と一緒か一人きりの時だけだ。奴もそのことは知っての上よ。知らねえ者なんか、いやあしねえ。そうとも、あれがベン・テイタム張本人様だ。まったく『転んでもタダじゃあ起きねえ』って奴よ！　あの二人が宿を出払っちまう前に、俺は、奴を一人きりにして借りを返さなきゃあならねえのさ！」

夕食を済ませると、二人連れの逃亡者は忽然と姿を消した。サムはロビーや階段やホールを真夜中近くまで足繁く見回ったが、不可解なことに、逃亡者たちの姿はサムの目に止まらなかった。夜が明けると、アコーディオン・プリーツ・スカートの鳶色のドレスを着たベールの女も、髪を刈り込んでこざっぱりした男も、威勢のいい馬に引かせた四輪荷馬車も、すでに姿を消したあとだった。

さて、馬上の旅の話なんてのは、すごく退屈なものだ。だから、ここは割愛させてもらおう。再び、私たちは二人に追いついた。そして、あと五十ヤードほどのところに迫った。二人は馬車の席から振り返り、こっちの方を見た。そして、馬に鞭を当てることもなく走り続けた。もはや、二人の身の安全はスピードには求められなかった。ベン・テイタムには分かっていたのだ。自分に残された唯一の安全の拠り所は、あの掟だということを。奴がもし一人だったら、間違いなく、サム・ダーキーとの一件は尋常なやり方で素早くケリがついていただろう。しかし、奴の横には、どちらの側にも引き金を引かせないものがあった。どうやらこの男には、臆病者のオの字も見当たらないようだった。

そんな訳で、男同士が対決した場合、女という存在が、その対決を促進させるというよりは、むしろ遅延させてしまうことだってある、といった見方もないわけではないのだ。だが、そうだとしても、女は自分の方から意識的にその役を演じるのではない。女は、掟なんか頭の片隅にも置いてないのだ。

私たちは、チャンドラーという、いずれは西部を代表するような大きな町になるはずの所にあと五マイルというところまでやって来た。追跡者の馬も逃亡者の馬も腹が空き、疲れ果てていた。人間には危機を、そして、馬には楽しみを提供する宿が一軒だけあった。

そこで私たち四人は、大昔、大空を砕いてしまったというほど大きく響き渡るベルの音を耳にしながら、食堂で再び出会った。その食堂はガスリーの宿ほど大きくはなかった。ちょうど私たちがアップルパイを食べている時――やれやれ、ベン・デイビス種のリンゴと悲劇がこんな風にかち合うとは！　――私は、サムが向こう側のテーブルのところにいる獲物を鋭い目つきで見ているのに気が付いた。女は依然としてレースの衿と袖口の付いた鳶色のドレスと、鼻のところまで垂らしたベールを身に付けていた。男は短く刈り上げた頭を下げて、皿の上に被さるようにしていた。

「掟はある」サムが、私になのか自分になのか、言うのだった。「女連れの男を撃っちゃあならねえって掟なんか、あならねえって掟ならな。だが、いいか、男連れの女を撃っちゃあならねえって掟なんか、ねえんだからな！」

そう言うと、その意味が私には飲み込めないうちに、彼は、左腕の下から自動コルト銃をさっと取り出し、ドレスに――レースの衿と袖口の付いた鳶色のあのドレスとアコーディオン・プリーツ・スカートに包まれた体に弾丸六発を撃ち込んだ。

黒地の背広を着込んだ年若い方は、頭からも生気からも女性の栄光が刈り取られており、テーブルに伸ばした嫋《たお》やかな両腕に顔を伏せていた。一方、周囲の人たちは、厳密な法解釈によって、サムに掟の拘束から解放する機会を与えてしまった女装のベン・テイタムを床から抱え上げようと駆け寄って来た。

ハートの中の十文字

狩野　君江　訳

ボールディ・ウッズは手を伸ばして酒瓶を取った。何であれ、ボールディが欲しいものを手に入れるときは、大抵――おっと、これはボールディが主人公の話ではなかった。ともあれ、彼はグラスに三杯目の酒を注いだ。一杯目と二杯目より指一本分多かった。実は、ボールディは相談を持ちかけられている最中だったのだ。相談を持ちかけられた者は報酬に見合うような働きをするものだ。

「もし俺だったら、俺は王様になってみせるぜ」ボールディが言った。その言い方がいかにも当たり前のことだという口ぶりだったので、革の拳銃入れがキュッキュッと軋み、拍車がカシャカシャと鳴った。

ウェブ・イェイガーはカウボーイ・ハットをぐいっと後ろへ押しやり、麦わら色の髪をさらにぐちゃぐちゃにしてしまった。相談に乗ってくれる床屋が近くにはいなかったので、彼は床屋よりもっと頼りがいのあるボールディの臨機応変の意見に、まさしく『水は方円の器に随う』如く従ったのだ。

「男が女王と結婚するとして、そのせいでその男の値打ちが下がっちまうなんてこと、あっちゃならねえよな」ウェブは自分の不満の種をうまくまとめ上げてこう言った。

「そりゃそうとも」ボールディが答えた。相手に同情しつつ、まだ飲み足りないといった顔をして、さらには、トランプ・カードの相対的な価値について本気で思案しているふうだった。「本来なら、お前は王様さ。もし俺がお前なら、カードの切り直しを要求するがね。なんでって、積み上げられたトランプはあらかじめ仕組まれた物だからさ。今のお前がどんな存在なのか教えてやろうか、ウェブ・イェイガー」

「どんな存在なんだ?」薄青い瞳に期待をにじませて、ウェブが尋ねた。

「今のお前はな、プリンス・コンソート(*女王様の配偶者)ってとこだな」

「言ってくれるじゃねえか。俺は今までお前に悪態なんかついたことなかったはずだがな」

「プリンス・コンソートってのはな、絵札の王様の、一つの称号なのさ」ボールディは説明した。「でもいいか、そいつは勝ち札にはなれねえんだよ、ウェブ。ヨーロッパではある種の男に付けられた焼き印だ。お前でも俺でも公爵ふぜいでも王女と婚姻関係を結ぶとする。いいか、女房の方はだんだんと女王の座に近付いて行く。俺たちゃ、王様になれるのか? 百万年たってもそれはありえねえ。戴冠式などといったって、俺たちはちっぽけなカジノと第九守衛隊の守る王侯寝室の間を行進するだけだ。俺たちの役目なんて、次々と写真に収まることと、世継ぎを作る責務を引き受けることなのさ。公平なんてもんじゃねえぜ。さようでございますよ、ウェブ殿、貴殿はプリンス・コンソートなのでいらっしゃいます。だから、もし俺がお前ならな、俺は王の空位を宣言するか、不当な扱いに対する人身保護令なんかを発動しているぜ。俺なら本物の王様になってみせるとも、積み上げたトランプの下からカードをめくってでもよ」

ボールディはウォリック伯（＊王位剥奪事件の首謀者として処刑された）の肖像画のポーズよろしくグラスの酒を飲み干した。

「ボールディよ」ウェブは真面目な口調で言った。「俺とお前は何年も同じ仲間と牛を追い回してきた。餓鬼の頃から同じ草っ原を駆け回り、同じ踏み分け道を馬に跨って走り回ってきたんだ。だからよ、俺はお前以外の者に自分の家族の事なんか話そうと思ったことはねえ。俺がサンタ・マカリスターと結婚した時、お前はノパリト牧場で境界あたりのカウボーイ。一方の俺は現場監督だった。なのに、その俺が今は何なんだ？　杭を繋ぐ縄の結び目一つにも及ばねえじゃねえか」

「マカリスターの爺さんがウェスト・テキサスの家畜王だった頃――」とボールディは悪魔の甘いささやき声で続けた。「お前は一端《いっぱし》のカウボーイだった。爺さんに負けないくらいの発言権を持っていたよな」

「そうとも。サンタの首根っこに俺の縄を巻き付けようとしてるのを爺さんに見つかっちまうまではな。爺さんは、すぐに屋敷からできるだけ遠い所へと俺を締め出しやがった。

爺さんが死んじまうと、サンタは『家畜の女王』って呼ばれるようになった。俺はただの牛のボスにすぎねえ。この女王様は仕事に何から何まで口出ししやがる。財布も全部握ってる。俺の一存じゃあ、キャンプに来た連中に仔牛一頭だって売ってやれねえんだ。サンタは『女王様』。俺は名無しの権兵衛ってえわけよ」

「もし俺がお前ならな、俺は王様になってみせるぜ」王制主義者のボールディ・ウッズは繰り返した。「男が女王と結婚すれば、当然、男も女と一緒に位が上がっていくべきなんだよ——放牧の牛が——下ごしらえされ——乾燥され——塩漬けにされる——茂みから工場までのあのお決まりの工程のようにさ。大抵のもんはおかしいって思ってるぜ、ウェブ。お前がノパリト牧場で何の権限も持っていねえってことをさ。俺はイェイガー夫人には何の不満もありゃしねえがよ——リオ・グランデ川と隣のクリスマス一帯では、とびっきり上等なご婦人だからな——でもよ、男ってえ奴は自分の持ち場ならボスでなくっちゃなあ」

髭一つない日焼けしたイェイガーの顔は、力無くすっかり傷ついた憂鬱の仮面をかぶってしまった。そんな顔をして、黄色い髪をくしゃくしゃにし、なおかつ無邪気な青い目をした彼を見ていると、自分より力の強い少年にリーダーシップを奪われてしまった男の子にたとえることもできただろう。だが、彼の精力的で身の丈六尺を超えるがっちりした体格と、ベルトに留めた拳銃がそんな比較を許しはしなかった。

「さっき俺のことを何て呼んだっけ、ボールディ？　どんな種類のコンサートだって？」

『コンソート』だよ」ボールディは訂正した――『プリンス・コンソート』だ。ポーカー・ゲームの役札の一種さ。ジャック・ハイ（＊カードが七、八、九、十、ジャックのストレート）とフォーカード・フラッシュ（＊手持ちの五枚のカードのうち四枚が同じ）の中間ぐれいのもんだ」

ウェブ・イェイガーは大きく溜め息をつくと、床からウィンチェスター銃の革紐を引っ張り上げた。

「さて、今日のうちに牧場へ戻らないとな」彼は気乗りしなそうに言った。「夜が明けたら、サン・アントンまで牛を一群駆り出さなきゃならねえからよ」

「ドライ・レイクまでならお供するぜ。サン・マルコス川で仲間が二歳の牛を選り分けているところなんだ」

二人の同業者《コンパニエーロス》はポニーに跨ると、その日の朝、たまたま二人とも一杯引っかけにやって来た小さな鉄道開拓地を速足で後にした。

別々の道をとることになるドライ・レイクまで来ると、二人は別れの一服をするためにポニーを止めた。何マイルもの間、二人は押し黙ったまま馬を走らせてきた。聞こえるのは生い茂ったメスキートの牧草地を踏みしめるポニーの柔らかな蹄の音と、木製の鐙《あぶみ》に低木があたる音だけだった。しかし、テキサスでは会話が途切れ途切れになっても一向に構わない。前の会話を損ねなければ、一マイル移動しようが、飯を食おうが、はたまた殺人事件が起ころうが、どんな話を差し挟んでもかまわない。そんなわけで何の断りもなく、ウェブは後方十マイルの所で切り出した会話に続きを付け足すのだった。

「お前だって覚えているだろ、ボールディ。サンタがまだそれほど向こうっ気が強くなかった頃のことをさ。マカリスターの爺さんがサンタと俺を離ればなれにしてたあの頃、あの娘が俺に会いたいという合図をどうやって送って来たかを。マック爺さんは、俺が牧場の中で弾丸の届く所に一度でも入り込んだら、俺を水切りかごのように穴だらけにしてやる、と警告しやがった。あの娘がいつも俺に送ってきた合図を覚えているだろ、ボールディ――ハートの中に十文字のある絵をな」

「この俺に向かって、覚えているだろうだと?」ボールディは酔っぱらいの茶目っ気そのままに声を張り上げた。「砂糖泥棒のコヨーテ野郎！　覚えてねえわけがねえぜ。全く、お前って奴は忌々しい色気違いの牛追い野郎よ。牛追いの男たちってえのはな、絵文字のことならみんな一端の通なんだ。『心臓とクロスボーン』って俺たちゃ言ってた。牧場から送り出される品物に付けられていたのをよく見たぜ。小麦の袋には木炭で、新聞には鉛筆で書いてあったな。一度なんざ、マカリスターの爺さんが牧場から寄越した新米のコックの背中にチョークで書かれてたこともあったっけ――覚えてねえなんてこと、あってたまるかよ」

「サンタの親父ときたら、娘に約束させやがったのさ」ウェブは穏やかに説明し出した。「一切、手紙を書きません、伝言を頼んだりもしません、ってな。ハートに十文字の印はあの娘が考え抜いたとっておきの策だったんだ。何としても逢いたくなると、牧場の中にある、俺が見そうな何かにあの印を付けたのさ。そして、それが俺の目に飛び込んで来るってえと、俺はその夜のうちに全速力で牧場へとすっ飛んでった。小さな柵囲いの奥の、あの茂みの中でよく逢い引きしたもんだ」

「それくらいのこたあ、知ってたとも」と、ボールディ。「だが俺たちは一度だってばらしはしなかった。みんなお前達の味方だったからな。どうしてお前があの脚の速い斑馬をいつも手元に置いているのか分かってたしよ。それに、牧場からの品物に心臓とクロスボーンの絵が描かれているのを見つけると、老いぼれピントの奴、今夜は牧草なんかに脇目もふらず、何マイルも何マイルも一気に走り抜けるんだな、って承知してたぜ。スカリーを覚えてるだろ——あの気障ったらしいカウボーイを——安ウィスキーを飲んじゃあ、放牧地まで駆けてっちまうあの学校出の野郎のことをさ。スカリーの奴ときたら、牧場からの品物に〈会いに来てあなた〉の印を目にするってえと、いつもあんな風に手を振って言ったもんだぜ。『俺たちの仲間リー・アンドリュースの奴は、今晩またもや地獄の池を泳いで行くぞ』ってな」
「最後にサンタが俺に合図を送って来たのは、あの娘が病気になった時のことだった」ウェブは続けた。「キャンプに立ち寄ってすぐ合図に気付くと、その晩、俺はピントに乗って四十マイルの距離をすっ飛んでった。あの娘はいつもの茂みにはいなかった。俺が屋敷まで行くと、マカリスターの爺さんが戸口で俺を出迎えた。『殺されに来たのか？』爺さんが言いやがる。『今度ばかしはお前に頼みがあってな。今、お前を迎えにメキシコ人をやったところさ。サンタが待ってる。あの部屋に行って会ってやってくれ。それが済んだらここへ戻って来い』
ベッドに横になっていたサンタは、ひどく具合が悪そうだった。でも無理に微笑もうとしてさ、あいつの手と俺の手はギュッと握り合ったんだ。俺はベッドのそばにしゃがみ込んだ――泥まみれ、拍車もすね当ても何もかもそのままでな。『何時間も前から、あんたが牧草地を馬に乗ってやって来るのが聞こえたわ、ウェブ』そう言って『きっと来てくれると信じてた。印を見た？』と声をひそめる。『キャンプに着いてすぐにな。ジャガイモとタマネギの袋にあったよ』と、俺。『二つはいつも一緒よ』まるで「一生ずっと一緒よね」とでも言うかのように優しく言うあの娘。『確かにいつもうまくやってるな。シチューの中でも』と、俺。『何言ってんの、ハートと十文字のことよ』と、サンタ。『あたし達のその印は――愛すること、そして耐えること、という意味なのよ』
そこにいた医者のマスグローブは、ウィスキーを一杯やりながらシュロの葉を団扇代わりにしてくつろいでいた。やがてサンタが眠りに落ちていく。すると医者は、あの娘の額にそっと触って俺に言った。『お前は解熱剤代わりとしちゃ悪くない。だが、もうそっと出てってくれ。わしの診断じゃあ、お決まりの分量で間に合いそうだ。これ以上お前さんにいてもらう必要はないからな。このお嬢さんは目が覚める頃にはすっかり良くなっとるよ』
外でマカリスターの爺さんに会った。『ぐっすり眠ってますよ』って声をかけた後、『さあ、俺を穴だらけにしたいのならやって下さい。でも、あわてないで下さいよ。鞍に銃を置いてきちまったんでね』
するとマック爺さんは、笑いながら俺に向かって言ったんだ『このウェスト・テキサスで一番のカウボーイの頭にズドンと一発ぶち込もうなんて、あまり得策とは思えんな。お前くらいの奴を見つけるのもなかなか楽じゃねえからよ。娘の婿のことなんだが、ウェブよ、ねらい目としてお前を選んだらなかなかいいんじゃねえかと思うのさ。お前という奴は、家族の一員としちゃあ俺の好みじゃねえんだがよ。でもお前をノパリト牧場で使うことは構わねえさ、もしお前が牧場の屋敷の周りには近付かねえ、っていうんならな。二階へ行って寝床で横になれ。ちっと眠ってから話し合おうぜ』」

ボールディ・ウッズは帽子を引き下ろすと、鞍頭から片脚を外して真っ直ぐに伸ばした。ウェブも手綱を短く構えたので、ポニーはいかにも歩きたくてたまらないといった素振りを見せた。二人の男は西部の流儀にのっとって握手を交わした。

「あばよ《アディオス》、ボールディ」ウェブが声をかけた。「お前に会って、話ができて良かったぜ」

ウズラの大群が一斉に飛び立ちでもしたかのような蹄の音を立てながら、乗り手達はそれぞれの方角を目指してポニーを急がせた。百ヤードほど行ったむき出しの丘のてっぺんでボールディは止まると、大きな声を上げた。彼の体が馬の上でぐらりと揺れた。もし彼が地面に二本の足で立っていたのなら、せり上がった大地に飲み込まれていただろう。だが、鞍に乗っていた彼は平衡感覚の達人であり、ウィスキーを飲んだことなど一笑に付して、地球の重力を物ともしなかった。

鞍の上のウェブは、叫び声の方向に顔を向けた。

「俺がお前ならさあ――」ボールディの耳をつんざくような、そして何やらけしかけるような叫び声が聞こえてきた。「俺は王様になってみせるぜ」

翌朝の八時、バッド・ターナーはノパリト牧場の屋敷の前で鞍から転げるように降りると、拍車の歯車を勢いよく回しながらポーチまで来て立ち止まった。その朝、サン・アントニオに向かうことになっている牛の一群の担当だったのだ。イェイガー夫人はポーチに立って、赤い陶製の鉢の中で勢いよく育つヒヤシンスに水やりをしていた。

『王様』マカリスターは、自分の娘に強烈な個性の多くを伝えていった——決断力、快活な勇気、反抗的な独立独行の精神、自分は蹄と角の世界に君臨している正真正銘の国王だという誇り。《アレグロ》と《フォルティッシモ》がマカリスターの人生の速さ《テンポ》と調子《トーン》だった。サンタの中でそれらは女性的な調べへと転調しつつも生き残った。牛の群れがどんどん増えてその屋敷に王者としての尊厳を与えるようになる遙か前、こちらの牧場あちらの牧場と命じられるまま渡り歩いてきたあの母親の面影を、彼女は色濃く受け継いでいた。母親譲りのほっそりとしてはいるが丈夫そうな体つき、それと威厳はあるが柔らかな愛らしさ、それらは彼女の中であの専制的なマカリスターの目の厳格さと王制的独立心を備えたマカリスターの尊大さを共に和らげるものだった。

ウェブはポーチの片端に立ち、指令を求めてあちこちから馬を駆ってきた牛飼い達のボスの手下二、三人に指示を出していた。

「おはようっす」バッドが挨拶した。「そこに囲ってある牛ですが、町のどこへ運んだらいいんですかい——いつも通り、バーバーのところで?」

さて、そういうことに指令を出すのは女王の特権であった。あらゆる取引の手綱さばき――買うこと、売ること、そして銀行との取引は――女王の有能な手腕によって執り行われてきた。牛の扱いだけが夫に委任されていたことだった。マカリスター『王』の時代には、サンタは彼の秘書であり、また協力者であった上に、知恵を駆使して利益も上げてきたのだ。ところが、そんな彼女が答えるより早く、プリンス・コンソートが意を決したかのように口を開いた。

「ジンマーマンとネズビットの畜舎へやってくれ。ちょっと前にジンマーマンに話をしておいたから」

かかとの高いブーツを履いたバッドは踵を返した。

「お待ち！」サンタが素早く呼び止めた。彼女はその落ち着いた灰色の目に驚きを浮かべて夫を見た。

「ねえ、どういう事、ウェブ？」眉間に小皺を寄せて彼女が尋ねた。「あたしは絶対にジンマーマンやネズビットとは取引しない。バーバーは五年もの間、あの市場でこの牧場の牛を一頭残らず扱ってきてくれたのよ。彼の手から取引を取り上げるつもりなんかないわ」彼女はバッド・ターナーの方に向き直った。「あの牛はバーバーの所へ届けるんだよ」きっぱりと言い放った。

バッドは二人の視線を避けるべくポーチにぶら下がっている如雨露《じょうろ》をじっと見つめ、反対の足に体重を移し、メスキートの葉っぱを噛んでいた。

「俺はジンマーマンとネズビットの所へ連れて行けって言ってるんだ」ウェブの青い目には凍るような冷ややかな光が漂っていた。

「馬鹿げたことを」サンタはいらいらして言った。「お行き、バッド。リトル・エレムの水場にお昼までに着くのよ。バーバーに言ってちょうだいな。一ヶ月くらいしたら、また上物をわんさと用意しておくからって」

バッドは、どうしたものかと言ったような目で上目遣いにウェブの目を盗み見た。ウェブはその表情に謝罪を見て取り、また憐れみの情を見たように思った。

「いいか、その牛の行く先は――」彼は冷静に続けようとした。

「バーバーよ」サンタがピシャッと言い切った。「さあ支度して。何をもたもたしてるの、バッド？」

「すみません、奥様」バッドは言った。だが牛の尻尾が三回は向きを変える事ができるくらい、彼はぐずぐずしていた。所詮、男は男の味方をするものだ。それにペリシテ人でさえ、あいつらのやり方でサムソン（＊怪力、豪勇のイスラエルの師。愛人デリアの裏切りでペリシテ人に捕らわれ盲目にされた）を連れて行った時は恥を感じたに違いあるまい。

「こちらのボスの言う事を聞けよ！」ウェブは自嘲気味に大声を出した。彼は帽子を脱ぎ、妻の前でその帽子が床に着くまで深々とお辞儀をした。

「ウェブ」サンタは非難を込めて言った。「今日のあんたときたら、馬鹿丸出しだわ」

「宮廷の道化ですから、女王陛下様」いつものゆっくりした口調ではあったが、その質はこれまでとは一変していた。「それ以外どうしようってんだ？　言ってやろうじゃねえか。俺は牛の女王と結婚する前は一端の男だった。今の俺は何なんだ？　牛飼い達のお笑い種《ぐさ》よ。俺はもう一度男になってやる」

サンタはじっと夫を見つめた。

「わかんないこと言わないで、ウェブ」静かに語りかけた。「あんたのこと、誰も馬鹿にしたことなんかなかったわ。今まで、あたしがあんたの牛の扱いに余計な指図したことあった？　牧場の経営なら、あんたよりあたしの方がずっと経験が深いのよ。あたし、父さんからみんな教わったんだもの。道理をわきまえて欲しいもんだわ」

「蚊帳の外に置かれるんじゃ、王国だろうが女王国だろうが真っ平ご免だ。俺は牛を追い立てる。お前は王冠をかぶる。上等じゃねえか。クィーン・ハイフラッシュ（*同種のカードが五枚揃い、なおかつ一番大きい数のカードがクィーン）の中で八のカード程度なら、カウボーイのキャンプ地で大法官にでもなった方がましと言うもんだ。これはお前の牧場だ、そしてバーバーは牛を手に入れるってわけさ」

ウェブの馬は柵につながれていた。彼は家の中に歩いて行くと、長旅以外では絶対持ち出さない毛布一巻き、それから防水コート《スリッカー》、そして生皮を編んで作った杭に縛る一番長い縄を持って出て来た。これらの物を慎重に鞍に付け始めた。サンタは少し青ざめた顔で彼の後を追った。

ウェブは鞍に飛び乗った。深刻な面持ちの、髭一つないその顔には何の表情も浮かんではいなかった。その目にくすぶる頑固な光以外は。

「森から離れた場所へ移動させた方がいい。仔牛のまじった牛の群れが、フリオ河畔のホンドの水場近くにいるんだ。オオカミに仔牛を三頭殺られちまったからな。指示を出しておくのを忘れちまった。移動しておくようにシムズに言っとけよ」

サンタは轡《くつわ》に手を置くと、夫の目をじっと覗き込んだ。

「このあたしを置き去りにしようっていうの、ウェブ？」

「俺はもう一度男になるつもりなんだ」

「ご大層な計画だこと。成功を祈ってるわ」突然、彼女は冷たく言い放った。彼女はくるりと向きを変え、真っ直ぐ家の中へ入って行った。

ウェブ・イェイガーは、ウエスト・テキサスの地形が許す限り真っ直ぐ南西へと馬を駆った。そして、地平線に辿り着いた時には、ノパリト牧場の時の彼からすれば、まるで青々とした宇宙へと飛び出したようなものだった。そして、日曜を先頭に月・火・水……と列ねては週という名の小隊が次々と形成され、そして週の群れが満月を指揮官にして『光陰矢のごとし』の軍旗をはためかせながら月という名の中隊となり、そして、それら月の群れが年という名の大隊へと向かって行軍して行った。しかし、ウェブ・イエィガーがあの女王の領地へ踏み込むことは二度となかった。

ある日のこと、バーソロミューと名乗る人物で牧羊の輩――それ故、取り立てて語るほどでもない男――がリオ・グランデでもさらに未開な地方から馬に乗ってやって来て、ノパリト牧場の屋敷の見える所に辿り着くや空腹に見舞われてしまった。古くからの習わしに従ってこの男がすぐに座らされたのは、もてなしの良いあの王国の昼食用テーブルだった。堰を切ったようなお喋りが男の口からほとばしり出た。あまりの喋りぶりに、こいつがアロンの杖（＊ユダヤ教最初の司祭長アロンが奇跡を行った杖）で叩かれたのだとしても不思議ではない――とはいえ、耳に羊毛の生えていない聴衆を差し出してやったら無口な羊飼いもお喋りになってしまうものだ。

「ミセス・イェイガー」男は口角沫を飛ばして喋った。「先日、ヒダルゴ郡にあるセコ牧場であなたと同じ名の男に会いましたよ――ウェブ・イェイガーって言ってました。ちょうど主任として契約されたばかりだったな。背が高く、明るい色の髪をした男で、口数の方は多くはなかったですね。たぶん、あなたの親類か何かだったんでしょう?」

「大ですわ」しんみりとサンタは言った。「セコ牧場はうまいことやったわね。イェイガーは西部ではピカ一のカウボーイの一人ですから」

プリンス・コンソートが一人脱落したからといって君主国が解体するわけではない。サンタ女王は牧場の管理者《マヨーロドーモ》としてラムジーという名の信頼に足る家臣を任命したが、彼は父親の代からの忠実な封臣の一人だった。そのため、ノパリト牧場では湾から吹いてくるそよ風が辺り一面の広大な牧草を靡《なび》かせるだけで、さざ波すら立ちはしなかった。

数年にわたり、ノパリト牧場は、テキサス産ロングホーン種の牛を貴族特有の高慢さで見下しているイギリス産サセックス種の牛について実験を重ねてきた。その実験結果は満足いくものとなり、貴族の血統を持った牛のために、牧草地が離れた所に設置されていたほどだった。そのサセックス種の牛の名声は、カウボーイ達が馬で乗り込める所ならどこでも、チャパラルの藪の奥や梨の林にまで広まっていった。他の牧場の面々も目を覚まし、目をこすると、ロングホーン種の牛に対して初めて不満の目を向けるのだった。

その結果、ある日のこと、一人の若者——陽に焼けた、いかにも仕事のできそうな、首に絹のスカーフを巻いた、物事に動じそうもない青年——が腰に拳銃を装着し、メキシコ人の牛飼い《バケーロス》三人を引き連れてノパリト牧場に降り立ち、そこの女王に次のような取引の書簡を手渡した。

ノパリト牧場　イェイガー御令室様

拝啓

この度、貴牧場の所有になるサセックス種の二歳と三歳の牛百頭を買い付けるよう、セコ牧場主から命を受けました。この注文をご快諾の場合、当該書簡の持参人に、上記の通り牛を引き渡すようお願い申し上げます。至急小切手をお届け致します。

敬白

セコ牧場主任
ウェブ・イェイガー

取引は取引だ――文末に『格段の計らいを』という文言が透けて見えてはいるが――例えそこが王国であろうとも、それは変わらない。

その晩、百頭の牛が牧草地から追い立てられ、翌朝の出発に備えるために牧場の屋敷近くの囲いの中に入れられた。

夜のとばりが下り、家中が静まりかえると、果たしてサンタ・イェイガーはその身を投げ出し、例の取引書簡を胸にかき寄せてすすり泣きながら、プライド（女としてのプライドだったのか、それとも女王としてのプライドだったのか）のために、何日も何日も胸の奥にしまい込んできた男の名を口にしたのだろうか？　それとも女王としてのバランスや強大さを保持したまま、いつもの取引のやり方でその書簡を綴じ込んだのだろうか？

一体どちらだったのか？　だが王位とは神聖なもの。そしてベールに包まれているものだ。しかし、せめて次の事くらいは伝えておこう。

真夜中になると、サンタは黒っぽくて地味な服を身に付け、屋敷からそっと抜け出した。ライブ・オークの木の下まで来ると、一瞬立ち止まった。草原はほの暗く、月明かりは飛び散る霧の粒子のために淡いオレンジ色をしている。しかし、ナキマネツグミは見晴らしの良い枝々から鋭く鳴き声を上げ、遠くの方まで咲き乱れる花々は香りをまき散らしている。小さな影のような兎たちの一群が、近くの広場で跳んだりはねたりして遊んでいる。サンタは南東の方角に顔を向けると、そちらに向かって三回投げキスをした。見ている者など誰もいなかったので。

次に彼女は五十ヤード離れた鍛冶場へと音も立てずに滑り込んだが、そこで何をしたかは皆さんの想像に任せるとしよう。しかし、炉は赤々と燃えさかり、キューピッドが矢の先を尖らせる際に立てるようなかすかな音が聞こえてきた。

暫くして姿を見せた彼女は、一方の手に風変わりな形をした柄付きの物を、もう一方の手には焼き印を押す牛追い隊で目にする携帯用の炉を持っていた。彼女は月明かりの中を、その二つを手にして、例のサセックス種の牛が入れられている囲いへと急いで進んで行った。

ゲートを開け、囲いの中へ滑り込んだ。サセックス種の牛はほとんどが濃い赤茶色だった。だがその中の一頭だけが、ミルクのように白く、とりわけ人目を引いた。

するとサンタは、まさか身に付けていたとは思わなかった物を肩から振り下ろした――投げ縄だった。彼女はその輪の部分を下に垂らし、左に直縄の部分をぐるぐると巻いてから、牛の真っ直中へと飛び込んで行った。

例の白牛が目当てだった。彼女が投げ縄を放ると、それは片方の角を捕らえたと思う間もなく滑り落ちた。二投目は二本の前足にからみつき、牛はどっと倒れた。サンタは豹のようにひらりと牛に向かって行ったが、牛は立ち上がるや彼女に突進すると、一片の葉のように彼女を突き倒した。

目を覚ました牛の群れが突き進む固まりとなって囲い柵の四隅を回っていたが、彼女は再び縄を投げた。今度は狙い違わなかった。白牛は再び地面に倒れ込み、牛が立ち上がるより早くサンタは素速く縄を囲い柵の杭の一本に巻き付け、生皮の足かせを持つと再び跳びかかった。

一瞬のうちに（空前の記録とは言わないが）牛の足を縛り付けたサンタは、かかったわずかな時間と同じだけ柵にもたれ、息を弾ませながらもホッと息をついた。

それから急いでゲートの所に置いた炉に走り寄り、奇妙な形の白熱した焼き棒を持って来た。

熱い鉄が当てられた瞬間、怒り狂った白牛の鳴き声が、ノパリト近隣の『臣民たち』の微睡《まどろ》んでいる聴覚神経や道義心を揺さぶったとしても不思議ではない。だが、実際はそうではなかった。サンタが屋敷に飛ぶように帰り着いてベッドに身を投げすすり泣いた時にも、夜は深い深い静寂に包まれていた――そのすすり泣きは、女王たる者でも牧場労働者の女房と同じ心を持っているのだといった、また、男が山の遙か遠くから舞い戻って来てくれるなら、喜んで王位を譲るといった泣き方だった。

朝になると、いかにも仕事のできそうな、そして銃を装着した若者とその牛飼い達《バケーロス》は、サセックス種の牛の群れを追い立てながら平原を越えてセコ牧場へと出立した。九十マイルの道のりだ。牛に草を食わせ、水を飲ませの六日間もの旅だった。

セコ牧場に到着したのは、ある夕暮れ時だった。牧場の主任が受け取って、頭数を数えた。

翌朝の八時、一人のカウボーイが馬に乗って雑木林の中から現れ、ノパリト牧場へとやって来た。ギクシャクした感じで馬から下りると、彼は拍車を鳴らしながら屋敷へと近付いて行った。乗ってきた馬は大きく息を吐き、ぐったりと頭を垂れ、目を閉じたままだった。しかし、疲れ果てた栗毛の馬ベルシャザールなんかに同情している場合ではない。今日、この馬はノパリトの牧草地で労《ねぎら》われ、可愛がられ、もう走る必要もなく、空前絶後の長距離走の賞賛を受けてゆっくり休めるのだから。

カウボーイは、よろよろした足取りで家の中へと入って行った。二本の腕が彼の首に巻き付けられ、大きな叫び声が上がった。「ウェブ——ああウェブ！」その声は妻であり女王でもある女の声だった。

「俺がバカだった」

「シーッ。見たのね？」

「見たとも」

二人が何の事を言っているのかは、神のみぞ知る。だが、皆さんにはお分かりだろう。これまでの出来事の筋道をきちんと読み取っていれば。

「ここの女王でいてくれ」と、ウェブ。「これまでの事は水に流してくれないか。俺は、羊をかすめ取るコヨーテみたいな卑劣な下司野郎だった」

「シーッ！」サンタは男の唇に指を押し当てた。「女王なんて、ここにはいないわ。あたしが誰だかご存じ？　あたしはサンタ・イェイガー。国王の家臣の奥方よ。さ、こっちへ来てちょうだい」

彼女は男をポーチから連れ出し、右手にある部屋へと引っ張って行った。そこには揺りかごが置かれ、中には赤ん坊がいた——赤いほっぺをした、愛嬌たっぷりの、純真無垢な、アーウーと可愛い声を上げている、愛くるしい赤ん坊が。元気一杯体を動かしながら、口の周りをよだれだらけにしていた。

「この牧場には女王なんかいないのよ」サンタがもう一度言った。「ここにいる王様を見て。目があんたにそっくりだわ、ウェブ。膝をついて陛下をご覧なさいな」

しかし、勢いよく回る拍車の歯車の音を響かせながら、ポーチからバッド・ターナーが現れると、一年前、と言っても四、五日足らないが、あの時と全く同じ質問をした。

「おはようっす。町へ行く牛が牧草地からちょうど集まりましたぜ。バーバーの所へ連れて行きますかい。それとも——」

彼はウェブを目に留めると、呆気にとられて足を止めた。

「バーバーバーバーバーバーバ！」揺りかごの中の王様が大声をあげ、両方の拳を空中に振りかざした。

「こちらのボスの言うことを聞けよ、バッド」ウェブ・イェイガーはこう言って、にやりと笑った――ちょうど一年前と同じように。

これで話は終わりだ。但し、セコ牧場のオーナーのクィンがノパリト牧場から買い入れたサセックス種の牛を見に来て、新たに雇った主任とこんな会話を交わしたことは付け加えておこう。

「ノパリト牧場の焼き印は何だったかな、ウィルソン」

「X―Yです」とウィルソン。

「そうだったよな。だが、あっちにいる白の若い雌牛を見ろよ。別の焼き印が付いてるじゃないか――ハートの中に十文字だ。ありゃ、どこの焼き印なんだね」

ジミー・ヘイズとミュリエル

湯澤　博　訳

I

夕食も終わり、すでにキャンプには沈黙が訪れ、いつものようにトウモロコシ皮で巻いた煙草の煙が渦巻いていた。水溜りが黒い土の上で輝き、まるで落ちてきた空の切れ端のようだった。コヨーテどもが吠えている。ドサッドサッというあの鈍い音は、前足を繋がれたポニーたちが生草《なまくさ》の方に向かって揺り木馬のように身体を揺らしている音だ。テキサス国境警備騎兵隊の半分が焚火《たきび》の周りに集まっていた。

やがて木製の鐙《あぶみ》が樫《かし》の茂みに触れ、枝が反《そ》り返って擦れる、あのお馴染みの音がキャンプの向こうの鬱蒼とした藪の方から聞こえてきた。隊員たちは耳をそばだてた。何やら相方を元気づけるような威勢のいい声がした。

「頑張れよ、ミュリエルちゃん、もうちょっとだぜ！　えらく長い道中だったよな、太古の昔から鋲《びょう》を纏《まと》ったお前にはな。おい、こら、俺にキスしようだなんて！　そんなにきつく首にしがみつくなよ――言っておくけど、この斑馬《まだらうま》は、それほど足元がしっかりしているわけじゃないんだからな。気をつけてないと落とされちまうぞ」

二分ほど待っていると、疲れた様子の斑のポニーが軽駆けでキャンプへと入ってきた。

背の高い痩せた二十歳ほどの若者が、鞍に身を任せるように座っていた。若者が話しかけていた「ミュリエルちゃん」の姿はどこにも見当たらなかった。

「やあ、みなさん！」馬上の若者が元気よく叫んだ。「マニング中尉宛ての手紙を持参しました」

馬を降り、鞍を外し、巻いた杭綱《くいづな》を地面に落とし、鞍頭《くらがしら》から脚綱《あしづな》を取り外した。指揮官のマニング中尉が手紙を読んでいる間、この新参者は脚綱の輪にこびりついた泥をしきりに擦りながら、愛馬の前足のことを気遣っていた。

「君たち」と、中尉が隊員たちに手で合図して言った。「ジェイムズ・ヘイズ君だ。我らが一団への新メンバーだ。マクリーン大佐がエルパソからよこしたのだ。今から夕食の準備をさせるから、さあ、ヘイズ、早いところそのポニーに脚綱をつけておけ」

新入りは隊員たちから快く迎え入れられた。それでもなお、隊員たちは抜け目なくこの若者を観察し、評価を留保していた。国境で働く同志の選択は、娘が恋人を選ぶ際の十倍の注意と慎重さをもって行われるのだ。「相棒」の度胸、忠誠心、使命感、冷静さが自分の生命を左右することが何度もあるからだ。

腹いっぱい夕食を詰めこんだヘイズは、火を囲んで煙草をふかしている連中の輪に加わった。その外見のみでは、仲間の隊員たちが心に抱いているすべての疑問に決着をつけるまでには至らなかった。周囲の目に映ったのは、亜麻色のかさかさの髪と、いたずらっぽい人の好さそうな微笑を浮かべた日焼けした無邪気な顔つきの、長身で痩せぎすの若者だった。

「同志諸君」と新入りの隊員が言った。「俺の友人であるご婦人を紹介しよう。だれも美人だなんて言ってはくれないが、なかなか素敵なところもあり、みんなから認めてもらえると思う。さあ、顔を見せな、ミュリエル！」

彼は青いフランネルのシャツの前を開けた。そこから這い出てきたのはツノトカゲだった。真っ赤なリボンがトゲだらけの首にお洒落に巻きつけられていた。そのツノトカゲは、のそのそと飼い主の膝まで下りて行くと、そこでじっと動きを止めた。

「このミュリエルには、いい所がたくさんある」演説家の手振りでヘイズが続ける。「決して口答えはしないし、いつも家にいてくれるし、しかも、毎日たった一着のドレスで満足しているのさ。日曜日でもな」

「見てみろよ、あの虫けらを！」隊員の一人がニヤニヤしながら言った。「ツノトカゲならいくらでも見てきたが、連れ合いにしてる奴なんかにお目にかかったのは初めてだぜ。そいつは、お前さんと他の人間の区別が付くのかい」

「そっちに連れてって確かめてみるがいいさ」とヘイズが応じた。

ツノトカゲとして知られるずんぐりしたこの小さな生き物は、人に危害を与えるようなことはしない。縮小版とはいえ、有史以前の怪物の恐ろしい姿形を受け継いではいるが、鳩よりも穏やかな性格なのだ。

例の隊員はミュリエルをヘイズの膝から取り上げて、毛布を丸めた自分の席へ戻った。捕われの身となったその生き物は、手の中で身を捩《よじ》り、爪を立て、しきりにもがいた。しばらく掴んでおいてから、隊員はそいつを地面の上に放した。無様《ぶざま》な格好だったが、ツノトカゲは敏捷に四本の足を動かし、ヘイズの足元近くで止まった。

「おい、なんてこった！」と別の隊員が言った。「このチビ助ときたら、お前さんのことが分かるってわけだ。こんな虫けらにそんな御大層なおつむがあるとは思いもよらなかったぜ！」

II

ジミー・ヘイズはキャンプの人気者になった。人の好さにかけては底抜けだったし、キャンプ生活に相応《ふさわ》しいまずまずのユーモアのセンスも持っていた。彼はいつでもツノトカゲと一緒だった。乗馬中のシャツの胸の中であろうと、キャンプ地での膝や肩の上であろうと、夜の毛布の中であろうと、醜いこの小さな生き物は決して離れることがなかった。

ジミーは南部や西部の田舎でよく見かけるタイプのユーモアの持ち主だった。笑わせる手段を捻《ひね》りだすことも、気の利いたことを思いつくことも不得手だった彼は、滑稽なことを思いついたら、健気《けなげ》にもその一点張りで通してきたのだった。友人たちを笑わせるために、赤いリボンを首に巻いた飼い馴らしたツノトカゲを連れ歩くのが、ジミーには大層おもしろいことに思えたのだった。

うまいアイディアなんだから、これを使い続けてどこが悪いのかというわけだ。

ジミーとトカゲの間に通う情を正確に測ることはできない。ツノトカゲが永続的な愛情を持ち得るかということについては、まだ公の議論になったことはない。ジミーの感情を推《お》し量ることのほうが容易である。ミュリエルは、自分のユーモアの傑作だったので、その意味でジミーは彼女のことを大事にした。彼女のために蝿を捕ってやったり、彼女を突然の北風から護ってやったりした。しかし、彼が世話をしてやる理由の半分は自分本位な動機によるもので、やがて時が来れば、彼女のほうが千倍の恩返しをしてくれるのだった。そもそも、何もこのミュリエルでなくても、ジミー同様飼い主の示すちょっとした配慮には十分以上に報いるものなのである。

ジミー・ヘイズが仲間の隊員との完全な友好関係を獲得できたのは、入隊してすぐさまというわけにはいかなかった。仲間たちは、ジミーの無邪気でひょうきんな性格ゆえに彼のことを愛したが、彼の頭上には、評価の留保という大きな剣がぶら下がっていた。キャンプで面白おかしく遊ぶことだけが騎兵隊の生活のすべてではない。追跡すべき馬泥棒や、逮捕すべき向こう見ずの犯罪者や、闘うべき殺し屋や、茂みから追い払うべき盗賊や、六連発銃の銃口をつきつけて守るべき平和と秩序があるのだ。ジミーはそれまでは「ごくごく普通のカウボーイだった」と自分で言っていた。ということは、騎兵隊の闘いのやりかたには無縁だったということになる。それゆえに隊員たちは、ジミーがどのように銃火に立ち向かうかということに関して、陰で真剣に思いを巡らせた。というのは、頭に置いてもらいたいのだが、それぞれの騎兵隊の名誉と誇りは個々のメンバーの勇敢さにかかっているからだ。

二ヶ月というもの、国境線は静かだった。隊員たちは、だらだらと怠惰なキャンプ生活を送っていた。それから——国境線の、錆付いてきた守護者たちにとっては吉報に他ならないのだが——悪名高き無法の馬泥棒、メキシコのセバスティアーノ・サルダールが手下を引き連れて、リオ・グランデ川を越え、テキサス側を荒らし始めたのだ。まもなく、ジミー・ヘイズが勇気を示すことのできる機会が訪れるだろうという気配がしていた。隊員たちは手際よく警備にあたったが、サルダール一味は騎士ロキンヴァー（＊ウォルター・スコットの詩の中の登場人物）のごとく馬を操り、捕えるのは容易ではなかった。

ある晩、日が沈んで間もない頃、隊員たちは馬を長時間走らせてから、夕食をとるために停まった。どの馬も鞍をのせたまま、喘ぎながら立っていた。男たちはベーコンを炒め、コーヒーを沸かしていた。すると突然、藪の陰から、セバスティアーノ・サルダールとその一味が、耳をつんざくように六連発銃を打ち鳴らしながら、甲高《かん》い雄叫びをあげて襲いかかってきた。まったく予期せぬ不意打ちだった。隊員たちは当惑した口調で罵りの言葉を吐き、あわててウィンチェスター銃で応戦した。しかし、その襲撃はメキシコ人お得意の見掛け倒しの奇襲にすぎなかった。派手な立ち回りを演じたあとで、侵入者たちは馬を疾走させ、大声で叫びながら川下へと向かって逃走していった。隊員たちは馬で追いかけたが、二マイルも進まないうちに、へとへとになったポニーたちは走れなくなり、マニング中尉は、追跡をやめてキャンプへ戻るようにと命令を与えたのだった。

それから明らかになったのは、ジミー・ヘイズが行方不明だということだった。攻撃が始まったとき、自分のポニーへと向かって走る姿を見かけた者はいたが、それ以降ジミーの姿を目にした者はいなかった。朝が来てもジミーは帰らなかった。彼らは、ジミーは殺されたか怪我をしたかどちらかだと考えて、あちこち探し回ったが成果はなかった。それから彼らはサルダール一味を追ったが、どうやら姿を消してしまったらしかった。狡猾なメキシコ人どもは、芝居じみた告別の後、川の向こう岸へと引き返したのだろう、とマニング中尉は結論を下した。確かに、それ以降サルダールの略奪行為の報告はなかった。

こうして、隊員たちは受けた傷を大きくする機会を与えられてしまった。前述したとおり、隊の名誉と誇りは個々のメンバーの勇敢さにかかっている。そして、今、彼らはジミー・ヘイズがメキシコ人の発砲する銃声に怖気づいてしまったのだと信じていた。他に考えようがなかった。バック・デイビスの指摘によると、ジミーがポニーに向かって走るのを見かけた後は、サルダール一味からの銃撃は一発もなかったということだった。ジミーが撃たれたなんてことはありえない。ありえないさ、やつは初めての闘いから逃げ出したんだ。それで後になって戻れなくなっちまったのさ。仲間から軽蔑されることは、何本もの銃口を向けられるよりも耐え難いってことに気づいてな。

そういうわけで、国境警備マクリーン隊所属マニング派遣隊には、陰鬱な空気が漂っていた。紋章入りの盾についた初めての汚点だった。国境警備隊の歴史で一度たりとも隊員が臆病風を吹かすことなどなかったのだ。それまでは、だれもがジミーには好感をもっていただけに、事態はいっそう深刻だった。

何日も、何週間も、何ヶ月も時が経っていったが、忘れがたき臆病という名の小さな暗雲が、キャンプの頭上に漂ったままであった。

Ⅲ

　ほぼ一年が経ち――いくつものキャンプ地を巡り、何百マイルもの監視と警備を経た後に――マニング中尉は、以前と顔ぶれがほぼ同じ派遣隊とともに、川沿いのかつてのキャンプ地からわずか数マイル下った地点に派遣され、その地の密輸監視にあたった。ある日の午後、隊がメスキートの密生した平地で馬を走らせていたときに、沼田場《ぬたば》（＊猪などの寝床となる泥土）の点在する開けた草地へとさしかかった。彼らが踏み込んだその場所こそ、知られざる悲劇の現場だった。

　ある大きな沼田場の中に、三体のメキシコ人の遺骨が横たわっていた。衣服の他に彼らの身元を割り出すのに役立つものはなかった。いちばん大きな骨は、かつてセバスティアーノ・サルダールであった亡骸だった。大きくて高価な、黄金の装飾品で重く飾りつけられたソンブレロ――リオ・グランデ川流域全土で有名なあの帽子――が三つの弾丸に貫かれてその場に落ちていた。沼田場の縁のところには、メキシコ人たちの錆付いたウィンチェスター銃が並んでいた――銃口がすべて同じ方向に向けられて。

　隊員たちは、その方向へ五十ヤード馬を走らせた。するとそこには、小さな窪地となった地面の上に、三体の遺骨におのれのライフルを向けたままの姿で、もう一体の遺骨が横たわっていた。それはまさに命懸けの闘いだったのだ。孤独な防衛者の身元を証明するものは何ひとつなかった。彼の衣服といえば――風雨も、それとわかるように残しておいてくれたのだが――牧場労働者やカウボーイならだれでも着ていそうな服だった。

「どこかのカウボーイだな」とマニング中尉は言った。「やつら三人がやりあった相手のな。たいした男だ！　やられる前に極上の屑野郎を片付けちまったんだからな。それで、あれ以来、俺たちはセバスティアーノの噂を聞かなかったってわけだ」

その時、今は亡き男のぼろぼろになった衣服の下から身をくねらせて現れたのは、一匹のツノトカゲだった。首に色あせた赤いリボンを巻きつけた姿で、長いこと沈黙したままの主人の肩の上にすわった。口など利けるはずもなかったが、このトカゲこそ、行方知れずとなっていたあの若者と早足の斑のポニーのことをありありと物語っていたのだ――あの日、いかにして若者とポニーが、仲間のだれよりも速くメキシコ人侵入者を追跡し、いかにして若者が隊の名誉を守りながら倒れたかを。

レンジャーの一団が集まり、一同の口からは一斉に猛々しい叫び声が上がった。その喚声は葬送歌、謝罪の言葉、墓碑銘、勝利の讃歌がひとつになったものだった。皆さんは思われるかもしれない――奇妙な鎮魂歌だ、倒れた仲間の亡骸に向けるものとしては――と。だが、もしもジミー・ヘイズの耳に届いたとすれば、必ずや分かってもらえたことだろう。

薔薇とロマンス

狩野　君江　訳

ラヴァネルが――旅人であり芸術家であり詩人でもあるラヴァネルが、持っていた雑誌を床へ放り投げた。窓のそばに座っていた証券会社勤務のサミー・ブラウンは飛び上がった。「何だよ、ラヴィー」彼は尋ねた。「批評家連中が君の詩人としての株をこき下ろしてでもいるのかい？」

「ロマンスは死んだよ」ラヴァネルが素っ気なく言った。ラヴァネルが素っ気ない感じで語る時は、たいてい深刻な時だった。彼は雑誌を拾い上げ、頁をパラパラとめくった。

「サミー、君みたいな俗物主義者でも知ってた方がいいんじゃないかと思うんだけど」と、ラヴァネルは重々しく切り出した。（自分ではあっさり話しかけていると思いこんだ口調だった。）「いいかい、この雑誌はね、昔はポーとかローウェルとかホイットマンとかブレット・ハートとかデュ・モーリエとかラニーアだとかを載せていたけど――さっきも言ったように今ではロマンスの影も形もなくなってしまった雑誌なんだ。その最新号を広げてみろよ、実に文学的な楽しい読み物の満載だ。例えば、軍艦に搭載された自動給炭機や石炭車の記事、レバー・ソーセージを製造するときに工夫される様々な方法の暴露記事、標準優良インターナショナル・ベーキングパウダー会社がウォール街で行う商取引の連載話、ローズヴェルト大統領が取り逃がした熊を題材にした『詩』なるもの、イーストサイドでうら若きご婦人がオーバーオールを作りながらスパイとして一週間過ごしたという『実話』、いわゆる『自動車工場』とか、ある自動車の製造方法をそれとなく漏らす胡散臭《うさんくさい》い『作り話』、といったところさ。もちろんタイトルには『キューピッド』とか『おかかえ運転手《ショーファー》』とかいう言葉は入っているんだ——それにスペインの無敵艦隊やスタテン島の連絡船がイラスト入りで描かれた海軍の戦略に関する記事もあれば、ある反体制派のボスが五番街の綺麗どころの愛をものにするっていう話もある。しかもその方法ってのが、彼女の目の周りに青痣《あざ》ができるくらい殴ったり、妥当ではない法案に一票を投ずるのを拒んだりすることで、というんだから。（その条令が街路清掃省か、議会のどちらのものかは定かではないけどね。）そして編集者たちときたら、十九頁にわたって発行部数を自慢してる有様だ。サミー、全部が全部ロマンスの死亡記事だよ」

　サミー・ブラウンは、開け放した窓のそばに置いてある革張りの肘掛けいすに座ってくつろいでいた。スーツは濃い茶色でチェック柄の模様がこらしてあり、チョッキのポケットから顔を覗かせている四本の葉巻の端が色合いの点では見事な調和をなしていた。薄い茶褐色なのは靴、灰色なのは靴下、空色は見たところリネンのシャツ、雪のような白さでピンと高くカッチリ固まっているのはシャツのカラー、そして黒い蝶の形をした物がカラーを背景に羽を広げてちょこんと止まっていた。サミーの顔は——取り立てて言うほどのものではないが――丸くて愛嬌に富んだ赤ら顔で、いくらその目を覗き込んだところで、消え失せようとしているロマンスの安息所を見つけることなどできなかった。

ラヴァネルの部屋のその窓は、いかにも歴史を感じさせる古木や植え込みやらで鬱蒼とした古い庭に面していた。アパートはその庭の片側にそびえ立ち、高い煉瓦塀が通りから庭を守っている。ラヴァネルの窓のちょうど向こう側に、古めかしい邸宅が夏の群葉の陰に半ば隠れるように立っていた。その屋敷は包囲された城だった。町中が怒号し、喚き立て、奇声を発し、その両開きの扉を力任せに叩き続けた。しまいには塀越しに、そちらの言い値で結構ですと言わんばかりに何も書いていない真っ白の小切手を振りかざし、降伏条件を申し出た。灰色のほこりが木々の上に降り積もった。城への包囲攻撃はさらに激しさを増したが、城明け渡しの開門の為に跳ね橋が下ろされることはなかった。騎士道物語風の話を延々としてもキリがないから、もう止めておこう。中に住んでいるのは一人の老紳士――彼は己の屋敷を心から愛し、売りに出そうなどとは夢にも思っていなかった。以上が、包囲された城にまつわるロマンスの一部始終だ。

毎週三、四回、サミー・ブラウンはラヴァネルの部屋にやって来た。詩人クラブに加入していたためで、というのも、以前ブラウン家はかなり著名だったからなのだが、当のサミーは今やビジネスの世界にどっぷりつかった男だった。サミーは亡くなったロマンスに流す涙など一滴も持ち合わせてはいなかった。彼の心に訴えかける物は株式相場連動機の囀り《さえず》声だけで、ひとたび競馬の賭け予想や野球の打撃得点のことに話が及ぼうものなら、それらは彼にとってちょっとした楽しみ事となるのだった。彼は、ラヴァネルの窓辺の革張りの肘掛けいすに腰掛けるのが大好きだった。そしてラヴァネルも、そんな彼のことをとりわけ気に留めてもいなかった。サミーはラヴァネルの話を楽しんでいる様子だったし、証券会社に勤める仕事なんて、俗世間をそのまま具現化したもので昼間の汚れた実利性を一心に浴びているのだから、ラヴァネルは、むしろサミーを自分の贖罪の山羊として利用することを良しとしたのである。

「何がお気に召さないのか、当ててやろうか」サミーはビジネスで習い覚えた察しの良さで言った。「その雑誌が、君の素晴らしい技巧を駆使した詩を掲載拒否したんだろ？　だから、君は怒ってるんだな」

「ウォール街の株相場のこととか、婦人運動クラブの会長に誰がなるかなんてことだったら、その予測はなかなかものなんだけどな」遠回しにラヴァネルは言った。「実はね、雑誌のこの号には僕の詩が載っているんだよ――これを詩と呼ぶのを許してもらえるならね」

「読んでくれないか」サミーはそう言って、吐き出した葉巻の白煙が窓の外へと流れていくのをじっと見つめた。

ラヴァネルも、アキレスと同様、大して偉大な人物ではない。誰も偉人にはなりえない。必ずや弱点があるからだ。たとえ不死身の身体にしてくれる何かに我が身を浸そうとも、どことは知れぬ場で、誰とも分からぬ者によって、人は支配されてしまうものなのだ。彼は雑誌に載っている自分の詩を朗読し出した。

四本の薔薇
私が君の髪に挿してあげた一輪の薔薇
(白い薔薇、それは真の値打ちを語るもの)
君が胸に飾った一輪の薔薇
(赤い薔薇、それは愛の生まれる印)
君が茎からつみ取った、もう一輪の薔薇
(ピンクの薔薇、それは永遠を表すもの)
そして君が捧げた一輪の薔薇——私の胸に抱かれて
思い出の棘となる

「絶品だね」サミーが賞賛を込めて言った。

「あと五連あるんだけど」ラヴァネルは鼻でせせら笑いたくなるのをぐっと堪えて言った。「連の終わりごとにポーズを入れるのは当たり前のことだろう。そりゃもちろん、いやなら――」

「おっと、それなら終わりまで聞かせてもらおうじゃないか」サミーは、申し訳ないことをしたといったふうに声を張り上げた。「邪魔するつもりじゃなかったんだ。僕は詩の専門家じゃないからさ。詩というのは、終結部の所に終わりを示す便宜的な印があるはずだよね。そうしたものがないような詩なんか、お目にかかったことがなかったんだ。残りの部分をすらすらっとお願いしたいね」

ラヴァネルは溜め息をついて雑誌を置いた。「それじゃあいいよ」サミーは陽気に言った。「今度来たときに頼む。もう行かなきゃならないんだ。五時に人と会う約束をしてるもんでね」

彼は日陰になった緑濃い庭にもう一度ちらっと目をやると出て行った。野外笑劇でよく歌われる、あまり格調高いとはいえない歌の節を調子はずれの口笛で吹きながら。

翌日の午後、ラヴァネルは新作ソネットのまだ納得いかない一行を練り上げながら、窓辺にもたれて包囲された無欲なあの男爵の庭を見下ろしていた。突然彼が身を起こしたために、推敲中の二つの韻と一つか二つの音節を放り投げてしまうこととなった。

木立越しに、古びた邸宅の窓が一つだけはっきりと見える。ゆらゆら揺れる白いカーテンで飾られたその窓に寄りかかっていたのは、まさにロマンスと詩からなる、彼の夢幻の世界に住むあの天使だった。若くて、ひとしずくの露のように瑞々しく、クレマチスの小枝のように優美で、騒々しい往来の交通によって取り囲まれた庭にも、まるで王女様の四阿《あずまや》といった風情を与え、詩人によって歌い上げられるどの花よりも美しい！――初めてその娘を目にしたとき、ラヴァネルはそう思った。彼女はしばらく佇んでいたが、やがて中へと消えてしまった。後に残されたのは小鳥の囀りにも似たかすかな調べで、その調べは、辻馬車の軋む音や路面電車のうなるような音の中でもラヴァネルの魅せられた耳には届けられた。

　こんなふうに、ロマンス、ロマンスと騒ぎ立てるその詩人に挑戦するかのように、また、若さと美という不滅の精神に対して臆病になっている詩人を罰しようとでもするかのように、さっきの彼女の姿がぞくぞくさせるような、また、咎めるような趣で詩人の脳裏に浮かんできた。そしてその力は強烈なものだったので、ラヴァネルを取り巻く全世界の原子は一瞬にしてその様相を一変してしまった。娘が住む屋敷の前を通り過ぎる荷馬車の音は、深みのあるコントラバスで愛の調べを奏でる。新聞売り子の呼び声は囀る鳥の調べとなり、庭はキャピレット家（＊戯曲『ロミオとジュリエット』中のジュリエットの家名）の遊歩道に、門番は人食い鬼に、そして彼自身は、剣か槍、あるいはリュートを携える騎士へと変貌した。

以上のように女神ロマンスは、都会で消え去っても煉瓦と石造りの森の中から姿を現すもの。それ故、再びロマンスを見つけ出すためには、町中にロマンス捜索のお触れを出さねばならない。

その日の午後四時に、ラヴァネルは庭の向こうに目を向けた。希望の幻想に満ちた窓には四つの小さい花瓶が置かれ、一輪ずつ見事に咲いた大輪の薔薇が挿されていた――赤と白の薔薇が。そして彼がじっと見つめる中、薔薇の上に身をかがめた娘のあまりの愛らしさに、薔薇の方が恥じらいを感じるほどだった。また、彼女の視線はラヴァネルのいる窓へと物思わしげに注がれているようだった。それから彼の礼儀正しいが情熱的な眼差しを捕らえたのか、彼女が遠慮がちに消え去っていくと、窓辺には例のかぐわしい印だけが残された。

そうとも、あの印だ！　――もし、あれがわからなければ、僕には何の値打ちもありはしない。彼女は僕の詩を読んだのだ、あの『四本の薔薇』を。あの詩が彼女の心に響いたのだ。そしてこれこそが、そのロマンチックな答えというわけだ。勿論、ラヴァネルがその詩の作者で、庭向こうの家に住んでいることも知っているに違いない。自分の写真も、雑誌に載っているのを見たに決まっている。繊細で、優しく、控えめな、期待を抱かせるようなあの愛の伝達《メッセージ》を見逃してはならないぞ。

ラヴァネルは、薔薇の脇に別の花の植えられた小さな植木鉢が置かれているのに気付いた。恥ずかし気もなく彼はオペラグラスを取り出すと、窓にかかったカーテンの陰からそっと覗いてみた。ナツメグ・ゼラニウムだ！

正真正銘、詩人としての直観力を働かせ、本棚から無駄な情報満載の雑学の本を引っ張り出し、『花言葉』の頁を引き裂く勢いで開いた。

《ナツメグ・ゼラニウム――お会いしたい》そうとも！ 女神ロマンスは中途半端な事など決してしない。皆さんの元に戻るときには、贈り物と手編みの品を携えて、望みとあらば炉端に腰を降ろしてくれるだろう。

今やラヴァネルは微笑んでいた。恋する男は、愛を勝ち得たと思うと微笑むもの。恋する女は、勝利と共に微笑むのを止めてしまう。男は戦いを終え、女は戦いを始める。女は甘く詩的な心を持っているに違いない。恋しい男に見せようと、窓辺に四本の薔薇を置くとは何て素敵なアイディアだろう！ さあ、今度はどんな作戦でお目通り願おうか。

口笛、そしてドアをバタンバタンと閉める音がして、サミー・ブラウンの登場だ。

ラヴァネルはまたも微笑んだ。あのサミー・ブラウンでさえ、ロマンス復活というあたり一面差し込む光線に照らし出されている。サミーは相も変わらず派手な洋服を身につけ、馬蹄形のネクタイピンを留め、ぽっちゃりした顔で、ありふれたスラングを口にし、ラヴァネルを訳の分からぬ誉め言葉で称えるだろうが——この証券会社に勤める男こそ、詩人の陰鬱な部屋を初めて訪れる、輝くばかりに美しい、まだ見知らぬはずの娘にとって素晴らしい引き立て役となるのだ。

サミーは窓のそばのいつもの席に着くと、庭のくすんだ緑色をした葉の茂みを見下ろした。腕時計を覗き、慌てて立ち上がった。

「おっと!」と叫んだ。「四時二〇分だ! もう行かなくちゃ。四時半に約束があるんだ」

「それじゃどうして来たのさ」ラヴァネルは皮肉たっぷりに、おどけて尋ねた。「そんな時間に約束してるんだったら、どうして来たんだい? 君たちのようなビジネスマンは、もうちょっと一分一秒の時間も大事にするんだと思っていたよ」

サミーは一瞬ドアの所で立ち止まり、赤ら顔を一層紅潮させた。

「実はだね、ラヴィー」彼は利ざやが消失してしまった客に話しかけるように説明し出した。「ここに来るまで知らなかったんだ。本当さ、聞いてくれよ——隣の古い屋敷に、僕がぞっこんの、とびっきりいい娘がいるんだ。白状しちまうと、婚約してる。爺さんは『だめじゃ』と言ってやがる——そうはさせない。爺さんは娘をがっちりガードしてるんだ。君のこの窓からなら、イーディスの窓がよく見える。彼女が買い物に出るとき、合図を送ってくれるんでデートできる、っていうわけ。今日は四時半だ。もっと早く説明しておけば良かったんだけど、君なら大丈夫だと思って——じゃ」

「その『合図』とやらはどんなものなんだい?」ラヴァネルは無理に微笑もうとして、ぎこちなく笑った。

「薔薇だよ」あっさりした答えだった。「今日は四本あるんだ。ブロードウェイと二十三番通りの交差点の角で四時に、ってこと」

「でもあのゼラニウムは?」ラヴァネルは、逃げて行く女神ロマンスの引きずるドレスの裾を握りしめて、しつこく食い下がった。

「三十分のことさ」廊下から、サミーが声を張り上げた。「じゃ、また明日」

クリスマスのご挨拶

狩野　君江　訳

今さらクリスマスの物語でもないだろう。作り話の世界は既に書き尽くされている。では、次善の策たる新聞記事ならどうかいうと、それだって早々と結婚生活に入り、魅力的ではあるが悲観的な人生観に達してしまった小賢《こざか》しい若き新聞記者達がでっち上げているに過ぎない。したがって、この季節の楽しみ事をひねり出そうとする時、私が関心を持つのは、これも問題ないとは言えないが次の二つしかない。つまり、現実の諸相を活写する道と、人生哲学を説く道の二つだ。これからする話がそのいずれであるかは、読者諸君に委ねることとしよう。

子供というのは、なりは小さいながら全く厄介な生き物で、何かにつけて大人の手を焼かせるものだ。とりわけ、ろくでもないことでどうにも泣き止まない時には、ほとほと困り果ててしまう。なけなしの慰めの言葉もかけ尽くしてしまうと、後はすすり泣く子供を叩いて寝かしつけるほかはない。そんな時、私たち大人は、太古の昔から受け継がれてきたあの砂を噛むような惨めな気分に陥り、一体何故だと神に問いただす。このように難局の中から悲鳴を上げ続ける。悲しみにくれる子供を真に理解してやれるのは、人生の年輪をかさねた女中か、牧羊犬くらいのものだ。

では、いよいよ縫いぐるみ人形、ボロを着た男、そして十二月二十五日を一まとめにした実話を始めるとしよう。

その月の十日のこと、大富豪の子供が縫いぐるみ人形をなくしてしまった。ハドソン川に面した大富豪の屋敷には大勢の使用人がいて、屋敷の中も外もくまなく探したが、失われた宝物は発見できなかった。子供は五歳になる女の子で、世の中には、ダイヤモンドをちりばめた自動車や小馬の二頭立て四輪馬車には目もくれず、粗末な安物のおもちゃに執着しては裕福な両親の神経を逆撫でするような、そんなひねくれたチビどもがいるものだが、この子もそんな一人だった。

その子の悲嘆ぶりときたら、ただただ痛ましいばかりで、それは、縫いぐるみ市場がマサチューセッツ・ガス会社と同様に金儲けの種になると思っているその大富豪にとっても、また、見た目優先、いや、ほぼ優先の——そのうち分かるだろうが——子供の母親である奥方にとっても、解き明かすことのできない謎だった。

子供はどんな慰めも受け入れず、泣き疲れ、次第に目は落ちくぼみ、気力を失い、やせ細り、他のことにはまるで手がつかなくなってしまった。大富豪は自信満々で微笑むと、幾つもある金庫をトントンと叩いてみせた。フランスやドイツのおもちゃメーカーの中でも選り抜きのおもちゃが速達で屋敷に届けられたが、レイチェルにとってそんな気休めなど何の足しにもならなかった。あたしのあの縫いぐるみ人形じゃなけりゃいや、と泣きじゃくり、ありとあらゆる外国製の愚にもつかないおもちゃにかけられる高額の保護関税に貢献しただけのこと。それではと、最高の診断技術を持った医者達がストップウォッチ持参で招かれた。医者達はめいめい、鉄ペプトン化マンガン酸塩を試してみては、とか、船旅などしてみては、とか、次亜リン酸塩の服用を、とか、ただ役にも立たぬご託を並べただけで、それもやがてストップウォッチの針が『ビル・レンダード氏』（*請求書のこと）のご登場の頃合いを告げるまでのことに過ぎなかった。そして世間並みに、できる限り早く縫いぐるみ人形を見つけ出し、悲しみにくれている人形の〈母親〉の元へ戻してあげることですな、などと忠告する始末だった。その子はどんな治療を受けているときも、鼻をすすり、親指を噛み、ベッツィちゃんの名を呼びながら、えーんえーんと泣くばかりだった。こんなことが起きている間中、外電が飛びこみ続け、サンタクロースからのこんな言葉を伝えていた。もうすぐ私が参上致します。真のキリスト教精神をお見せして、この私サンタクロースを心から歓迎して頂けるよう、賭博場やトンチン年金政策やプラトゥーンシステム（*軍隊の中の小隊）でお困りの方たちの締め付けをゆるめて差し上げましょう、と。どこもかしこもクリスマス気分が浸透し、浮かれ出していた。銀行は貸し付けを拒む、質屋は既に受付係の助っ人団の数を二倍に増やしている、通りでは赤い橇《そり》に乗った子供が向こう脛にぶつかって来る、酒場のカウンターに寄りかかって待つ客の前にはトーマスやらエレミアといった酒が泡立つ、商店のショーウィンドウにはおもてなし用のクリスマスリースが掛けられる、毛皮をお持ちの方々は毛皮を取り出そうとする。さて、いずれの「ボール」を相手にするのが最善なのだろう――スリー・ボール（＊質屋の看板）へと駆けつける？ 酒場でハイ・ボールをあおる？ 取り出した毛皮からモス・ボール（＊虫除け玉）を取り除く？ それとも表通りでスノウ・ボールの投げっこに興じる？ ――いずれを選ぶべきか簡単に決められるものではない。こんな慌ただしい時期に、ボロ布の詰まった縫いぐるみ人形のような『心の宝物』をなくしてる場合ではないのだ。

この不思議な失踪事件解決のため、もし、ワトソン博士の友人探偵ホームズ君が呼ばれていたら、大富豪の壁に『吸血鬼《バンパイア》』の複製画がかかっていることに気付いたろう。彼ならすぐに推理力を発揮して、〈ボロ布と骨と毛の束〉と推測するだろう。子供が縫いぐるみ人形の次に大事にしているスコッチテリアの「フリップ」は、屋敷中をじゃれ回る。毛の束だ！ こいつだ！ 未知数Xは縫いぐるみ人形を表しているのだ。しかし、骨とは？ ふーむ、犬は骨を発見するとどうするか――これで読めたぞ！ フリップの前足を調べてみれば、やすやすと結論に辿り着けるはずだ。見たまえ、ワトソン君！ 土だ――犬の足先の間に乾いた土がこびり付いている。もちろん、犬は――しかし、シャーロック・ホームズはここにはいない。だから分からずじまい。が、これ以上の推測には、屋敷の建てられている地形と建築様式を介在させねばならない。

大富豪の屋敷は、広大な空間を占めていた。屋敷の前には、ひげ剃り二日後のアイルランド人の顔のように短く刈り込まれた芝生が広がっていた。芝生の片側で、もう一方の通りに面した所には、葉一枚にいたるまで丁寧に手入れされた遊歩道が続き、そしてガレージ、馬小屋と並んでいた。スコッチテリアの仔犬が、子供部屋から縫いぐるみ人形を奪う、芝生の隅まで引きずっていく、穴を掘る、そして無神経な葬儀屋のやり方を真似て人形を埋めてしまった、というわけだ。これにて一件落着、インチキ魔術師に払うため小切手を書く必要もなければ、巡査部長に投げてやる五ポンド紙幣も必要ない。それでは読者諸君、退屈されていることだろうから、いよいよ事件の核心――クリスマスの本題へと取りかかるとしよう。

ファジーは酔っぱらっていた。皆さんや私のように酔っぱらい特有の馬鹿騒ぎをするでもなく、酔いつぶれて管を巻くでもなく、陽気に喋りまくるわけでもなかった。礼儀を欠くことなく、紳士然とした、何の害にもならない酔っぱらいで、全く付きに見放された紳士そのものだった。

ファジーは逆境を求める冒険家だ。道路、大きな干し草の山、公園のベンチ、勝手口、シャワー・トイレ付きの宿泊施設を嫌々ながらも転々とすること、それから大都会のけちな分け前や賤しくもため込んだ施しもの――こういったものが彼を語る上で重要な場面場面を形成していた。

ファジーは川の方へ向かって、大富豪の敷地の片側に隣接した通りを下って行った。すると、失われた縫いぐるみ人形ベッツィちゃんの足が目に留まった。それは、小人国殺人事件の鍵のごとく、塀の隅の、まだ幼くして葬られた墓から突き出ていたのだ。彼は虐待された幼子を引きずり出すと、脇に抱え込み、偶然ぬるま湯に浸かった生活へと連れてこられた人形なら聞いたこともないような仲間内の下品な歌を口ずさみながら歩いて行った。ベッツィに耳などなくて何て良かったことか。おまけに視力を持たない黒丸が張り付いているだけで、実際には目も見えなくてこれまた良かった。なぜなら、ファジーの顔もスコッチテリアの顔も似たり寄ったりで、こんな恐ろしい怪物どもの餌食に立て続けになったことを当の本人が知れば、縫いぐるみとはいえ、堪えられはしなかっただろうから。

ご存じないだろうが、グローガンの酒場は川の近く、ファジーが歩いている通りを下った所に立っている。グローガンの店は、クリスマスの喧噪で既に大賑わいだった。

ファジーは人形を抱えたまま入って行った。サトゥルヌス（＊冬至に祭る農耕の神様）の祭りで演じる無言劇の役者の真似事でもして、ほんの少しでいいからクリスマスを祝う乾杯から酒のおこぼれにあずかろうと思ったのだ。

彼はベッツィをカウンターに置くと、その人形に大声でユーモアたっぷりに話しかけた。まるで恋人に愛を囁く男のように、会話に大げさなお世辞や愛情表現で愛嬌を添えて。酒場で盛り上がっていた怠け者や酒飲み連中は、こりゃおかしいや、と大爆笑した。バーテンがファジーに一杯奢ってくれた。なるほど、こんなに容易《たやす》く酒にありつけるなら、みんな縫いぐるみ人形を連れて押しかけて行けばいいんじゃやないか。

「この娘の分はないのかい?」ファジーは図々しくもそう催促して、チョッキの下に人形の芸に対するもう一つの献上物も押し込んだ。

ベッツィにはまだまだ可能性があるぞ、と思い始めた。初めての晩にしちゃあ、うまくいったぜ。町中連れ回して芸をさせたらどうかな、という気になった。

ストーブ近くのグループの中に、《土鳩》マッカーシー、黒人ライリー、そして《片耳》マイクが座っていた。こいつらは、川の左岸の評判を落としている非常に危険な区域でも特に胡散臭《うさんくさ》いことでよく知られている連中だった。三人の間を新聞が行き交っていた。節くれ立った堅い人差し指がそれぞれ指している記事は、「謝礼金百ドル」という見出しの広告だった。その金を稼ぐには、億万長者の屋敷からなくなったか、迷子になったか、盗まれたかした縫いぐるみ人形を取り戻さねばならない。一途な子供の胸中は、いまだ悲しみが吹き荒れたまま、収集がつかない様子であった。スコッチテリアのフリップがお嬢様の前ではね回ったり、滑稽な頬髯《ほおひげ》を振ってみせたりしたが、気晴らしにも何もならなかった。あんよしたり、お口をパクパク動かしたり、ママーと声を発したり、ねんねさせるとお目々をつぶったりするフランス製からくり人形のマベールちゃんやビオレットちゃんたちには目もくれず、いつもあたしのベッツィちゃんは、と言ってわんわん泣く有様だった。広告は、最後の手段だったのだ。

黒人ライリーはストーブの後ろから姿を現すと、いつものようにぐるっと弧を描いてファジーの方に近寄って行った。

クリスマス無言劇の旅役者は、トントン拍子に事が運んだせいで頭に血が上ってしまい、ベッツィを脇に抱えると、他の店での即興劇の予約を取り付けるべく出掛けようとしていた。

「やあ、旦那」黒人ライリーが話しかけた。「その人形をよう、いってえどこでかっさらてきたんだい？」

「これかい？」ファジーは、話の種になっているのはこいつかと言わんばかりに、人差し指でベッツィに触れた。「そうだな、この人形はベルーキスタンの皇帝から俺に寄贈されたんだよ。ニューポートの俺の国には他にも七百ばかりはあるぜ。こいつは――」

「おかしなこと言ってんじゃねえよ」ライリーは言った。「おおかた、丘の上の屋敷からかっぱらって来たか、拾ったかしたんだろうよ——ま、そんなこたあはどうでもいいや。そのボロに五十セントでよけりゃ、すぐやるぜ。家にいる兄貴のガキならそんなもんで遊びたがるだろうからな。なあ——どうだい？」

黒人は五十セント玉を一枚差し出した。

ファジーはそいつを目にすると、横柄な仕草で酒臭い息を吐きながら、クックッと喉を鳴らして笑い飛ばした。サラ・ベルナール（＊フランスの女優一八四〇〜一九二三）のマネージャーの事務所へ行って、あんなみすぼらしい町のホールや文学仲間をもてなす夜の公演からサラを解放してやってくれないかって頼んでみるがよい。きっと、ファジーの笑いと寸分違わぬ笑い声を耳にすることができよう。

黒人ライリーは、レスラーがするようにブルーベリー色の目で素早くファジーを上から下まで見て値踏みした。手の方は、ローマ人の役を気取ってファジーの胸ぐらをつかみ上げ、何も知らないうちに《福の神》を懐に隠し持つこの即興のおどけ者から、サビニ人（＊大昔ローマ人にこてんぱんにやっつけられた民族）役の縫いぐるみをもぎ取りたくてうずうずしていた。しかし、ここはグッと怺《こら》えてみせた。ファジーは太っちょで、がっちりした大柄な男だった。薄汚いリネンを引っかけただけで、冬の風をしのぐ三インチほどの垂れた腹の贅肉が、チョッキとズボンにはさまれている。上着の肘と膝の周りに走る無数の小さく丸い皺を見れば、骨格と筋肉の頑丈さは一目瞭然だ。人の良さそうな性格と酔いで潤んだ小さい青い目は穏やかに相手を眺め、何の屈託もない。髯はモジャモジャ、ウイスキーでベロンベロン、身体は隆々、これじゃ、手に負えやしねえ。それで、黒人ライリーは怖じ気付いちまったというわけだ。

「じゃあ、そんなもんにいくらならいいってんだ？」

「金なんかじゃ、このかわい娘ちゃんは絶対買えねえよ」ファジーは断言した。

ファジーは、芸人として初めての成功を祝う美酒に酔っていた。バーのカウンターに、色あせた青い服に土がこびりついた縫いぐるみ人形を置く、そいつと会話の真似事をする、気付くとお客から浴びせられる拍手喝采で胸がドキドキし、俺の芸を評して注がれるただ酒で喉が焼き付くんだ——しけたコイン一枚で、こんなうめえ商売を俺から買い上げようなんてできるもんか。ファジーが突拍子もないことを思いつく質《たち》だって事は、そのうち分かるだろう。

ファジーはうまく事が運べる別の酒場を探しに、調教されたアシカのような足取りで出て行った。

宵闇にはまだほど遠かったが、深鍋ではじけるポップコーンのように街灯が瞬き始めていた。待ちくたびれて我慢しきれなくなったクリスマスイブが、時の縁を超えて顔を覗かせようとしていた。実は皆、祝いの準備は万端だったのだ。まもなく町は赤々と飾り付けられるだろう。皆さんもラッパの響きを耳にしたり、祭りの馬鹿騒ぎからうまく身をかわしたりしたことがあるはずだ。

《土鳩》マッカーシー、黒人ライリー、そして《片耳》マイクは、グローガンの店の外に出て大慌てで話し合った。肝っ玉が小さく冴えない青二才の三人は正面切って仕掛けてはこないが、戦いのやり方に関しちゃトルコ人の恐ろしい奴より危ない連中だった。正々堂々とやる喧嘩なら、ファジーがこの三人をやっつけることもできるだろう。が、行き当たりばったりの交戦となると、ファジーの負けは決まったも同然だ。

三人が追いついたのは、ファジーとベッツィがコスティガンのカジノへ入ろうとしたちょうどその時だった。三人はファジーの向きを変えさせると、鼻先に例の新聞を突きつけた。ファジーにも話は飲み込めた――これからどうしたらいいかも。

「全くよう、おめえらは本当にいい奴だな。一週間ほど考えさせちゃくれねえか」ファジーが言った。

本物の芸人魂の熱は、そう簡単に冷めるものではない。

奴らはご丁寧にも忠告してくれた――新聞広告なんて無情なもんで、一日でも遅れちまうと百ドルなんて金、払ってもらえねえかもしれねえぜ、と。

「まるまる百ドルか」ファジーは考え込むと、ぼんやりと言った。「おめえたちゃ、いい奴だ。ちょっくら行って、謝礼金とやらを頂いてくるとするか。見せ物商売は昔ほど割が良くないんでね」

　夜のとばりが下り始めていた。大富豪の邸宅が立つ高台の下まで、三人はファジーのそばにピッタリついてきた。そこまで来ると、ファジーはとげとげしい態度で三人の方に振り向いた。

「てめえたちゃ、どうしようもねえ面した犬のようなゴロツキどもだ」と喚き立てた。

「あっちへ行きやがれ」

　三人は後ずさった――ほんの少しだけ。

《土鳩》マッカーシーのポケットには、太さ一インチ、長さ八インチのガスパイプが忍ばせてあった。その片端と真ん中に何が入っているかというと、実は鉛玉がはまっているのだ。パイプの半分にはハンダが流し込んである代物だった。黒人ライリーは、スラングショット（＊縄・革の先に付けた重い分銅）を持った、昔からのごろつきだ。《片耳》マイクは一門の伝統であるメリケンサック（＊格闘のため指関節に嵌める金属片）を両手に嵌めていた。

「奴から人形を奪ってわざわざ持って行く必要なんかないぜ。奴がやってくれるってんだからさ、俺たちのために」黒人ライリーが言った。「奴には、俺たちに金を持って来させりゃいいじゃねえか。なあ――そうだろ？」

「奴を川へ放りこんじまおうぜ」《土鳩》マッカーシーが言った。「足に石をくくりつけてさ」

「おめえたちにゃ、ほんと、うんざりするぜ」《片耳》マイクが悲しげな素振りで言った。「おめえら、進歩ってもんがねえのかよ。ちょいとガソリンをぶっかけて、車がガンガン通る道へ突き落としちまう――ってのはどうだ？」

ファジーは大富豪の門をくぐって、柔らかい光を放つ屋敷の入り口へ向かって千鳥足で進んで行った。三人の悪党たちは門に近付き、そこらをうろつき回った。門の両側に一人ずつ、車道の向こうにもう一人。三人は自信満々で、冷たい金属製と皮製の武器を指でもて遊んでいた。

ファジーは呼び鈴を鳴らした。その顔には、落ちぶれた自分のことを決まり悪そうに見下しながらも、夢見るような薄ら笑いが浮かんでいた。昔の癖で、右手の手袋のボタンに手をやろうとしたが、手袋などしている筈もなく、左手はぎこちなく垂れ下がった。

絹服やレース飾りの服を身に纏った者たちのために扉を開けるのを職務としていた使用人は、ファジーを一目見て思わず後ずさりした。しかし、よく見てみると、目に飛びこんできたのは、パスポートと言えばいいのか、入場許可証と言えばいいのか、はたまた歓迎の担保物件とでも言えばいいのか、男の脇からぶら下がっているのはこの屋敷のお嬢様の失われた人形ではないか。

ファジーは、間接照明の光でほの暗い大広間に通された。使用人は出て行くと、女中とお嬢様を連れて戻って来た。その人形は嘆き悲しんでいた子供の元へと返された。子供は、行方不明になっていた最愛の人形をひしと抱きしめた。そして、悲しみと絶望の底から自分を救ってくれはしたが、見た目の恐ろしいその男に対して嫌悪と恐怖の念を抱いたのか、子供にありがちな分からず屋気分と図々しさを隠そうともせず、足を踏みならし、怖いよおと声を上げて泣き叫んだ。ファジーは機嫌を取ろうと身体をくねらせ、バカげた笑みを浮かべながら、幼児にも気に入られるようなお喋りをしようとした。その子供は泣きじゃくってはいたが、ベッツィちゃんをしっかり抱きかかえたまま引きずり出されて行った。

そこへ秘書なる男が入ってきた。顔色は青白く落ち着き払った態度の洗練された人物で、室内履きをはいて滑るように歩き、なおかつ荘厳と礼儀を何より重んじている風情であった。その秘書は、十ドル札十枚を数え上げながら、一枚一枚ファジーの手の平に置いた。それから視線を扉に向けて、次に守衛のジェイムズに移し、不愉快きわまりないこの報奨金稼ぎの男をあちらへと指示すると、室内履きをはいた足を秘書室へと静かに運んで行った。

ジェイムズの方も威厳ある視線でファジーを引き寄せると、正面玄関へと促した。

ファジーは、その薄汚れた手のひらに金が置かれた途端、とっさに逃げ出してしまおうかと思った。しかし、彼は考え直し、そんなことをしたらエチケットに反するぞ、と思うのだった。この金は俺のなんだ。この金は、俺に授けられたんだ――そうとも、心の眼でじっと見てみればよく分かる。これは何てとびっきりの幸福の世界を、俺に開いてくれたんだろう！

俺は社会の階段の一番下に転がり落ちていた。腹ペコで、住むところもなけりゃ、友達もいねえ、ボロを着て、寒さに震え、あっちこっちふらふらしてきた。そして、一端《いっぱし》の遊び人なら誰でもあこがれる楽しみいっぱいの楽園への鍵を、遂に俺は手に入れたんだ。あの妖精の人形が、ボロの詰まった手で魔法の杖を一振りしてくれたお陰だ。今やどこへ行こうと、眩いばかりの足載せ台や、キラッと光るグラスに注がれた魔法の赤ワインが供される魅惑の酒場宮殿の入り口が、扉を開けてどうぞどうぞと、この俺様を待っているんだ。

ファジーは、ジェイムズの後に付いて扉までやって来た。

そこで立ち止まると、玄関の内側のホールを通り抜けられるように、下男が重々しいマホガニーの扉を開けてくれた。

鉄門の向こう側の道の暗がりでは、黒人ライリーと仲間二人が何気なさを装ってぶらぶら歩きながら、縫いぐるみ人形の謝礼金を我が物にしようと上着の下に隠し持った必殺武器をいじり回していた。

ファジーは大富豪の扉の所で立ち止まると、じっと物思いに耽った。枯れ木につく宿り木の小枝のように生き生きした色鮮やかな考えや思い出が、酔いすぎたあまり現在と過去とが錯綜したこの男の心を彩り始めた。彼はしたたかに酔っぱらっていたので、今自分がどんな状況に置かれているのかなどという感覚は薄れ始めていたのだ。大広間をにぎやかに飾り付けている真っ赤な木の実を付けたヒイラギのリースや花飾り――こんな物を前に俺はどこで見たのかなあ？　どこかで磨き込まれた床の上を歩いたり、冬でも切り立ての花のかぐわしい香りを嗅いだりした覚えがあるぞ――それに誰かが、以前どこかで聞いた覚えのある歌をお屋敷の中で歌っている。誰かが歌いながらハープを奏でている。そうだ、クリスマスの時分だったな――今がクリスマスだということをうっかり忘れてしまうなんて、俺はかなり酔っぱらっているに違いない、とファジーは思った。

そしてファジーが今の自分の状況をすっかり忘れ去ってしまうと、ありそうもないことだが、とっくに消え去り、決して呼び戻すことのできない過去の世界から、小さい、純白の、その時までは忘れられていてほんの束の間しか現れないある精霊が――《位高ければ徳高きを要す》の精神が、甦ってきた。紳士たる者、為さねばならぬことがある、と。

ジェイムズが外側の扉を開けた。一筋の明かりが砂利道を通って鉄門まで届いた。黒人ライリー、マッカーシー、それに《片耳》マイクが様子を窺いながら、大胆にも門のすぐ近くまで不吉な警戒線の輪を狭めていた。

ジェイムズの主人がとりそうな態度よりはるかに威張った態度で、ファジーは使用人に無理やり扉を閉めさせた。紳士たる者、為さねばならぬことがある。とりわけクリスマスのこの季節には。

「な、慣わしというものがありますぞ」戸惑うジェイムズに話しかけた。「紳士たる者、ク、クリスマスイブにお伺いすれば、お、お屋敷の奥方と挨拶せねばならん。よいか？　お、奥方とご挨拶するまで、一歩だって動きましぇんぞ。しょ、承知頂けるであろうな？」

口論があった。ジェイムズが折れた。ファジーが大声を張り上げたので、屋敷中に不愉快な声を響き渡らせてしまったのだ。語り手の私としては、ファジーが紳士だなどと言ってはいない。この男は、己の若かりし頃の幻影が訪れつつあるとはいえ、ただの浮浪者に過ぎないのだから。

純銀のベルが鳴り響いた。ジェイムズは御用を伺うために戻って行った。玄関ホールにファジーを一人残して、ジェイムズは主人にどこかで事の次第を説明しているのだ。

ジェイムズは戻って来ると、ファジーを書斎へと案内した。

暫くして奥様が入ってこられた。ファジーが今までに見たどんな絵画の中の女性より美しく気高い方だった。奥様は微笑み、人形のことについて何か言った。ファジーには全く理解できなかった。人形のことなんて、きれいさっぱり忘れていたからだ。

従僕が、刻印入りの純銀の給仕盆にシャンパンの入った小さなグラスを二つのせて持って来た。奥様が一つを取り上げた。もう一方がファジーに手渡された。

ファジーの指がほっそりとしたグラスの脚に触れた途端、ほんの一瞬ではあるが駄目人間がすっぽり抜け落ちてまともな人間となった。彼は身体をしゃんと伸ばした。すると、大抵の人には思い通りにならない『時の翁』が時の流れをさかのぼり、ファジーをその場にふさわしい人物にしてしまったのだ。

一番豪華な格好をしたサンタクロースの偽髯より白い、忘れ去られていたクリスマスの幻影が、グローガンの店のウィスキーの香気の中に立ち上ってきた。この大富豪の屋敷は、長い羽目板のはまったバージニア風広間と何の繋がりがあるのだろうか？　その広間では騎手たちが銀のパンチボール（*パンチやレモネードを入れる大鉢、これから各人がカップに取り分ける）の周りに集い、その一族に伝わる昔ながらの杯を酌み交わしていたものだが。凍り付いた通りを荷馬車の馬がたてる蹄の音は、西のベランダの庇の下で鞍をつけられた猟馬どもが足を踏み鳴らすあの音と何かしら繋がりがある。それは何故だ？　ファジーは一体全体、そのどれとどう繋がるというのか？

奥様はグラス越しにファジーを見ていたが、夜明け前に差し込む微かな光のように、人を見下した微笑みは薄れて行った。目つきは次第に考え込むようになった。ボロ服とスコッチテリアのような髯の下に、彼女自身も説明のつかない何かを見て取ったのだ。しかしそんなことはどうでもよいことだ。

ファジーはグラスを持ち上げ、ぼんやりと笑いかけた。

「お、恐れいりやす、奥様」と、語り出した。「お屋敷の奥様にご挨拶もしないでおいとまするなんてこと、できやしません。紳士たる者の主義に反しますんで」

それから、殿方がレースのひだ飾りや白粉を身に付けていた時代、この一族の伝統であった古くさい口上を述べ始めた。

「来る年のお恵みが――」

ファジーの記憶はあやふやだった。奥様が助け船を出してくれた。

「――この御館に賜りますように」

「――お越しになる方や――」しどろもどろになりながらファジーが言った。

「――そしてそのお連れの方に――」奥様は、誘い出すような微笑みを浮かべて続けた。

「やっぱり、止めましょうや」不作法にもファジーは言った。「思い出せやしません。ここらで切り上げて、酒でもいただきましょう」

ファジーは緊張の矢を射てしまった。二人はグラスを空けた。奥様の微笑みは再び上流階級特有の取り澄ました微笑みとなってしまった。ジェイムズはファジーを抱えると、再度正面玄関へと連れて行った。柔らかいハープの調べが、まだ屋敷中に漂っていた。

外では、黒人ライリーが冷え切った手に息を吹きかけ、門のそばに張り付いていた。

静かに想いを巡らしながら、奥様は胸の内でつぶやいた。「どなただったかしら——でもお出でになった方はたくさんいらっしゃったし。あのように落ちぶれてしまった方にとって、昔の思い出は呪いなのか、それとも恵みとなるのか、一体どちらなのでしょう」

ファジーと付き添いが戸口に近付いた時、奥様の呼び声がした。「ジェイムズ！」

ジェイムズは律儀にも大股で戻って行き、そこには足下の覚束ないファジーが残された。

彼を訪れた神聖なる過去からの幻影の炎は、一瞬にして燃え尽きてしまった。

外では黒人ライリーが冷え切った足を踏みならし、ガスパイプをさらに強く握りしめていた。

「その方をあちらへご案内して」奥様は言った。「それからルイスに伝えてちょうだい。ベンツを出して、お客様のいらっしゃりたい所なら何処でもご案内するようにって」

脈を拝見

多賀谷　弘孝　訳

そういうわけで、私は医者に診てもらうことにした。

「最後にアルコールを摂取してから、どれくらいになりますか」医者が尋ねた。

顔を横に向けながら私は答えた。「ええ、ずいぶんになりますよ」

若い医者だった。年の頃二十歳から四十歳位だったろう。薄赤紫色《ヘリオトロープ》の靴下なんかを履いていたが、風貌の方はナポレオンのようだった。私は大いにその医者が気に入った。

「では、今からアルコールが血行に及ぼす影響についてご覧に入れましょう」医者が言った。医者の口から出たのはたしか「血行」という言葉だったと思う。いや、ひょっとすると「流行」だったかもしれない。

医者は私の左袖を肘までまくり上げると、ウイスキーの瓶を取り出して私に一杯飲ませてくれた。ますますナポレオンに見えてきた。私は一層その医者が気に入ってきた。

次に、医者は私の上腕に圧迫包帯を巻き付けると指先で脈を止め、台付きの寒暖計のような器具につながっているゴムのバルブをぎゅっと握った。水銀はどこで止まるともなく大きく上下した。だが、医者は二三七だか一六五だか、とにかくそんな数値を口にした。

「これでアルコールが血圧に与える影響がおわかりですね」

「たいしたもんだ。しかし、これだけで検査は十分だと言えますか。片方の腕を調べたのなら、もう片方も調べてもらえませんか」ところがどっこい！　掴まれたのは、さっきと同じ左の手だった。私は、この世ともおさらばですよとばかりに別れの挨拶でもされるのかと思った。だが、医者のしたことと言えば、指の先に針を突き刺し、出てきた赤い滴と、事前に一枚のカードに貼り付けておいた、五十セント玉大のいくつものポーカー・チップの色とを比べることであった。

「ヘモグロビン検査です。血液の色が正常ではないようです」医者が説明した。

「そりゃあ、貴族の血統の色であってほしいですよ。だがここは混血の地。私の祖先には騎士もいましたが、彼らもナンタケット島の連中と交わってしまって、それで――」

「私が言いたいのはですね」医者が言った。「赤の色素が薄すぎるってことですよ」

「あ、そういうことなら結婚の組合せというよりは、血痕の付き合わせの問題ですね」私は言った。

次に、医者は私の胸のあたりをドンドンと叩いた。その時、私の頭の中をよぎったのがナポレオンだったか、あるいはトラファルガーの戦いだったか、はたまたネルソン提督だったか、今でも定かではない。その後、医者は深刻な表情を浮かべると、人としてこの世に生を受けた者ならば誰もが避けて通れぬ一連の苦痛について、そのほとんどを「――症」という名前を用いて説明した。私はすぐさま治療費として十五ドルを支払った。

「それは、いや、それらはと言ったほうがいいかな。あるいは、そのうちのどれかかもしれませんが、とにかく、命にかかわるものなんでしょうか」私は尋ねた。この件に関して言葉を正確に使い分ければ、自分がそれなりの関心を抱いていることをはっきりと示すことができようと考えたのだ。

「すべてがそうです」医者は陽気に答えた。「でも、進行を抑えることは可能ですよ。健康に留意して適切な治療を続ければ、八十五か九十までは生きられるでしょう」

私は治療にかかる費用について考え始めていた。「八十五で十分です、本当に」そう言ってから、私は治療費として、もう十ドル手渡した。

医者の顔が再びぱっと輝いた。「まずは、しばらくの間、完全に休養の取れる療養所を見つけて神経を休めてあげることです。この私がご一緒して、相応しい場所を選んで差し上げましょう」

そういうわけで、医者は私をキャッツキルの山中にある精神病院へ連れて行った。それは知る人ぞ知る、知らぬ人は知らぬ禿山の上にあった。目に入るものと言えば、大きな岩や石ころ、あちこちに残った雪、そしてまばらに生えた松の木くらいであった。そこの若い担当医は非常に愛想が良かった。圧迫包帯を腕に巻き付けるようなこともせずに、「気付け薬」を出してくれた。ちょうど昼時だったので、私たちも昼食に誘われた。食堂にはいくつかの小さなテーブルがあって、二十名ほどの入院患者が食事をしていた。先ほどの若い担当医が私たちのテーブルにやって来て言った。「こちらに滞在されているみなさんには、ご自分たちのことを病人でなく、ただ疲労を癒すための静養に来ている紳士淑女とお思い頂くのが慣わしになっています。患っておられる病気については、どんなに軽いものであれ、決して話題にするようなことは許されておりません」

担当医は大きな声で女給仕を呼ぶと、私の食事としてホスホグリセリン酸入りのライムハッシュ、犬用の特製パン、制酸鎮痛剤入りのパンケーキ、そしてストリキニーネ入りのお茶を持ってこさせた。その時、松の木立につむじ風が吹くような音が聞こえてきた。食堂にいた客たちが一斉に口にした囁き声だった。「神経衰弱症だぞ！」だが、ただ一人鼻の利く男がおり、そいつだけは、はっきりとこう言っていた。「慢性アルコール中毒さ」もう一度その男と会ってみたいものだ。担当医はくるりと背を向け、そそくさと立ち去った。

昼食がすんで一時間ばかりした頃、担当医は私たちを病棟から五十ヤードほど離れた作業場へと案内した。そこにはすでに客人たちが、担当医の代役でガーゼ帯持ちの男——足がすらりと伸びた青いセーターの男——によって連れて来られていた。雲衝くような大男だったので、はたして上の方に顔が付いているのか私には確信がもてなかった。だが、「甲冑梱包会社」なら、その大きな手を喉から手が出るほど欲しかったことであろう。

「ここで肉体作業に打ち込むことで、滞在されているみなさんは過去の悩み事を忘れ、心の休息を得ているのです。実は精神的ストレスに対する逆療法なんですよ」担当医が言った。

そこには旋盤、大工道具一式、陶芸用具、糸車、織物用の枠、踏み車、大太鼓、拡大クレヨン肖像画用の道具、鍛冶屋の炉、等々、一流の療養所に入っている頭のおかしな客人の興味をも引きそうな、ありとあらゆるものが揃っていた。

「隅の方で泥のパイを作っているご婦人がいるでしょう」担当医が囁き声で言った。「他でもないルーラ・ラリントンさんですよ。あの『愛が愛するわけ』という題の小説を書いた。作品を書き終えて、今、精神を休ませているわけなんです」

私はその本を見たことがあった。「なぜ、別の作品を書くことで精神を休ませないんですかね」私は尋ねた。

そう、周囲が思うほど私はおかしくなっていたわけではなかったのだ。

「漏斗《じょうご》で水を注いでいる紳士は、過労で倒れてしまったウォール街の株式仲買人さんです」担当医が言葉を続けた。

もう結構だ。私は上着のボタンをはめた。

他は、ノアの箱船で遊んでいる建築家たち、ダーウィンの『進化論』を読んでいる牧師たち、材木をのこぎりで切っている弁護士たち、青いセーターを着たガーゼ帯持ちの男にイプセンの話をしているお疲れの上流階級のご婦人方、床の上で寝入っている神経症の大金持ち、そして部屋中に小さな赤い馬車の絵を描いている高名な画家といった面々とのことだった。

「かなり体力がありそうですね」担当医が私に言った。「あなたに最適な精神安定療法は、小ぶりの岩をここから下の斜面に放り投げ、次に、またその岩を持って上へと登ってくることでしょうね」

担当医が追いついてきたときには、私はその場からすでに百ヤードほど離れていた。

「どうしたっていうんです?」医者が尋ねた。

「どうしたかっていうとだね、手近に飛行機がないだろう。だから向こうの駅までこの小道を楽しく足早に歩いて行き、朝一番の石炭列車に飛び乗って町へ引き返そうというわけだ」

「そうですか」医者が言った。「たぶんそれが正解でしょう。ここはあなたに相応しい場所ではなさそうです。でも、あなたには休養が必要なんですよ。完全な休養と運動がです」

その晩、私は町のホテルに行くとフロント係に言った。「私には完全な休養と運動が必要なんだ。大きい折り畳みベッドのある部屋を頼む。そして私がそのベッドで寝ている間、ボーイたちに交替でベッドを折り畳んだり伸ばしたりしてもらいたいのだが」

フロント係は爪についていた汚れを擦り落とすと、ロビーに座っていた白い帽子を被った長身の男に目をやった。男は私のそばにやって来くると、西入口にある植え込みをご覧になりましたでしょうかと尋ねた。私は見てなどいなかった。男は植え込みを見せてくれてから、あらためて私の姿を眺めた。

「相当お悪いのかと思っていたんですがね」男は言った。感じの悪い言い方ではなかった。

「大丈夫のようですね。でも医者に診てもらいなさいな、お客さん」

一週間後、主治医が再び私の血圧を測った。今回は事前の「刺激剤」がなかった。主治医の姿が前ほどはナポレオンのように見えなかった。それに靴下も黄褐色で私の関心を引かなかった。

「あなたに必要なのは、そう、潮風と仲間です」医者が診断を下した。

「もし人魚がお相手してくれるのならば――」私が言いかけたが、相手はいつの間にか医者の顔になっていた。

「この私が、ロング・アイランドの沖にあるホテル・ボネールまで同行して元気にしてさしあげますよ。そこは静かで快適な保養地ですから、すぐに良くなりますとも」

ホテル・ボネールというのは、中央海岸の沖に浮かぶ島に建てられた客室数九百の高級宿泊施設だった。晩餐用に着飾っていなかった者たちは脇の食堂へ追いやられ、テラピン（*北米産の食用カメ）とシャンパン付きの定食料理を与えられただけだった。入り江は裕福なヨット乗りたちの格好のたまり場となっていた。私たちが着いた日に「コルセア号（*金融王モーガン所有のヨット）」が錨を下ろした。デッキの上ではモーガン氏がチーズサンドウィッチをほおばりながら、羨ましそうにホテルを見つめていてた。だが実は、そのホテルはとてもお金のかからない所だった。もともと費用を払うことのできる者などいなかったのだ。そこを引き払おうという時には、部屋に手荷物を残したまま小型ボートを失敬し、夜陰に乗じて本土へ向けてオールを漕ぎさえすれば良かった。

その島に着いて二日目、私はフロントでホテル名がデザインされている電報用紙をもらうと、立ち去り費用を無心するための電報を片っ端から友人たちへ送り始めた。主治医と私はゴルフ場でクローケーを一ゲームしてから芝生の上でまどろんだ。

町へ戻って来ると、突然、ある思いが主治医の頭をよぎったようだった。「ところで、ご気分の方はいかがです」医者が尋ねてきた。

「ずいぶん楽になったよ」私は答えた。

さて、世には顧問医師というのがいて、これが普通の医者とは大違いなのだ。診察料を払ってもらえるか、払ってもらえないか確信がもてないために、目一杯丁寧に診察するか、目一杯手を抜いた診察でお茶を濁すかのどちらかなのだ。主治医は私を顧問医師のところへ連れて行った。するとその顧問医師はいい加減な推測をしてから、注意深く私を診察した。私はその男が大いに気に入った。医師は私に何種類かの機能訓練をさせた。

「後頭部に痛みはありますか」医師が尋ねた。ありません、と私は答えた。

「では、目を閉じて両足をぴったりとくっつけて、後ろ向きのままできるだけ遠くまでジャンプしなさい」命令口調だった。

目を閉じて後ろにジャンプするのはお手の物だったから、私は指示に従った。ガツン！私はトイレのドアの端に後頭部をしたたか打ち付けた。わずか三フィート先にあったドアが開け放しになっていたのだ。医師は謝罪の言葉を述べた。ドアが開いていた事を見逃していたのだ。医師はドアを閉めた。

「次に、右の人差し指で鼻を触ってみなさい」

「どこにあるって言うんだい？」と私。

「顔についてるでしょう」と医師。

「そうじゃなくて、右の人差し指のことだよ」

「これは失礼」そう言うと医師はトイレのドアを再び開け、私はドアの隙間に挟まれていた人差し指を引き抜いた。完璧な指鼻芸を演じてから私は言った。

「病状のことで嘘をつく気はありません、先生。確かに痛みのようなものが後頭部にあります」医師はその症状を無視し、最新式と評判のコイン投入型聴診器で私の胸部を念入りに調べた。私はまるで蓄音機のレコードにでもなったような気がした。

「それでは、今度は馬のようにギャロップで部屋の中を五分間走りなさい」医師が言った。私は、出走資格を奪われたペルシェロン（＊フランス原産の荷馬）が、マジソン・スクエア・ガーデンの外へと引っ張り出されていく姿を懸命に真似た。すると医師は今度は一セント銅貨を投入することなく、もう一度私の胸の音を聴いた。

「うちの家系に馬鼻疽（＊馬などが罹る細菌性の伝染病）はいませんよ、先生」私は言った。

顧問医師は人差し指を私の鼻から三インチばかりのところまで近づけると、「この指を見なさい」と命じた。

「先生は、もうペアーズ社の石鹸は試しま――」私が口を挟もうとすると、医師はさっさと検査を続行した。

「はい、それでは海の方を見て。この指を見て。海を。指を。指を。海を。海。指。海」

こんなことが三分ほど。

これは脳の働きを調べる検査ということだった。私には容易なことに思えた。一度たりとも指と海とを間違えたりはしなかった。請け合っても良い。仮に医者が以下の如き言い方をしたとしよう――「はい、じっと見て。言うなれば落ち着いて、外を。いや横の方と言ったらよいかな。いわゆる水平線の方だ。それに連なる流動体に満ちた入り江を」「次には、視線を戻して。というか、視点をすうっと引いてくるような感じだ。そして私の直立している指に視線を合わせてごらん」――医者がこんな言い方をしたとしても、かのハリー・ジェイムズ氏（＊鼻のこと）でさえ、間違いなくこの試験に合格したことであろう。

背骨が湾曲している大叔父さんはいないかねとか、踵に腫れのある従兄弟はどうだとかいった質問をしてから、二人の医者はバスルームへ引っ込み、浴槽に腰掛けてあれこれ相談をした。私はリンゴを一つ食べ、最初に指を、次に海を見つめた。

暗い墓から抜け出てきたような表情で二人の医者が出てきた。いや、暗いどころか、これくらい破格な特ダネはないといった、深刻な感じなのだった。彼らは私のために制限すべき食事の一覧を書いてくれた。そこには、およそ常食となるべき食べ物のすべてが書かれていた。まあ、カタツムリを除けばの話だが。ことカタツムリに関しては、向こうが先に襲いかかってきて私を食べようとでもしない限り、こちらから食そうとは思わない。

「ここに書いてある食事制限に厳しく従ってください」口を揃えて医者が言った。

「一マイルであろうとも従っていきますよ。書いてあるうちの十分の一でいいから食べてよいものなら」私は答えた。

「次に大切なのは」医師が続けた。「外の空気と運動です。さあ、これがあなたの回復を大いに助ける処方箋です」

そして我々はそろって次の行動に出た。二人の医者はそれぞれの帽子へと手を伸ばし、私は家路へと足を向けた。

私は薬屋に立ち寄り、処方箋を見せた。

「二オンス瓶で二ドル八十七セントになります」薬剤師が言った。

「包装用の紐をもらえますかね」

私は処方箋に穴を開け、紐を通し、首から下げると、シャツの中に入れた。誰もが少しは迷信を信じているものだ。私の場合、お守りの加護を信じている。

もちろん、どこといって悪いところがあったわけではない。だが、私はひどく気分が悪かった。仕事をすることも、寝ることも、食べることも、ボーリング遊びをすることもできなかった。唯一同情を買う方法といえば、四日間、髭を剃らずにいることだった。そんな時でさえこんなことを言う輩もあった。「やあ、あんたは松の木の節みたいに丈夫そうだね。メイン州の森の中でも遊び歩いて来たってわけかい?」

突然、私は外の空気と運動が必要だということを思い出した。そこで南部に住むジョン一家を訪れることにした。ジョンは、十万人もの人が見守る中、菊の花咲くあずま屋で、手に小さな本を持って立つ牧師の宣告によって義理の兄となった男だ。パインビルから七マイルほどの所に別荘を持っている。それはブルーリッジ山脈の高地にあり、こんな騒動とは無縁の威厳をたたえた建物だ。ジョンという男は、いわば雲母《マイカ》である。雲母は黄金《ゴールド》よりも価値があり、透明感にも勝る。

ジョンは私をパインビル駅まで出迎えてくれ、私たちはそこから彼の家までトロッコに乗って行った。それは連なる山々に囲まれた丘の上にポツンと立つ大きな山小屋だった。私たちは一家専用の停車場でトロッコを降りた。ジョンの家族とアマリリスが出迎えてくれていた。アマリリスは少しばかり心配そうに私を見た。

一匹のウサギが家と私たちの間をピョンピョンと横切っていった。私はスーツケースを投げ出すと、大急ぎで追いかけた。二十ヤードばかり走ったが、ウサギの姿は消えていた。私は草の上にしゃがみ込み、絶望にくれてすすり泣いた。

「もうウサギを捕まえることもできやしない。俺なんかこの世にいる価値がない。死んだほうがましかもしれない」

「ねえ、どうしたの。どうしたっていうの。ジョン兄さん」アマリリスの言葉が聞こえた。

「少し気持ちが動揺してるようだ」ジョンがいつもの落ち着いた様子で言った。「心配いらないよ。立ってごらん、ウサギ追い君。パンが冷たくならないうちに家に行こう」黄昏時で、山々がマーフリー女史の描写の如く神々しく目に迫ってきた。

夕食後、ほどなくして、私は祝日を含めて一年か二年は眠り続けられるに違いないと宣言した。すると、花畑くらい大きくて涼しい寝室へと案内された。そこには芝地くらい広いベッドが置かれていた。間もなく、起きていた家人が寝室へと引き下がり、山小屋に静寂が訪れた。

私は静寂というものを何年間も味わったことがなかった。しかも完全な静寂だった。私は片肘をついて体を起こし、その静寂に耳を傾けた。寝るんだ！　星が瞬く音でもよい。草の葉が先端を擦り合わせる音でもよい。何か音が聞こえさえすれば落ち着いて眠ることができるのに。航路変更するキャッチボート（*船毛に立てた一本マストに帆をつけた小ボート）の帆が微風《そよかぜ》になびくのを、私は一度聞いたような気がした。だが、おそらくそれは敷物の擦れる音であったのだろう。なおも私は耳を澄ました。

突然、時を忘れた小鳥が窓の敷居に止まり、そして、鳥にしてみれば間違いなく眠たい声だったのだろうが、一般には「ピーピー！」と称される声で鳴いた。

私は飛び上がった。

「おい！　どうしたんだ」真上の部屋で寝ていたジョンが声をかけてきた。

「ああ、何でもないですよ」私は答えた。「まちがって天井に頭をぶつけてしまっただけです」

翌朝、私はポーチに出ると山並みを見渡した。四十七の山が目に入った。冷気に体を震わせた私は大広間に入ると、本棚から『パンコーストの家庭の医学』という本を手に取って読み始めた。ジョンがやって来て、その本を取り上げ、私を外へと連れ出した。この男は三百エーカーの農地を所有しており、そこには納屋、ラバ、小作農民、それに歯が三本欠け落ちてしまった馬鍬といった、通常の農場にお決まりのものがあった。そんなものは子ども時分に見たことがあった。私は気分が悪くなってきた。

その時、ジョンがアルファルファ（＊マメ科の牧草。また女性の名）の話をしたので、私の心はぱっと明るくなった。「ああ、そうだ」私は言った。「その娘《こ》はどこかの合唱団に入っていなかったっけ。たしか――」

「牧草のアルファルファだよ。知ってるだろう。やわらかくて。一年経ったら鋤き返してやるんだ」ジョンが言った。

「知ってますよ。すると牧草が茂るんでしょう、その娘の上に」私は言った。

「その通り。何だかんだ言っても、農業ってものをけっこう知っているじゃないか」ジョンが言った。

「僕が知ってるのは一部の農民の秘密ですよ。そして、いつの日か時の翁が手にする死の大鎌によって皆刈られていくのです」

　家に戻る途中のこと、美しく何とも名状しがたい生き物が道を横切っていった。抑えがたい衝動に駆られて足を止め、私はその生き物をじっと見つめた。ジョンは煙草を吹かしながら辛抱強く待っていた。もともとは、この男、せっかちな農夫だったのだ。十分ほどしてジョンが言った。「君はここで一日中あのニワトリを見ているつもりなのかい。もうすぐ朝食の用意もできるというのに」

「ニワトリ？」

「ホワイト・オーピントン種だよ、厳密な分類をお望みならばね」

「ホワイト・オーピントン種だって？」非常に興味をそそられて、私はその名を繰り返した。そのニワトリは優美なまでの威厳を湛えながらゆっくりと歩き去った。私は笛吹き男《パイド・パイパー》（＊笛の音で町中の子どもをおびき出し、山中に連れて行ったという伝説の主人公）を追う子どものように後をついて行った。さらに五分以上の猶予をあのジョンが与えてくれたが、ついには私の袖を掴むと朝食の場へと引っ張っていった。

　そこに滞在するようになって一週間が過ぎる頃、私はなんだか心配になってきた。よく眠りよく食べ、実際、その生活を楽しむようになっていたのだ。私のような絶望的状況にある者にとって、そんなことは決してあってはならぬことだった。そこで、私はこっそり家を抜け出して停車場へ行き、トロッコに乗ってパインビルへと向かうと、町一番の名医を訪れた。この頃になると、私は医者に治療をしてもらう必要がある時にはどうしたらよいか熟知していた。椅子の背に帽子を掛けると、私は早口でまくし立てた。

「先生、私は心臓肝硬変、動脈硬化症、神経衰弱症、神経炎、急性消化不良、そして寛解期の身です。厳しい食事制限をするつもりです。加えて、夜には温水浴、朝には冷水浴を行います。明るい気持ちでいられるよう努力し、楽しいことに神経を集中させます。薬については、燐錠を一日三回、できれば食後に。そしてリンドウの根、キナの木とキナの皮、そしてショウズクを混ぜた強壮剤を飲みます。スプーン一杯のこの薬にストリキニーネの成分を最初は一滴加え、そして最大の服用量になるまで一日一滴ずつ増やしていきます。これをどこの薬局でも入手可能で廉価な点滴容器を使って注入します。では、失礼」

私は帽子を取り、部屋を出た。ドアを閉めてから、言い忘れたことがあったのを思い出した。私は再びドアを開けた。医者は先ほど座っていた場所から動いてはいなかったが、私の姿を再び目にしてドキッとしたふうであった。

「申し忘れましたが」私は言った。「完全な休養を取り、運動もすることにします」

診察が終わるとずっと気分が良くなった。自分が回復の見込みのない病気であるという事実を改めて心に刻み込めたことに満足しすぎて、あやうくまた憂鬱になるところであった。神経症患者にとって、自分の体が回復し元気になっていくのを感じることほど不安なことはないのだ。

　ジョンはとてもよく私の世話をしてくれた。ホワイト・オーピントン種のニワトリに非常な興味を示してからというもの、ジョンは私の気持ちをなんとかそのニワトリから逸らそうと、夜ごと鶏小屋に鍵をかけた。爽快な山の空気と健康的な食事、そして日々の山歩きのお陰で、しだいに病気の症状が軽くなってきたため、私はすっかり失望し打ちひしがれるようになった。私は近くの山間に医者が住んでいるということを耳にした。出かけて行くと、事の次第を話した。医者は小じわのある、澄んだ青い目をした男で、灰色のデニム地でしつらえたお手製の服を着ていた。

　時間を節約するために私は自ら見立てをすると、右手の人差し指で鼻を触り、膝の下を叩いて足の反射を確かめて見せ、胸の音を聴かせ、舌を出して見せてから、パインビルにある墓地の値段を尋ねた。

　医師は葉巻に火を点《つ》けると三分ほど私の方を見ていた。「あんたは」しばらくしてから医師が口を開いた。「ことのほか具合が悪いようじゃ。治る見込みもないわけではないが、その確率はことのほか低いな」

「いったい、どうすればいいのです」私は勢い込んで尋ねた。「ヒ素も飲んだ。金も燐も、運動も、ストリキニーネの木も。入浴療法、安静、興奮、コデイン（＊アヘンから取れる睡眠剤）、芳香アンモニア精剤も。これ以外のものが薬局方にあるというのですか」

「このあたりの山のどこかに、ある植物が生えている。あんたの病気を治す花じゃよ。そして、あんたの病を治せるのは、およそ、その植物しかない。その花はこの世の歴史ほども古くからある植物だが、近年、極めて稀になり、探し出すのは至難の業。あんたと私で探すしかない。わしはもう患者の治療には携わってはおらん。何年間もそれで暮らしてきた。だが、あんたの治療は引き受けよう。毎日、午後の時間帯に来てくださらんか。そして、その植物が見つかるまで、わしと一緒に探すのじゃ。町の医者どもは医学についての新しい知識には詳しいかも知れん。だがな、連中は自然の女神の慈悲深い手による治療法については大して知りはしないものじゃよ」

　そういった次第で、老医師と私は万病に効くその植物を求めてブルーリッジの山や谷を毎日歩き回った。秋の落ち葉で滑りやすくなった険しい山を登った時などは、転がり落ちぬよう手近な若木や枝々に掴まって私たちは一緒に進んだ。月桂樹とシダが胸の高さまで生い茂る谷や深い峡谷も歩いた。山の小川を何マイルも辿った。インディアンのように、私たちは松の茂みの中を縫って歩いた。道を、丘を、川沿いを、山腹を——私たちは奇跡の植物を探し歩いた。

老医師の言葉の通り、その植物は極めて稀になってしまっていたに違いなく、容易に見つけられなかった。だが私たちは探索の旅を続けた。毎日、毎日、奇跡の植物を求めて谷を下り、山に登り、台地を踏み歩いた。山育ちの老医師は疲れを知らぬようだった。私の方はといえば、すっかり歩き疲れ、家に帰り着くなりベッドに倒れ込み、翌朝を迎えることもしばしばであった。こんな生活が約一月続いた。

老医師との六マイルに及ぶ探索を終え、家に帰り着いたある日の夕方、アマリリスと私は道沿いの木立の中を散歩に出かけた。山々は夜の休息に備えて荘厳な赤紫色のガウンをその身に纏いつつあった。

「あなたがまた良くなって嬉しいわ」アマリリスが言った。「あなたが最初戻ってきたとき、私怖かったの。本当に病気なんだと思ったわ」

「また良くなった、だって！」私の声は悲鳴に近かった。「私が生きられるのは万分の一の確率なのをお前は知っているのか」

アマリリスは驚いて私を見た。「何言っているの。あなたは畑のラバのように丈夫だし、毎晩十時間、十一時間と寝てるじゃない。食欲ときたら家中の食べ物を食べ尽くしてしまいそうだわ。これ以上、何がお望みなの」

「いいかい」私は言った。「奇跡が、つまりその私たちが探している植物が見つからない限り、私が生きながらえる術はないんだ。医者がそう言っているんだ」

「医者ってどこの？」

「テイタム先生だよ、ブラック・オーク山の中腹に住んでいる。お前知ってるのか？」

「口がきけるようになった頃から知ってるわよ。あそこなの、あなたが毎日通っているのは？　あの方だったの、あなたを毎日こんなにも歩かせて、丈夫で健康にしてくれたのは？　なんてありがたいお医者様なんでしょう」

ちょうどその時、その老医師ご自身が古びたボロ馬車を駆ってゆっくりと道を下ってきた。私は手を振って、明日もいつもの時間に伺います、と大声で言った。老医師は馬を止めるとアマリリスを呼んだ。二人は私を待たせたまま五分ほど話をしていた。その後、老医師は再び馬車を走らせて行った。

家に着くと、アマリリスは百科事典を引っ張り出してきて、ある言葉を調べ出した。「先生がおっしゃっていたわよ」妻が言った。「あなたは、もう患者として先生の所へ行く必要はないって。でも、お友達としてならいつでも歓迎してくださるそうよ。それからね、私の名前を百科事典で調べて、その意味をあなたに話すようにともおっしゃったわ。私の名前は花の一種でもあるし、ギリシャの詩人テオクリトスとローマの詩人ウェルギリウスの作品に出てくる田園に住む娘の名前でもあるみたいね。これで先生の言いたいことがおわかりになって?」

「わかるよ。今になってわかった」私は言った。神経衰弱症という名の、穏やかならぬご婦人の虜になっていたかも知れぬ男への言葉。医者たちが口にしていたあの決まり文句は正しかったのだ。時に手探りではあったが、町の医者たちは特効薬を処方してくれていた。

そして、運動についてはブラック・オーク山に住むテイタム先生に頼めばよい。松林の中にあるメソジストの集会場の所を右折すればすぐそこだ。

完璧な休息と運動。

アマリリスと共に木陰に座り、青い山々がその身を金色に染めながら刻一刻と夜の休息へと歩んでいくという、言葉なきテオクリトスの田園詩のような風景を、魂の感じるままに味わうことほど心和ます休息が他のどこにあるだろうか。

＊作品の一部に不適切と思われる表現が含まれておりますが、歴史的背景を考慮の上ですので、ご了承下さい。

解　説

狩野　君江

一．オー・ヘンリーかO・ヘンリーか――ペンネームの日本語表記について

一八六二年ノース・カロライナ州グリーンズボロで生まれ、一九一〇年にニューヨークの病院で一人寂しく死んだオー・ヘンリー（O. Henry――本名ウィリアム・シドニー・ポーターWilliam Sidney Porter）は、その短い四十七年の生涯に約三百編の短編を残した。

オー・ヘンリーというペンネームの由来については様々な説がある。最もまことしやかに伝えられているのは、彼の可愛がっていた猫が、ただ「ヘンリー」と呼んだだけでは見向きもしないのに、「オー、ヘンリー」と呼ぶとすぐに彼の元にとんできたことから思いついたというものである。他にも、公金横領の罪で服役中、刑務所のOrrin Henryという看守からとったのだとか、フランス人薬剤師の名前Eteinne-Ossian Henryを省略したものだと

か言われているが、肝心の本人は何も語っておらず、どれも憶測の域を出るものではない。

一八八六年には「オー・ヘンリー」というペンネームを思いついていたらしいが、それほどこの名前にこだわらず、他にもS・H・ピーターズ、ジェイムズ・L・ブリス、オリヴァー・ヘンリー等々、幾つかの名前で雑誌に短編を投稿しており、時には一つの雑誌に別々の名前で作品が掲載されたこともあったという。オー・ヘンリーとして世に認められるようになったのは、一九〇一年刑務所出所後、ニューヨークで活躍するようになってからのことである。

だが、ここで銘記しておきたいのは、ペンネームの由来の信憑性などではなく、O. Henryの日本語表記についてである。これまで日本語に翻訳された作品での作者名は、「O・ヘンリー」もあれば「オー・ヘンリー」もある。今、手許にあるもので「O・ヘンリー」としているのは、『O・ヘンリ短編集（一）、（二）、（三）』（新潮文庫）、『O・ヘンリー名作集』（講談社文庫）、『O・ヘンリー　ミステリー傑作選』（河出文庫）、一方「オー・ヘンリー」を用いているのは、『オー・ヘンリー傑作選』（岩波文庫）、『オー・ヘンリー　最後の一葉』（角川文庫）、『最後のひと葉　オー＝ヘンリー傑作短編集』（偕成社文庫）、『最後の一葉』オー・ヘンリー作（フォア文庫）である。

私たち群馬英米文学談話会としては、この作家の日本語表記は「オー・ヘンリー」とするのが妥当であると考える。何故なら、先に示した幾つかの由来をみても、O. Henryは、E・A・ポーやN・ホーソーンのような表記と異なり、Oが何か具体的なファースト・ネームの略称ではなく、O. Henryそのものが正式なフルネームのはずだからである。

二、本書に収録した十九編について

最初に登場する「宝石店主の浮気事件」は、オー・ヘンリーの作品群の中でも初期（十九世紀末）に属する数少ない作品の一つである。この作品の既刊の邦訳としては、訳者の知る限り、二十年以上も前に河出書房新社から刊行された『O・ヘンリー　ミステリー傑作選（全一巻）』（小鷹信光編／訳）に「不貞の証明——罠」という題目で収載されているのみである。ぜひ今回の新訳と読み比べていただけたら幸いである。

なお、十九世紀から二十世紀初めにかけての一ドルは、現在の二十ドルに相当するようである。従って、この作品の探偵は、ほんの何日かで百六十万円もの大金を失う羽目になったということになる。

次の「トービンの手相」には気になる部分が幾つもある。たとえば、（一）ケイティ・マホーナの失踪は偶発的なものだったのか、それとも本人の計画的なものだったのか、（二）例の鉤鼻の男は、ケイティの真相を承知の上でトービンたち二人を自宅へと誘ったのかどうか等々。こうした、この作品に絡む少なからざる謎を読者自身が読む過程で一つ一つ問い、自らの想定する答えを立証するような証拠を探り出そうとしながら何度も読み返すのも面白いと思われる。

「トービンの手相」と同じくアイルランド系の若者が主人公の「復活の日」では、主人公は復活祭のまさに当日、その真の意味を求めてたった半日の《旅》に出る。答えは「古い生命から新しい生命が生まれること」——それが書かれた書物を手に取り、目に見えるような形で発見する息子の成長の物語であるといえよう。随所にギリシャ神話・文化・歴史を連想させる言葉が散りばめられている点に留意したい。

「ニューヨークの「ゴム首族」」は作品冒頭にあるゴム首族の大仰な定義とゴム首族の実態描写とのギャップが面白い。また、反復の技法を多用することによって滑稽さを際立たせながら、騒々しいニューヨークの街並みを生き生きと描き出している。ちなみに、主人公ウィリアム・プライ（William Pry）の pry には「（好奇心で）のぞく、（こっそり）様子を窺う」の意味が、また、バイオレット・シーモア（Violet Seymour）の Seymour は、see more と同音であるから、「もっと見る」の意味を持たせていると考えられる。

同じくニューヨークの様子を誇張やユーモアを交えて描写している「縁《えにし》の金糸で結ばれて」の中では、悪意はないにしろ夫を騙す花嫁が「青が薄まった水色の服」を着ているのは話の伏線として注目したい。何故なら、アメリカでは「青は花嫁の色」で「愛、貞節、純潔」のシンボルだからである。また、「ラバーネックオート」とはニューヨーク市内を廻る無蓋の二階建て観光バスのことで、この作品では、作者によるニューヨーク市観光案内と作者自身の人生案内の中に、新婚旅行中の新郎新婦の話を展開させているのである。

「ドウアティをはっとさせたもの」では、ゴム首族とは逆に「自分の姿を見せびらかしたい」といった願望のある人々がニューヨークに存在することを描いている点が興味深い。さらにそのひけらかしを審美眼（？）のある遊び人が品定めしているのだが、冒頭で絶賛されたドウアティにはその目がなかったらしい。都会に住む人間に、あなたにも心当たりがあるでしょうと投げかけているのかもしれないが、現代社会では、このように家の中でおとなしくしている貞淑な妻にはお目にかかれまい。いずれにしても、自分の本当の姿や身近な真実が見えていない、人間の愚かしさや悲しさがテーマになっている。

一方、「愛があれば」は、「賢者の贈り物」を彷彿とさせる作品であり、「偶然」と「相互の自己犠牲」がサプライズ・エンディングを生み、かつ、心温まるハッピー・エンディングにもなっている。オー・ヘンリーは人間同士の思いやりの心や互いをいたわる気持ちというものを、自分の欲望ばかりを追い求め、他者への配慮に欠けてしまった現代人に気付かせてくれる。

片や、「忘れ形見」は、男に愛想を尽かした踊り子の話である。牧師が大切にしていた宝物とは一体何だったのか。踊り子の最後の一言で分かったときには、彼の純真さに思わず笑みがこぼれてしまう。結局、牧師も踊り子も純愛を追い求めていたわけで、愛があってもどうにもならなかったカップルを描いたコミカルな作品である。作中の「ヴォードビル」は、大衆の娯楽として十九世紀末から二十世紀初頭にかけてアメリカで発展したもので、歌や踊り、マジック、寸劇などで構成され、観客の大半を占める男性が喜びそうな艶っぽい出し物も人気があったという。また、話の中で出てくるブースは実在の人物で、父のジュニアス・B・ブースも息子のエドウィン・ブースもシェイクスピア劇の俳優として知られている。エドウィンの弟ジョン・ブースはリンカーン大統領の暗殺者として悪名高い。また、ジョン・ドゥルーもダブリン生まれのアメリカの役者で、喜劇俳優として名を馳せた。

次の「ヴィヴィエンヌ」では、ヴィヴィエンヌやエロイーズという、いかにも気をもたせるような名前が登場し、最後の最後までドキドキさせられる。作中、二十階建てオフィスビルが登場するが、一九〇二年、ニューヨークの通りには同市初の高層建築である二十階建てのフラットアイアンビルが建てられたという。また、ヴィヴィエンヌが住むようなアパートメント・ハウスは既に一八六九年には建てられていた。一階の中央に共同の出入り口があり、相手を確認できなければドアが開かないシステムになっている所など、かなり近代的な建物だったといえる。

「弁護士の失踪」では、主人公である弁護士の記憶喪失の謎に振り回されているうちにサプライズ・エンディングへと辿り着く。どこでその謎が解けるのかと期待して読み進めていくのも面白い。作中の薬剤師会は、十九世紀半ばにはアメリカ各地に存在し、毎年行われる全国大会に代表を送っていたようである。この話の時代は、大手製薬会社が量産した薬品を安価に販売し、調剤から処方までを一手に引き受ける個人経営の薬局を潰そうと躍起になっていた時代である。オー・ヘンリーは父親が医者で、自分も薬局で働いていた経験があり、薬品の名前や薬剤師の事情については詳しかったものと思われる。また、この時代はフロンティア・ラインが消滅（一八九〇年）し、その後の輸送の中心となる鉄道の敷設競争に拍車のかかった時代でもある。訴訟も少なからずあったろう。ニューヨークでは、エジソンの発明したキネトスコープという動画が見られる覗き箱がデパートやホテル、ドラッグストア、パーラーなどに置かれ、大衆を喜ばせた。華やかなりし当時のニューヨークを味わうことも出来よう。

「サボテン」は、己の愛をサボテンに託した女性の真意を読み取れなかった高慢な男の話である。いかにも愛らしい花でなく、サボテンを暗号として用い、その見た目のグロテスクさと込めた思いのギャップがまた面白い。厳しい環境で生き抜くサボテンも、男の精神の砂漠には根付くことが出来なかったということだろうか。

一九〇八年に出版された作品集 *The Gentle Grafter*（『お人好し詐欺師』）には、ジェフ・ピーターズとアンディー・タッカーという二人組詐欺師の登場する連作短編が収められており、「結婚仲介の精密科学」もその一つである。いずれの作品もジェフの語りを私（オー・ヘンリー？）が聞くという形式となっており、クールで抜け目のないアンディーと情に厚く人の好いジェフといった性格の対比が作品の大きな魅力となっている。本作品でも二人の詐欺師の特徴がよく描かれている。例えば、特にジェフの場合、自分たちを実際以上に教養の高い人物だと思わせようとして無理に難しい言いまわしや用語を使おうとするため、それらの表現の誤用や言い間違いが作品の随所に見られる。そうした滑稽さがこの作品の面白さともなっているのだが、日本語でそのあたりのニュアンスを訳出するのは容易ではなかった。訳文の中では一部傍点等を用いて、言いまわしの不自然さを強調してみた。そのほかのジェフ・ピーターズものは一九八四年の河出文庫『O・ヘンリー　ミステリー傑作選』の中に五作品が収められている。

「カクタス市からの買い付け人」のカクタス市はテキサス州に実在する市である。フロンティア消滅宣言がなされたとはいえ、二十世紀初頭のテキサスは、東部からすればまったくの田舎であった。その田舎から大都会ニューヨークにやって来た成金の若者が、精一杯の虚勢を張る姿がユーモラスである。また酸いも甘いも知り尽くした洋服店の女性モデルと、恋の熱病に取り憑かれた若者のちぐはぐなやりとりがこの作品の魅力となっている。これもサプライズ・エンディングで終わるのだが、どの時点でモデルが心変わりしたのかを読み解いていくのも楽しいだろう。

「宿怨」の舞台となっているアメリカ先住民準州（一八二三～九〇）は現在のオクラホマ州東部の地域である。西部の大草原は牧畜王国とまで言われたが、一八六〇年代後半から八〇年代後半までの約二十年間がカウボーイの黄金時代だった。ちなみに、テレビで放映された「ローハイド」、「ララミー牧場」、「ボナンザ」などが当時の様子を偲ばせる。さて、この作品は、オー・ヘンリーが若かりし頃に過ごした西部での気ままな数年間の生活をもとにして書かれたと思われる。復讐を逃れるために西部の掟をうまく利用したつもりが惨めな姿をさらすことになった哀れな男と、見事その策略を見破って復讐を遂げた男との対比を鮮やかに描いている。

「ハートの中の十文字」も西部を舞台にしたカウボーイの話である。作品全体を通して〈ハートの中の十文字〉がキーワードとなり、「薔薇とロマンス」や「サボテン」と同様、暗号をうまく利用している。この作品では、〈ハートに十文字〉がこの夫婦を結ぶ特別な意味合いを持ち、作品全体を引き締めているとともに味わい深いものにしている。「自分は女王でもなく、夫も王様でもない。この赤ん坊こそが王様よ」と言いきる妻サンタの最後の台詞は、「子は鎹《かすがい》」といえる夫婦の関係を表すもので、また真夜中、百頭の牛の群れの中へ飛び込んでいく彼女の姿には、「母は強し、女は強し」という思いを誰もが抱くだろう。

唯一、生き物と人間との友情を描いた「ジミー・ヘイズとミュリエル」の舞台となっているのは、十九世紀終わりのテキサスである。テキサスは、長い間スペインの植民地であったが、一八二一年のメキシコの独立によってメキシコ領となり、一八三六年にはテキサス共和国として分離独立。その後一八四六年にアメリカ合衆国二十八番目の州となった。同年、国境を巡ってアメリカ・メキシコ戦争が起こった。この戦争でアメリカが勝利を収め、リオ・グランデ川が両国の国境となった。オー・ヘンリーの作品には西部ものが六十編ほどあるが、その大半はテキサスを舞台にしている。「宿怨」と同じく、オー・ヘンリーにも二十歳のときにテキサス警備隊のレンジャーだった人物の後を追って家を飛び出し、テキサスで暮らした経験があり、それがこれらの作品の背景となっている。

「薔薇とロマンス」の中で、主人公である詩人が、「今ではロマンスの影も形もなくなってしまった雑誌」ばかりだと嘆くくだりから、当時、実際に通俗的読み物満載の文芸雑誌が刊行されていただろうと想像できる。文学をこよなく愛するラヴァネルに肩入れし、俗世間に染まったサミーを見下しているのかと思いきや、ロマンス、ロマンスと甘えたことを言って浮かれている若者をちょっとからかってみせるつもりらしい。ロマンスの象徴ともいえる薔薇には、オー・ヘンリー得意の軽妙な結末が待っている。

「クリスマスのご挨拶」の冒頭では、「クリスマスの話など既に書き尽くされていて、今さら書く題材などない」と言っておきながら、事実と小説との境界を曖昧にしつつ一捻《ひとひね》りきかせようとする工夫が見られる。十二月発行の雑誌に掲載ということで、クリスマスの話をと依頼されたのかもしれないし、季節に合わせて創作したのかもしれない。いずれにしろ、大富豪と大都会の底辺を彷徨《さまよ》う浮浪者との落差を際立たせながらも、何故かその大富豪の奥方と浮浪者ファジィの間には、遙か昔、何かの縁でもあったのかと思わせる微妙な謎を読者に投げかけてくる。当時のオー・ヘンリーは、ニューヨークという巨大な街を精力的に動き回り、眩い世界から、また、逆にうらぶれた路地や酒場まで、大都会の光と影の中を作品の材料を探し求めていたという。クリスマスの精霊がファジィをそっと連れ去ろうとするように、悪党ながらもどこか間の抜けたところのある三人組といい、落ちぶれた男といい、弱き者や貧しき者を暖かく包み込むオー・ヘンリーの優しさが垣間見える。

最後の「脈を拝見」は、オー・ヘンリーがこの世を去った一九一〇年六月の翌月に雑誌に掲載された。オー・ヘンリーは四十歳ごろより過労と深酒により健康を害し、様々な治療を試みた。だが、その甲斐もなく、この作品を執筆した頃には自分の死期を悟るほどまでに病状は悪化していた。前半で描かれている語り手の体験は、作家自身の治療体験やノース・カロライナ州アッシュビルでの療養生活が元になっているが、そうした辛い体験をユーモラスに描いているところに作家のある種の諦観が窺える。物語のクライマックスは、語り手がテイタム医師と出会う場面から始まる。テイタム医師が語り手に探させたのはアマリリスの花であった。アマリリスはギリシャのテオクリトスの時代から愛と詩情の象徴である。作品の最後を締めくくる語り手の言葉は、人間の病を癒すのは想像力と愛であるという作家の達観を示しているといえる。オー・ヘンリー独特のユーモアと叙情性が溶け込んだこの作品は、まさに作家の白鳥の歌と呼ぶにふさわしい傑作である。

本書に収録されたこれら十九編のうち、十四編は本邦初訳で、既訳があるのは次の五編である。但し、＊印のものは、現在、絶版・品切れで入手困難である。

「宝石店主の浮気事件」

「不貞の証明——罠」小鷹信光編／訳『O・ヘンリーミステリー傑作選（全一巻）』

河出文庫（一九八四）

「ニューヨークの「ゴム首族」」
＊「ゴム族の結婚」大久保康雄訳『最後のひと葉　オー＝ヘンリー傑作短編集』偕成社文庫　（一九八九）
「愛があれば」
「芸術ばんざい」中山知子訳『最後の一葉』フォア文庫（一九九〇）
「結婚仲介の精密科学」
＊「結婚精密科学」多田幸蔵訳『O・ヘンリー名作集』講談社文庫　（一九七三）
「薔薇とロマンス」
「花と詩人と暗号と」中山知子訳『最後の一葉』フォア文庫　（一九九〇）

オー・ヘンリーの短編（初版）は一八九四年から一九一七年までの間に刊行されているが、その頃、アメリカや日本では、どのような出来事が起こり、また、どのような文学作品が発表されたのであろうか。

アメリカの出来事・**作家と作品**	年号	日本の出来事・**作家と作品**
○フロンティア消滅・世界最大の工業国・人口六千三百万人（九〇） **H・ジェイムズ『悲劇の美神』**（九〇） **H・ガーランド『本街道』**（九一）	一八九〇	○電話開業（東京＝横浜間）・府県制公布・第一回総選挙（九〇） **森　鷗外『舞姫』**（九〇） **幸田露伴『五重塔』**（九一） ○日清戦争（九四）
○ガソリン自動車発明（九五） **S・クレイン『赤い武功章』**（九五） ○ニューヨークでサイレント映画（九六） ○ボストンに地下鉄開通（九七） **H・ジェイムズ『メイジーの知ったこと』**（九七） ○米西戦争・ハワイ王国併合（九八） **H・ジェイムズ『ねじの回転』**（九八）	一八九五	○日清講和条約（九五） **樋口一葉『たけくらべ』**（九五） ○日本郵船が欧州定期航路開設（九六） ○日本最初の労働組合結成・志賀潔が赤痢菌発見（九七） **尾崎紅葉『金色夜叉』**（九七） **徳富蘆花『不如帰』**（九八）
○人口七千六百万人（〇〇） **T・ドライサー『シスター・キャリー』**（〇〇） **F・ノリス『章魚』**（〇一）	一九〇〇	**泉　鏡花『高野聖』**（〇〇） **与謝野晶子『みだれ髪』**（〇一）

B・T・ワシントン
『奴隷より身を起こして』（〇一）
○ライト兄弟飛行成功（〇三）
M・トウェイン『人間とは何か』（〇六）
A・ビアス『悪魔の辞典』（〇六）
○年間移民数が過去最高（〇七）
G・スタイン『三人の女』（〇九）
E・ウォートン
『イーサン・フロム』（一一）
○タイタニック号沈没（一二）
○ニューヨークで高層建築ラッシュ（一三）
W・キャザー『おお開拓者よ！』（一三）
C・サンドバーグ『シカゴ詩集』（一六）
○第一次世界大戦参戦（一七）
W・キャザー『私のアントニア』（一八）

一九〇五
一九一〇
一九一五

島崎藤村『落梅集』（〇一）
○日英同盟（〇二）
○日露戦争（〇四）
夏目漱石『坊っちゃん』（〇六）
島崎藤村『破戒』（〇六）
田山花袋『田舎教師』（〇九）
○韓国併合条約（一〇）
森　鷗外『雁』（一一）
○明治天皇崩御・元号が大正に（一二）
志賀直哉『清兵衛と瓢箪』（一三）
○第一次世界大戦参戦（一四）
夏目漱石『明暗』（一六）
○米価暴騰で全国に米騒動（一八）
芥川龍之介『蜘蛛の糸』（一八）

あとがき

「群馬英米文学談話会」は、本書監訳者　清水武雄先生が一九八三（昭和五十八）年、群馬大学教育学部に赴任されたのを機に、数名の英語専攻生が結成した「読書会」を母体としております。「読書会」では英米文学作品を中心に古今の名著に親しんでまいりましたが、卒業後は「群馬英米文学談話会」として活動を継続し、月に一度の学習会は今日まで途絶えることがありませんでした。

一九八九（平成元）年には、会での学習の成果として、最初の翻訳短編集『失楽の群像――Selected American Short Stories 1830-1930』（ニューカレント・インターナショナル）を公刊し、続いて、一九九八（平成十）年、第二弾として『安らかに眠りたまえ――英米文学短編集』（海苑社）を世に送り出すことができました。今回の第三弾は「談話会」結成二十周年を記念したもので、一人の作家に限定した翻訳短編集は初めての企画です。我が国でも老若男女に親しまれているオー・ヘンリーの膨大な作品群から、今回、未邦訳のものを中心に選りすぐったこれら十九編が、この作家に与えられてきた固定的なイメージを払拭し、新たな地平を広げる一助となれば幸いです。

本書を編むにあたり、英文の解釈等で各方面の方々に貴重なご教示を賜りました。とりわけ、群馬大学外国人教師John Rippey先生には一方ならぬご助言を頂き、この場をお借りして御礼申し上げます。

最後になりますが、本書の出版にご尽力くださいました松柏社社長 森信久氏に対し、心から感謝の意を表させていただきます。

二〇〇五（平成十七）年六月

群馬英米文学談話会
湯澤　博
中島　剛
狩野　君江
田中　雅徳
多賀谷弘孝
岡島誠一郎
牧野　佳子
南田　幸子

訳者紹介

湯澤　博
一九八四年　群馬大学教育学部英語・英米文学科卒業。群馬県立前橋南高等学校教諭。
中島　剛
一九八六年　群馬大学教育学部英語・英米文学科卒業。群馬県立高崎北高等学校教諭。
狩野　君江
一九八四年　群馬大学教育学部英語・英米文学科卒業。
田中　雅徳
一九八四年　群馬大学教育学部英語・英米文学科卒業。二〇〇〇年　群馬大学大学院教育学研究科修士課程英語教育専攻修了。群馬県立高崎高等学校教諭。
多賀谷　弘孝
一九八六年　群馬大学教育学部英語・英米文学科卒業。群馬県立伊勢崎東高等学校教諭。『安らかに眠りたまえ』に収録の翻訳作品 アン・ウォルシュ原作「避暑地の出来事」が、北村　薫編『謎のギャラリー・こわい部屋』（新潮文庫、二〇〇二年）に再録。
岡島　誠一郎
一九八七年　群馬大学教育学部英語・英米文学科卒業。群馬県立太田高等学校教諭。
牧野　佳子
一九九一年　群馬大学教育学部英語・英米文学科卒業。笠懸町立笠懸南中学校教諭。
南田　幸子
一九九一年　群馬大学教育学部英語・英米文学科卒業。伊勢崎市立第二中学校教諭。

監訳者略歴

清水　武雄

群馬大学・大学院教授（教育学部英語教育講座）アメリカ文学専攻

『失楽の群像―Selected American Short Stories 1830-1930』、『安らかに眠りたまえ―英米文学短編集』、『情報展開の基本―能率と効果』、『「山月記」をよむ』など共著・共訳書は十冊以上、また、「英語青年」、「アメリカ文学研究」、「九州アメリカ文学」、「早稲田英文学」や大学紀要などに掲載された論文等は七十編以上。

新編オー・ヘンリー傑作集

「宝石店主の浮気事件」他十八編

二〇〇五年七月一五日　初版発行
二〇〇五年九月　一日　初版第二刷

訳　者　群馬英米文学談話会
発行者　森　信久
発行所　株式会社　松柏社
〒一〇二―〇〇七二　東京都千代田区飯田橋一―六―一
電話　〇三（三二三〇）四八一三（代表）
ファックス　〇三（三二三〇）四八五七
Eメール　shohaku@ss.iij4u.or.jp

装　幀　熊澤正人＋中村　聡（パワーハウス）
編集・ページメーク　櫻井事務所
印刷・製本　モリモト印刷株式会社

ISBN 4-7754-0084-3 C0097